盗墓笔记

【一部五十年前发现的千年古卷】 【相当好看的盗墓小说】

四川文艺出版社

南派三叔 著

谜海归巢

⑤

伍

图书在版编目（CIP）数据

盗墓笔记 . 5 / 南派三叔著 . — 成都：四川文艺出
版社，2022.4（2025.7 重印）
ISBN 978-7-5411-6187-2

Ⅰ . ①盗… Ⅱ . ①南… Ⅲ . ①长篇小说－中国－当代
Ⅳ . ① I247.5

中国版本图书馆 CIP 数据核字 (2021) 第 214934 号

DAO MU BIJI .5

盗墓笔记 . 5

南派三叔　著

出 品 人　冯　静
特约监制　孟　祎　舒　以　王传先　谢梓麒
责任编辑　邓艾黎
责任校对　段　敏

出版发行　四川文艺出版社（成都市锦江区三色路 238 号）
网　　址　www.scwys.com
电　　话　010-82068999（市场部）　　028-86361781（编辑部）

印　　刷　河北鹏润印刷有限公司
成品尺寸　166mm×235mm　　　　开　　本　16 开
印　　张　21　　　　　　　　　　字　　数　350 千
版　　次　2022 年 4 月第一版　　　印　　次　2025 年 7 月第二十二次印刷
书　　号　ISBN 978-7-5411-6187-2
定　　价　49.80 元

盗墓笔记 伍

1

盗墓笔记 伍

盗墓笔记 伍

谜海归巢

盗墓笔记 伍

盗墓笔记

伍

蛇沼鬼城（下）

第一章 · 追击

　　那一刹那，我也不知道他怎么能肯定那人就是文锦，我看那人的脸上全是淤泥，连是男是女都分不清楚。但是这时候也没有时间过多地考虑，潘子叫了一声"去帮忙"，几个人一下子全跟在闷油瓶后面冲下水去。

　　冲下去没几步就是淤泥，沼泽的底下有一层水草。我没有穿鞋子，那滑腻淤泥和水草挂脚的感觉好比是无数的头发缠绕在脚上，实在令人头皮发麻。几步扑腾到水深处，我们甩开膀子游了起来。

　　闷油瓶游得飞快，一转眼就冲到了那个人的附近。那地方似乎水位不高，他挣扎着从水里站起。随即潘子也爬了上去，接着是我和胖子。我的脚再次碰到水底，发现那地方是个浅滩，感觉不出水下是什么情况，好像是一些突出沼泽淤泥的巨大石头。

　　这时候离那个人只有六七米，我近距离看着那个人，心突突直跳，异常紧张。

　　文锦算是一个关键人物，一直以来她好像都是传说中和照片里的一个概念，如今出现在我面前，也不知道是不是她。然而这里只有胖子拿着矿灯，他刚站定没缓过来，灯光晃来晃去，我根本看不清楚前面的情况。

闷油瓶已经冲了过去，显得格外急切，一点儿也不像他平时的作风。我看着他几乎能够碰到那人了。就在这个时候，那人忽然一个转身，缩进了水里，向一边的沼泽深处逃了。

我们都急了，纷纷大叫，可是那人游得极快，扑腾了几下，就进入了沼泽之后的黑暗里，竟然一下子没影了。闷油瓶向前猛地一冲，想拉住她，但还是慢了一拍。

这看着只有一只手的距离，但是在沼泽之中，人的行动十分不便，有时候明明感觉能碰到的东西，就是碰不到。

不过闷油瓶到底不是省油的灯，一看一抓落空，一个纵身也跳进了水里，顺着水面上还没有平复的波纹就追了过去，也淹没在黑暗中。

我一看，这怎么行？拔脚也想跟过去，但是一下子就被前面的潘子扯住了。水底高低错落，我被这么一扯就摔倒了，喝了好几口水，刚站起来，潘子立即对我道："别追了，我们追不上了。"

我呛了几口水后冷静了下来，站稳了看去，只见这后面的沼泽一片漆黑，我们慢了半拍，进去之后必然什么也看不到，根本无从追起。在很多时候，慢了半拍就等于失去了所有的机会，现在只有希望闷油瓶能追到她。

我们筋疲力尽，气喘吁吁又面面相觑。胖子就奇怪地问："怎么跑了？你们不是认得吗？难道被我们吓着了？"

我想起那人的样子，心说不知道谁吓谁。潘子问我道："那人真的是文锦？"

我哪里看得清楚，摇头说不知道。那种情况下，也不知道闷油瓶是怎么判断的，刚才从我们看到那个人到他叫起来也只是一瞬间，他的反应也太快了。不过，说起来，在这种地方应该没有其他人了。出现的这个人，很容易就让人想到是文锦，可如果真是她，她又为什么

追击

3

要跑呢，不是她引我们到这里来的吗？

"现在怎么办？"胖子问道，"那小哥连矿灯也没拿，丛林里几乎是绝对黑暗，他这么追过去会不会出事？要不咱们回去拿装备进去支援？"

我心说那真是谁也说不准了。一边的潘子道："应该不会。那小哥不是我们，我相信他有分寸，况且我们现在进去也不见得有帮助，到时候说不定还要他来救我们。"

我想起刚才闷油瓶朝那人冲去的样子，不像是有分寸的。说起来，我总觉得进入这个雨林之后，闷油瓶好像发生了一些变化，但是又实在说不出到底哪里有区别。

我们在那里等了一会儿，也不见闷油瓶回来。身上好不容易干了，这一来又全泡起了褶子，一路进来我们就几乎没干过，这时又感到浑身难受。

胖子说："我们不要在水里等了，还是到岸上去。这水里有蛇，虽然在水中蛇不太会攻击人，但是那种蛇太诡异了，待在这里还是会有危险。"

他不说我还真忘了那蛇的事情。我们下半身都在水里，水是黑的，完全看不到水下的情况，听到这个还是心里发毛的，于是便应声，转身朝出发地游过去。

上了岸，胖子抖着自己的胸部，一边搓掉上面的泥，一边看刚才我们背包四周那些蛇的印迹。我坐到篝火边上，稍微缓过来点儿，此时脑子里乱了起来，一方面，有点儿担心闷油瓶，他就那么追进沼泽，想想真是乱来，也不知道能不能出来；另一方面，这一系列的事情让我很不安。

阿宁的死其实是一个开始，但是当时更多的是震惊，现在想想，"野鸡脖子"在我们睡觉的时候偷偷爬上来干吗呢？几乎就是在同时，沼泽里还出现了一个人，还没有进沼泽就一下子冒出这么多的事情，实在是不吉利。这地方还没进去，就给人一种极度危险感，甚至这种感觉和我以前遇到危险时候的感觉还不同，我总感觉这一次，可能要出大事。

这也可能和闷油瓶的反常有关系。虽然我不愿意这么想，但是不知道为什么，这一次在闷油瓶的身边，我没有以前那种安定的感觉，反而更加心神不宁。

这时候再回想起之前下决心来这里的情形，真是后悔得要命。

潘子处理完了衣服就来提醒我，我也把衣服脱了去烤。我们加大了火苗，好让闷油瓶回来的时候看到我们的位置。胖子口出恶言："这点儿小火苗有点儿像招魂灯，别再把沼泽里的孤魂野鬼招来。"潘子张嘴就骂。

不过胖子说得也有道理，这确实有点儿像。我心里不舒服，就又打起矿灯，在石头上一字排开，这样看着也清楚一点儿。我拿着矿灯走到阿宁的尸体边上，想放在她的头边。可走过去一看，我忽然意识到哪里有点儿不对。再一看，我脑子就"嗡"了一声。

阿宁的尸体竟然不见了，只留下了一个空空的睡袋。

第二章 ● 消失了

我心说，坏了，忙向四周察看，然而都没有，一下子便慌了手脚，心说：这是怎么回事？这荒郊野外的，难道诈尸了不成？我忙唤来胖子和潘子看这一切。

两人一看也傻了。胖子大叫了一声："谁干的？"大家都条件反射地往四周去找，这动作我们也不知道做了多少次，都蒙了。

四周一片寂静，既没有人，也没有听到任何野兽的声音。我立刻感到一股恐惧袭来：这西王母古城里必然没有其他人，睡袋附近又没有野兽的脚印，我们都清楚不可能有谁搬动这具尸体，难道真的是诈尸了？

想起之前那个诡秘的梦，我不由得喉咙干涩，心说：难不成要噩梦成真？

胖子和潘子到底是见过大世面的，此时没有慌乱，而是立即蹲了下来，翻找睡袋，想看看到底是什么情况。

睡袋一翻开，潘子又倒吸了一口冷气，就看到睡袋里面，竟然全是蛇爬过的那种泥痕，睡袋下面也全都是，痕迹很杂乱，显然这里爬过的蛇数量极多。我摸了一把，黏糊糊的，痕迹非常新，显然是刚刚留下的。

胖子脸色大变，惊讶道："难道是那种蛇把尸体搬走了？"

潘子不信："这不可能！蛇怎么能把这么重的一具尸体带走？"但是他的脸色也变了，显然这里的痕迹表明胖子说的是对的。

我背脊发凉，说不出话来，如果这是真的，这事情就太邪门了。一直以来我对"野鸡脖子"都有一种特别的恐惧，一方面是因为它的毒性，另一方面则是关于这种蛇的那些神乎其神的传说。很多的传说里，这种蛇的行为都是十分乖张的，让我印象最深的就是这种蛇的报复手段十分诡异，但是它们竟然把阿宁的尸体搬走了，这实在太匪夷所思了。

"一条当然不行，可是你不看看现在有多少条，大象都抬得走！"胖子翻开整个睡袋，只见下面全是蛇印，睡袋一边到水中的区域更是多得变成一片烂泥，刚才光线暗淡才没有注意到。

"可这些蛇要尸体干什么？"潘子又道，看着胖子。确实，阿宁的尸体显然不能当食物，蛇也不是有爪子的动物，要打开睡袋运走一具尸体，非常困难。蛇又不是蚂蚁，要尸体来干吗？

"那你就要问蛇去了。"胖子顿了顿，又道，"不过蛇这种东西很功利的，总不会是为了好玩，肯定有原因！没想到这娘儿们死了也不得安稳，倒是符合她的性格。"

我想着，心情压抑起来。刚才那一系列的事情，每件都没头没尾，而且全都让人摸不着头绪，这感觉实在太糟了，想着有点儿失控，心说怎么可以被蛇欺负，便拿起矿灯，对他们说："我们一来一回也就几分钟，这尸体肯定还在周围，我们去找一下。"

我还没站起来，就被潘子拉住了："找个鬼，几百条蛇，你找死！"

"可是，她总不能葬在蛇窝里。"

胖子把我的矿灯抢了回去，潘子拍了拍我的肩膀："小三爷，你

得想开，人活着才是人，死了就是个东西，臭皮囊而已。我们已经不可能把这女人带回去了，这也算是她自己选择的归宿，犯不着为具尸体拼命。"

胖子也道："就是，死了就是死了，死在哪里不是死？不过改日要是胖爷我也挂了，你们就把我烧了，别给这些蛇绕去，鬼知道它们要尸体干吗。"

我听了，一下子也泄了气，坐倒在地上，抓了抓头皮，心里很不舒服。

胖子看着那些痕迹，又道："这里的蛇果然邪门。搬一具尸体要多少蛇？少说也要百十来条吧？你想光这里就有这么多了，这整个林子里到底会有多少？咱们在这里待着，恐怕不太明智，要是它们再回来，咱们三个恐怕也扛不了几分钟，到时候挂了，碰上阿宁，又要被那臭娘儿们笑话了。"

"其实我感觉不用那么害怕，刚才我们睡着的时候蛇都没咬我们。"潘子道，"老子在越南也碰到过不少蛇，被咬过也有两三次了，对蛇也算熟悉，一般蛇不太会主动攻击人的，阿宁当时算是个意外，可能是阿宁弄瀑布的水，惊扰到那条蛇了。"

这一听就知道是安慰的话。我心说，谁信，看潘子的脸色就知道他自己都不信。普通蛇还好说，那种蛇看着就邪门，不是善类。

我将矿灯放到原本想放的位置上，看着空空的睡袋，心中非常酸楚，胖子却把我的几盏矿灯全部调整了方向，照着四周的水面，说是要警惕一下。

胖子的行为让我立即又担心起闷油瓶。这家伙不会出事吧？如果是在古墓之内，我自然不会担心，因为那地方他轻车熟路，但是像胖子说的，蛇这种东西是不讲道理的，咬一口就死，你拿它没辙。

我们又合计了一下，也不知道该怎么办了，只好继续等闷油瓶。这晚上必然是不敢睡了，三个人背靠背坐在一起，看着四周熬夜。

此时时间也不早了，只过了一会儿天就亮了。随着晨曦的放光，持续一个晚上的压抑减轻了不少，我们也稍许放松了一些，不过闷油瓶却没有回来。

我们重新审视沼泽，没有晚上那么恐怖，不过雨停了，没有雨声，四周只剩下流水的声音，还是安静得异样。远处的雨林之中漆黑一片，天亮不天亮似乎和雨林深处的世界一点儿关系也没有。

见闷油瓶没有消息，我又开始焦虑起来。我很少有这种随时会失去一个人的感觉，现在却感觉这里的人随时有可能会死，这大概是因为阿宁的死亡，打破了我一些先入为主的感觉。

潘子和胖子虽然也有点儿担心，但比我好得多。胖子说，最差也不过就是挂了，让我无言。

我们吃了点儿东西，潘子蹚水回到峡谷口，捡了些树枝回来晒干，烧了堆篝火。

我问他想干吗，他说我们已经过了峡谷，基本的情况都知道了，时间也过了几天，三叔他们如果没有意外，应该马上就会到达峡谷口，这里昨天虽然还有小雨，但是戈壁已经被太阳晒了好几天了，现在地上河还不知道在不在，他要在这里做一个信号烟：一来，标示我们的位置，让三叔知道我们已经进来了和我们进来的路线；二来，也可以警告三叔，让他们提高警惕。

潘子说完就从包里掏出一种黄色的类似于药丸的东西，丢入了炭堆中，很快一股浓烟就升了起来。他告诉我这是海难时候求救的信号烟，是他托一个还在部队的战友弄来的伞兵专用军货，就这么几个球，能发烟三四个小时。

我道："能不能告诉三叔这峡谷里有毒蛇？"

潘子摇头，说不同颜色的烟代表着不同的意思，但都很简单。这黄色代表的是前路有危险，要小心前进，更复杂的交流，要等到三叔看到了烟，给了我们回音后他才能想办法传达过去。三叔他们所处的地势比我们高，应该很容易就看得到，我们要时刻注意峡谷的出口方向，或者四壁上有没有信号烟响应。

这倒是一个非常有效的远距离的沟通方法。我看着烟升上半空，心里忽然有了一丝安全感。如果三叔到了并和我们会合，那事情就好

消失了

9

办多了，他们人强马壮，我想最起码晚上能睡个囫囵觉。

潘子每隔两小时添一次烟球，第一次烟球熄灭后，没有任何回应，闷油瓶也没有回来，我们也没有在意。一直等到下午，第二次烟球烧了大概一半的时候，胖子忽然叫了起来："有了，有了！有回应！"

我正在无聊地看天，立即就跳了起来，和潘子一起朝悬崖上看去，一开始还没找到。胖子大叫："那边，那边！"

我转了几个圈，才看到有一股烟从远处升了起来，冉冉飘上天空，烟竟然是红色的，乍一看，犹如一条巨大的鸡冠蛇，从很远处的树冠底下冒了出来。

我欢呼了一声，条件反射地就想笑，然而笑容才到一半，忽然凝固了。几乎是欢呼的同时，我立即就发现不对劲。

因为那烟升起的地方，根本就不是峡谷外，而是在我们所处的盆地中央，这片沼泽的深处。

第
三
章
　•

信
号
烟

　　三叔他们一直潜伏在阿宁的队伍之后，按照潘子的说法，应该是有一到两天的路程差距。此时按照计划，他们的位置应该是在这片盆地的外沿，即使发现了这片绿洲，他们也不会立即进入，而必须等待潘子给他们的信号。

　　然而，让我们目瞪口呆的是，三叔回应我们的信号烟，竟然是从相反的方向，从我们身后——沼泽的中央——升了起来，这就是说他们现在已经身在沼泽之中了。

　　潘子简直不敢相信自己的眼睛："这是怎么回事？他们怎么在里面？"

　　我怕是误会，马上拿起望远镜，一看正确无误，那烟绝对不会是起火产生的，因为烟的颜色红得不正常。

　　"大潘，看样子你家三爷比你动作快多了。"胖子喃喃道。

　　"不可能啊，难道三爷他们从其他的峡谷先进去了？但是，按照计划不是这么来的，他们应该等我的信号啊，而且他们也太快了……"潘子想不通。

"会不会不是你们三爷的队伍，是那小哥放的？"胖子道。

"昨天晚上他什么都没带，不可能是他。"潘子道，"就我带了烟球，都在这儿呢。"

"那就奇怪了，看来你三爷和你的交接有错误。"

"这烟是什么意思？"我忽然想起颜色可以代表信息，就问道。

潘子从我手里接过望远镜，往烟的方向看去，忽然他脸色就变了："不好，他们出事了。"

"出事？"我看潘子脸色有变，但是又不知道他说的是什么意思，就让他说详细点儿。

他说烟的颜色有简单的含义：黄色的烟代表前路有危险，要小心前进；橙色的烟表示停止前进，等待确认；而红色的烟则更加严重，表示绝对不能靠近，一般是在极度危险的情况下，警告后来者发出的。一般的活动中，几乎不会用到红色的烟。

不过他也有点儿犹豫，因为毕竟他们不是搞考察的，这种东西也是临时想出来的法子，那烟的用法他有没有记错尚且不说，也许对方记错了。

不过这毕竟不是好消息。我问潘子能不能再发个烟，问问到底怎么回事。

潘子摇头，顿了顿，显然有点儿着急起来，对我道："不行，小三爷，你留在这里，我得过去看看，三爷别出什么事。"

我心里也担心着三叔，不过知道轻重，赶紧抓住他，说："这怎么行？那小哥还没回来，你再去，我们这里就只剩下两个人了。况且你一个人进去也实在太危险了，还是等闷油瓶回来再说。"

潘子摇头道："三爷他们有三十多人，人强马壮，一般情况下不会发出红烟，那边肯定出了状况。那黑瞎子果然还是太嫩，小三爷，你放心，这种林子我在越南的时候钻得多了，我能穿过去，你们在这里等那小哥回来再作打算。"说着就收拾自己的装备。我一看拦不住他，就急向胖子使眼色。

没想到胖子也立即收拾起了装备。我一下子就头大了，心说怎么胖子也这么关心我三叔了？刚想说话，胖子就对我道："你别向我抛媚眼，不仅大潘得去，我告诉你，这次咱们也得进去了。咱们身上的装备根本不够过戈壁的，所以必须得和你三叔会合，至少得拿到他们的东西，否则，出得了峡谷，咱们也会渴死在路上。"

我一想，对啊，顿时就有点儿不知所措。胖子又道："大潘一个人进去也不是不可以，但是万一他有什么意外，我们两个再进去就麻烦了，不如现在三个人一起进去，齐进齐退，成功的概率也会大一点儿。否则我们留在这里，也只是等死。"

"可是那小哥怎么办？"我问道，"如果我们走了，他回来不就找不到我们了吗？要不我在这里等你们。"

"那你不是找死吗？就你那小体格，还不得给那些蛇抡了？得了，进去之后扛东西出来也需要人手，我和大潘肯定不够。我们留下记号，给他指明方向，到时候最多再起个烟给他当信号。不过，"胖子看了丛林一眼，"我想那小哥恐怕不会回来了。"

这事情虽然非常糟糕，却明朗化了，我虽然觉得很不妥当，但是也知道胖子说得对，想了想，只好点头同意。

进峡谷的时候是五个人，现在只剩下了三个，一个死了，一个跑了，原本的物资显然要重新分配，不过胖子说闷油瓶的那一份就不要带走了，用防水布包好之后，用大石头压住，接着用马克笔在防水布的里层写了我们的去向，然后在那包裹边上，把篝火调到最暗，这样能烧三天，如果闷油瓶晚上回来，不至于找不到。

搞完之后，我们身上的物资反而减轻了不少。潘子说信号烟最多只能烧三小时，这次进去，我们不能休息，要尽量轻装，反正我们如果回来，必然也会经过这里，所以能不带的东西就不带。

之后我们过了一遍装备，将防毒面具、洛阳铲等一些重的东西留下了。接着潘子又将我背的一些比较沉的东西换到他的背包里，他的行军负重是专业的，背得多一点儿不影响速度，我就不行了。他说丛林行军非常消耗体力，这样主要是保证我能撑到目的地。

信号烟

13

　　他这么说，我很没面子，很想反驳说这半年我也练出了点儿肌肉。不过他根本不给我机会，说完就只顾自己收拾，显然心思已经不在我这里了。

　　整理妥当，刚要动身，忽然，胖子又抓住了我们，让我们抬头看远处的烟。

第
四
章

●

无
声
的
山
谷

　　我们抬头一看，原来那远处的信号烟已经逐渐稀薄，不知道是那
边发生了什么变故，还是烟球放得不够。看样子，这烟必然坚持不到
我们到达。

　　在丛林中，如果没有信号烟的指引，我们是肯定无法到达那个地
方的。我们问潘子有何办法，潘子就爬上树冠，以信号烟的位置为中
轴，用远处盆地边缘的峭壁怪石为参照物，在指北针上做了标记，只
要往这两块峭壁怪石之间的位置走，必然能经过信号烟的燃烧点。不
过，这丛林密集，就算误差十来米都有可能错过，所以得在烟熄灭前
尽量靠近。

　　这就不能再耽搁了。我们立即整理装备，和潘子那里对了指北
针，蹚水走入沼泽，往信号烟的方向出发。

　　在白天通过沼泽边缘那一片水域非常容易，因为雨水汇聚的沼泽
水位很高而且清澈，我们可以循着水底能落脚的石头前进，没有落脚
的地方就游泳。半支烟的工夫我们就通过去，来到沼泽真正的边缘。

那是一片比较稀疏的雨林带，明显地势较高，很多连接在一起的"树群"突出水面，好像一些巨大的岛屿。可以看到有大量的乱石混在这片区域下的淤泥里，看上去似乎水不深。

但是往里走就会发现，树木在这片区域里非常密集，大概两百米后，树冠就密集得透不过天光了，树根盘根错节在一起。我之前其实有一个想法，就是做一条独木舟，这样就不用这么小心翼翼地蹚水前进，但是一看这种水下环境，就知道独木舟在这里也是寸步难行，非得人自己走不可。

深入林中，光线非常暗淡，很快四周就都是骇人的树根，树根上绕满了藤蔓，藤蔓上又覆盖着绿色的青苔，潮气逼人。那种绕法，铺天盖地，大部分地方我们匍匐下来才能勉强通过，让人感觉是进入了一个巨大的长满树的山洞之中。

潘子砍着拦路的藤蔓，因为几乎所有的树之间都有大量的树根和藤蔓相连，所以我们反而几乎不用蹚水，架空走在大腿粗的藤蔓上非常稳当。

然而让我们奇怪的是，这么密集的树林里，却出奇地安静，除了我们行进的声音，听不到其他的动静，静得有点儿让人不舒服。

"西王母的地盘果然邪门，"胖子边走边道，"连声鸟叫都没有！"

"何止鸟叫，这里好像什么都没有！"我心里道，静得实在不正常，让我有一种错觉：我们可能是这片雨林里，除了这些树以外唯一的生物。

"也许这里的蛇太多了，鸟全被吃光了。"潘子道。

"不可能，那这些蛇现在吃什么？"

想起那种蛇，大家又是一阵紧张，不过一路过来，却丝毫不见任何蛇的踪影，这让我们有点儿意外。

绷紧着神经继续前进，不久我们便看到前方出现了一些裹在树木中、突出水面的古建筑遗迹。因为年代过于久远，这些残垣断壁都已经成为不同形状的石块，大量藤蔓和青苔在这些建筑的缝隙里生根，然后包裹全身，混在雨林中很难辨别，非得到跟前了才能发现。

这些石块在当时必然属于建筑顶部的部件了，所以还能突出水面。因为看不到水下的部分，不知道整体的形状如何，但是看顶部，都是一些简单的塔楼的样子，数量很多，高低错落，大小不一，看上去像塔林。

一路过来基本没有见到西王母的遗存，现在终于看到了，倒是松了口气。之前我还有一个臆想就是我们几个别走错了，毕竟峡谷口上没有牌子写着"西王母城往里2公里，移动信号已经覆盖"，待会儿进去发现里面啥也没有，那玩笑可就开大了。

我们没有时间停下来查看这些遗址，很快深入其中，不过虽然主观上不想去研究，但是前进的路线蜿蜒曲折，总有绕到这些遗址之上的时候。我发现，这些遗迹虽然历经千年，却坚实无比，而令人奇怪的是，所有的这种"塔"上，都有很多的方孔，显然是建造时打磨而成的。

方孔说大不大，说小不小，人大约通不过，但是比人小的东西都不成问题。

胖子看着奇怪，路过的时候就下意识地用矿灯向里照照，然而什么都看不到，只听得下面有水声，不知道是通往何处。

潘子没空理会这些，就催促快走，胖子知道急人所急，也只好草草看一下就跟了上来。

这个山谷的绝对面积并不大，往里走，水下的淤泥明显减少，水下的各种古迹遗骸就露了出来，非常清晰，形成了一幅非常诡异但很壮观的景象。水深有两三米，无数的残垣断壁和水下繁盛的树根混在一起，让我感觉只隔着一层薄薄的水面，恍如隔世。

直到这时候我才有进入一座古城的感觉。看着这些残迹，依稀可以想象当年这里繁盛的样子。然而时过境迁，就算是女神的城市，也终于尘归尘，土归土了。

感慨间，忽然觉察脚下水流的速度发生了变化，前面似乎有向下的陡坡。我们小心起来，这里树木太多，滑倒踩空就是重伤。

再走几步绕过一棵大树，胖子就惊呼了一声，我们看到左前方的密林中突然出现了一张巨大的怪脸，离我们不到十米，足有卡车头大小，脸上绿斑斑驳，大目高鼻，和我们在峡谷口看到的人面怪鸟石窟一模一样。那是被包在青苔和藤本植物中的一座巨大的石雕。

胖子打开矿灯照射过去，石雕的身体部分沉入了沼泽中，只剩下头颅，与密林融为一体，在水中鸟身呈现一种非常奇怪的蹲势，好像要突然展翅而起的感觉，犹如猫科动物攻击前的蓄势。还可以看到石雕下方的水下，有一些形状奇怪的黑影，不知道沉了些什么。

我们面面相觑，想起之前的想法，如果峡谷外的人面鸟身雕像，是告诉外来者已经进入西王母国的领地了，那么，这里出现的巨大的人面怪鸟石雕，又代表着什么呢？难道这是一种更加严重的警告？

我下意识地看了看雕像之后的树海，心说：该不会在这石雕之后的区域里，有什么巨大的危险正在等待我们这些不速之客吧？

第五章 • 石像

思索间我们已经来到了雕像的下方，水流越来越急，我们看到树根下的沼泽水流紊乱，下面不知道是什么情况。潘子让我们小心，说可能淤泥下的遗迹中有什么空隙通往地下，好比下水井口。

胖子根本就没听进去，所有的注意力都被一边的石雕所吸引，矿灯在上面晃来晃去。

在焦距灯光下，我看到了更多的细微处：石雕似乎是用整块巨石雕刻而成的，很多地方已经残缺开裂，因为覆盖着大量的青苔，使得它看上去更加诡异丑陋，这么近看，反倒感觉不出雕刻的整体是什么。

看了几眼，胖子就把灯光朝水下照去。石像几乎是被包裹在两棵巨大的龙脑香树中间，沼泽之内的部分完全被树根缠绕住了。还能看到，在水底比较深的地方，同时被包裹住的还有一些奇怪的影子，形状很不规则，缩在树根里面，不知道是不是石雕上的一部分。

胖子看了半天，也无法看清楚那是什么，而且我还奇怪，为什么四周的树根都能被矿灯照得这么清楚，那东西怎么照却都是个影子。再照我们才恍然大悟，原来那不是什么黑影，而是一个个空洞。

而且看树根上附着物的漂动方向，看样子这里的水正在往这些黑洞里流下去。果然如潘子所说，这雕像下面有空隙通往地下。

本来以为能看到什么稀奇古怪的东西，现在不由得大失所望，潘子于是急忙催促，我们只有继续出发。

胖子不甘心，边晃动矿灯往回照，边自言自语："这水流到哪儿去？难道这古城下面是空的？"

我道："不是，这可能是以前城市下水道工程的一部分。某些地下水渠井道还能使用，就会有这样的现象。"

胖子道："那这下水渠道通到什么地方去呢？这儿可是低洼地带，再低就没有可以流去的地方了。"

我想了想，一般城市的排水系统，出口都是附近的大江大河，最后冲进海里。像这种西域古城，附近没有大型的地上湖泊或者江河，但是肯定会有暗河经过四周，那么按道理这种排水系统应该是通往附近的暗河。不过，事实上西域雨量极少，这里的水格外珍贵，怎么也不可能需要"排水"这么奢侈的系统，据一般楼兰和附近遗址的考察，所谓的排水都是地上排水，然后引入井中，这里出现地下排水实在有点儿奇怪。

所以我感觉，这里的排水系统要么是引入地下的暗河，要么就是在古城的地下四处都有蓄水的井或者水池，这些水都在涌向那些深井之内，被储藏了起来，而这些井可能和吐鲁番的坎儿井一样，在地下井井相连，一口井满了自动把水往另一口井送，直到所有的井都蓄满水为止。

这座雕像下面的空洞，也许就是当时的井口，这倒是相当有可能。刚才我们看到的石塔，胖子说下面有水声，可能也是地下引水道里的声音。

潘子道："但是这里雨量这么少，几年才下一场大雨，这么大的工程可能要花上几百年的时间，这管用吗？"

"如果从短时间来看可能得不偿失，不过西域国家，有水便可以称王，楼兰号称西域大国也才几千号士兵。这里地形奇异，如果有大量屯水，就算国家规模不大也可以固守。你看这里的情况，这片绿洲肯定就是因为这样而形成的，树可以固水，水可以养树，当时的西王母显然是一个深谋远虑的人。"

本来西王母古城的地域位置就极其低洼，这样的设置甚至可以引入有限的戈壁地下水，不过，如果我想的是对的，那我们到这里来已经有几天了，这么长的时间，这些井道还在排水，说明那些井道到现在还没有满，这底下的井和通道到底有多深？

潘子想了想，点头道："有道理，不过凡事有利必有弊，如果打起仗来，有人潜入城里投毒，那不是全城的人都倒霉吗？"

我道："井口必然不会很多，可能西王母宫和权臣家里才会有井口，百姓可能就是用刚才看到的那种公用井口，这些地方肯定都是把守森严。咱们也看过古装片的，投毒这种事情看起来容易，做起来还是有一定难度的，毕竟井口深，再毒的毒药一稀释，恐怕连大肠杆菌都毒不死。"

说到这里，胖子愣了一下，不知道想到了什么，忽然道："这么说，这些井口必然都是通的，那么咱们从井口可以通到西王母宫里去。"

我道："确实如此，不过我们又不是鱼，而且下面的井道必然纵横交错，犹如迷宫，就算给你最完善的潜水设备，你也不一定能活着出来。说不定，下面的井口通道只有碗口粗细，那更麻烦。"

胖子骂道："你又讽刺我？胖爷我胖点儿碍着你什么事了？"

我道："我这哪里是讽刺你？我自己都没瘦到碗口粗细。"

"我觉得不会。"胖子道，"我们以前支边的时候学基础课，挖田埂引水渠，宽度也要根据水量定。如果是这么大的雨，碗口粗细的通道够用吗？小吴，你不是能算这些吗？"

我学建筑的时候，有讲过这方面的问题，不过现在临时要用，已经完全不行了，琢磨了几秒只好放弃，对他道："现在想不起来，还

石像

是等我休息的时候仔细想想。"

潘子说："得，小三爷，你们俩别琢磨这些了，赶紧吧！算出来就算是地铁那么宽咱们也下不去，而且，现在咱们最重要的是尽快赶到三爷那里。"

我一想也是，立即点头，收敛心神不再琢磨这些。就在这时候，身后的林子里忽然响起了一声树枝折断的声音，同时似乎有树冠抖动，树叶抖动声连绵不绝，不知道是什么东西在密集的灌木中移动了一下。

我们一路过来，林子里几乎什么声音也没有，一下子出现这种动静，把我们都吓了一跳，全部停了下来，转头望回去。

树冠密集，除了那座巨大的人面鸟身石雕，什么也看不清楚，那声音随即也慢慢停歇了下来。树林很快就恢复了那种让人窒息的安静。

我们互相看了看，这种动静肯定不是小个的东西能发出来的。看样子，这林子里并不是什么都没有。

潘子把枪端了起来，示意我们准备武器，不要说话了，快点儿离开这里。我们点头，不敢再怠慢，凝起精神开始观察四周的动静，随即加快了脚步。

走了没两步，胖子突然就"咦"了一声，道："等等！"

我们问他干吗，他转回头去，指了指身后的人面鸟身石像，问我们道："刚才它的脸是朝哪儿的？"

我们朝石雕看去，发现那石雕的脸不知道何时竟然转了过来，面无表情、长满青苔的狰狞巨脸朝着我们，因为被树木遮挡了一半，犹如躲在树后偷窥的不明生物。

第六章 ● 石像的朝向

我的头皮一下子就麻了，心跳陡然加速，紧张起来。

潘子咽了口唾沫，说："我没注意……不过肯定不是这一面。"

胖子道："有鬼了，难道它自己转过来了，还是咱们触动了什么机关？"

我说："不可能。刚才走近的时候我看得清清楚楚的，明显是石头的，而且是一整块的，不太可能有机关陷阱。"

潘子盯着那石雕，道："刚才没看仔细，也许这雕像是两面的。"

"两面你个头！刚才离开的时候我回头看了好几眼，石像的背面绝对没有这张脸。"胖子道，"而且，这张脸也有点儿不对劲。"

的确，和正面比起来，石像的这张脸让人感觉很怪异。同样是面无表情，但是这脸上的表情就透着一股阴郁和怨毒，让人看了就心惊。

"肯定是自己转过来的。这东西难道是活的？"潘子道，"咱们碰上石头精了？"

我道："我们走的不是直线，也许是角度的问题，不要吓唬自己。"

胖子骂道："狗屁角度！这肯定有问题，你这么琢磨是自欺欺人。"

我有点儿尴尬。胖子道："要不要回去看看？"

潘子摇头，忽然掏出了枪，上膛，对准了那巨脸就想开枪。我们被他这举动吓了一跳，差点儿来不及反应。胖子立即把枪抬了一下，"砰"一声子弹呼啸而过，打到石像边的龙脑香木上，打得整棵树都震了一下。我们立即去看那石像，心说这也太横了，要真是一活的，你不就直接把那东西给招惹了？

胖子已经做好了战斗准备，手都摸到了腰上。我们看着那石雕，随时防备它有什么异动。

然而那雕像一点儿反应也没有，诡异的脸还是冷冷的面无表情，丝毫没有什么改变，似乎只是普通的石像。等了半晌，潘子把枪退弹，对我们道："你看吧，没事，是石头的，可能真是看错了。这里的路七拐八拐的，咱们快走，别磨蹭了。"

我也松了口气，说真是自己吓唬自己，这种地方让我神经紧张，连正确判断的能力都没了。

胖子皱着眉头，还是不相信："老子支边的时候，干过车床，眼睛毒得很，这怎么可能看错？"

"车床是车床，这里是森林，参照物复杂，看错了不奇怪。"我道。

潘子就催促快走，胖子却死活不肯，要过潘子的枪，放下自己的装备，对我们道："你们别动，我去看看，就两分钟。"说着就往雕像的方向走。

我们知道胖子的脾气，也没办法，只好让他去。我坐下休息，潘子骂了一声"麻烦"。

就看胖子把枪背到身上，小心翼翼地往回走，走到一半的距离，忽然停了下来，退了一步，不知道看到了什么。

潘子很不耐烦，大叫着问他："你搞什么鬼？快点儿！"

话还没说完，胖子突然回头，转身狂奔，对我们大叫："是活的！快跑！"同时就见远处人面怪鸟的"脸"竟然起了变化，眼睛吊了起来，嘴角不可思议地上扬，从那种面无表情，变成了极度狰狞的笑。

第七章 ● 破裂

我头皮一麻，心说还真遇到鬼了，这东西真是活的。

胖子已经冲到我们面前，并不停留，拉住我们就跑，大叫："发什么呆啊？！"

我们给胖子带出去好几步，此时还是没反应过来，回头去看，却看到更加离奇的场面，那石雕的脸竟然碎了，五官挪位，好像是石头里面裹着什么东西，要从中出来。

"不好！"我大骂了一声，心说自己的预感果然没错，立即撒腿狂奔。

我们在大片的废墟里，下面是乱石和藤蔓，实在难以加速，只得顺着废墟的地势，哪里方便朝哪里跑，摔了好几下，膝盖都磕破了，一直跑到筋疲力尽，再回头去看，才发现自己并没有跑多远。不过那石雕还在原地，并没有追过来，这个距离已经无法看清。

狂奔的时候，体力已经把我们拉出了距离，胖子和潘子都跑得比我还远，还在往前跑。我叫住他们，他们冲回来就来拉我，我扯住他

们，让他们先躲起来，然后看那远处的石雕。

发现石雕并没有追过来，他们颇感意外。我们喘着粗气，又看了一会儿，远处的石雕纹丝不动。

我们这才松下劲来。胖子喘得和风箱似的，吃力道："怎么回事？小吴，它不动，这会不会是机关？"

"我们根本就没碰那东西，怎么可能是机关？而且机关也做不到那种程度。"

这绝对不可能是机关，整体的石雕雕刻，加上它被两棵巨树夹在中间，如果它要转动头部，那么会产生巨大的动静，那两棵树甚至可能会被扭断，所以就算真的有机关，它也不能转动，这一点是毋庸置疑的。但是，无论我怎么想，显然它已经转过来了，这实在太诡异了。

我对西王母国里可能遇到的事情其实是有着心理准备的，但是这样的事情还是超出了我的想象。

这时候潘子从装备中拿出了望远镜，朝雕像的方向看了看。我忙问："怎么样，到底是什么东西？"却见潘子露出一个非常惊讶的表情，道："见鬼！没了！"

"什么？"我立即抢过望远镜，朝那里看去，果然，那石雕的背部呈现在我们面前，那张狰狞的面孔竟然消失了。

我还没放下望远镜，就被胖子抢去了。我脑子里一片混乱：难道我们刚才看到的是幻觉？不可能，我们三个人都吓得差点儿尿裤子。那这是怎么回事？我们刚才看到的脸是怎么回事？难道是鬼魂？

"难道有人在玩我们？"胖子站了起来。

我们怕他莽撞，立即又拉他坐下。这里石头不稳，胖子一个趔趄，滑了一下，我们又赶紧去拉他，无意间就看到，身后十几米外的巨石上，有一张巨大的人面浮雕，和刚才看到的如出一辙，同样面无表情地看着前方，犹如尸体的表情。

我们刚才跑的时候一路狂奔，并没有注意四周的遗迹，所以不知道是否这浮雕原本就在。

胖子和潘子看到，也觉得不好，立即站定。胖子道："这总不是活的。"

"不止一个！"潘子道，指着一边。我们看去，发现四周的巨石上，隔不远就有一片人面浮雕，有大有小，但是大部分都被藤蔓掩藏着，不仔细看倒看不分明，认真一辨认，发现规模惊人，几乎到处都是——离我们待的地方不到十米，就是巨大的人面。奇怪的是，这里的浮雕全都是人面，而没有鸟身的图案。

胖子看到这么多呆滞的石眼看着他，不由得一慌，端起了潘子的枪。我立即按住，让他别轻举妄动。我已经感到四周有点儿不对劲了——这些好像不是浮雕。

可还没等我想明白这些到底是什么东西，忽然，其中一块浮雕竟然裂了开来，接着我就看到了一幅奇景：碎裂的石头，竟然全都飘了起来。

我目瞪口呆地看着，心说：难道我终于犯神经了，开始大白天也产生幻觉了？就听潘子大叫了一声："是蛾子！"

我顿时恍然大悟，仔细一看，果然，飘起来的石头都是一只只黑色的飞蛾，这些人面是这些蛾子排列成的，难怪会突然出现又突然消失。随即就看到四周的人面浮雕都开始扭曲开裂，飞蛾大量地飞到空中，向四周散去。

这些飞蛾显然都是趴在这里的遗迹上，被我们惊扰之后，不知道为何排列出了人脸的样子。

很快天空中几乎布满了黑色的碎片。这些飞蛾也不知道有没有毒，我们都下意识地用衣服蒙住口鼻。不过，使用保护色的东西一般都是无毒的，看着飞蛾逐渐飞散，犹如漫天的黑色花瓣，颇有感觉。

胖子说要抓只仔细看看，这些蛾子不知道是什么品种，不过抓了几次都没有抓住。我们的心逐渐放下，这也算是一场虚惊。不过，这倒也怪不得我们，这情形实在是骇人。

我们在原地待着，一时间也不敢轻举妄动。飞蛾陆续飞走，只剩下零星的一些。这时候，我们就看到，原来的遗迹发生了变化，在

破裂

飞蛾刚才遮盖的地方，露出了大片的白色，仔细一看，发现全是一团团白花花的蛇蜕，被缠在植物的藤蔓中，看着好像是什么动物的白色肠子。

胖子跳下去，看到藤蔓，挑起一条就骂了一声。大部分的蛇蜕已经腐烂得千疮百孔，极其恶心，大量的藤蔓从其中穿插缠绕。往四周看去，蛇蜕到处都是，遗迹的缝隙里、树根间隙，有成百上千，刚才这些蛾子，全都是停在蛇蜕上面的，可能是被上面的腥味吸引，这里可能是这些蛇蜕皮时的藏匿地。

我们看着就浑身发凉：这片遗迹规模巨大，要多少蛇在这里生存，蜕皮才能成这样的规模？

胖子爬了上来，把他挑上来的蛇皮给我们看。蛇皮的头部膨胀，可以看到鸡冠的形状，确实就是那种毒蛇蜕下来的皮。这条蛇皮足有小腿粗细，比我们之前看到的蛇都要粗，看来这里的蛇的体形我们没法估计。

胖子显然觉得恶心，皱着眉头，连看也不要看。

蛇蜕是一种非常昂贵的中药，一斤能卖到百元以上，这里的规模，起码有几吨，价值惊人，要是胖子知道就不会觉得这么恶心了。不过，我就是知道，也浑身起鸡皮疙瘩。

潘子摸了摸蛇皮，道："这皮还很坚韧，好像是刚蜕下不久，这里是它们蜕皮的地方。蛇一般都在它们认为安全的地方蜕皮，如果在这里碰上一两条，它们会认为自己的地盘受到了最严重的侵犯，肯定会袭击我们，我看此地不宜久留。"

我向后看看。要想往后走，我们必须走过这些蛇蜕的区域，那是极不愉快的事情，不过潘子的担心是正确的，这里的隐蔽处可能就有那些毒蛇。

我们立即出发，急急地走出这片区域。我原以为至少会碰到一两条蛇，不过过程出奇地顺利，我们什么都没发现。想起来，似乎在白天很少见到蛇。看来这些蛇是夜行动物，这也说明，这个林子的晚上绝对会非常热闹。

深入其中，我闻到了令人作呕的腥味，那种味道非常古怪，走出遗迹，顺着地势回到林子的时候，胃里的东西已经卡在喉咙口了。

之后重新进入雨林里，遮天蔽日的感觉又扑面而来，不过经过刚才的一段时间，感觉雨林中的空气简直是享受，带着沼泽味道的湿润的空气比蛇腥味要好很多，很快，我呕吐的感觉就消失了。

在遗迹中耽搁了一段时间，潘子走得格外快，不过体力已经达到了极限，我们也不再说话。如此走了四五个小时，我们明显感觉地势降低，沼泽中水流湍急起来，四周随处可以听到瀑布急流的声音，但就是不知道身在何处。

潘子拿出了干粮，我们边吃边继续前进，不久之后，终于遇到了一处瀑布，是一处地势突然降低的断层，不知道是什么古代遗迹。

一路走来，我几乎可以肯定这个山谷是凹底的地势，山谷的中心部分应该是最低的，这样所有的水都会流向那里。我感觉西王母宫应该就在那里，但此时它已经一点儿也不重要了。

我们过了瀑布之后人都湿透了，瀑布下面又是一个洞天，水似乎渗入地下，植被更加密集了，几乎没有可以通行的间隙，而且在下面根本看不见天，我们几乎是挤着前进了一段距离，很快就失去了方向感。

三叔他们的烟稀薄得很快，纵使我们调了指北针也担心会走偏太远，潘子只好停下来，爬上树去辨认方向。

我此时已经完全走蒙了，潘子一翻上去，我和胖子就往树上一靠，趁机喘口气。不过，没多少时间潘子就指明了方向，说已经靠近三叔他们，催命似的让我们继续前进。

此时看表，已经马不停蹄走了一天。在这种环境下如此强度的跋涉，我还真是没有经历过，现在我竟然还能站着，想来体质确实强悍了不少。不过现在已经超过我的体力极限了，我感觉只要一坐下，就能睡过去。

胖子和潘子商量了一下之后，行军又开始了。胖子看我脸色煞白，就知道我体力透支了，不过现在的情况他也不可能来帮我什么，

破裂

29

只能不停地和我说话，让我转移注意力。

四周的景色单调，没什么话题，胖子看着水中的东西，问我道："小吴，你说这些水淹着的破屋子里，还有没有明器？"

我说："按照楼兰古城的勘探经验来看，自然是有一些东西的，但是因为这座古城被水淹埋了，所以像丝绸、竹简这些你就不用想了，锅碗瓢盆可能还能剩一些。你想干吗？该不是又手痒了吧？"

胖子忙说："不痒，不痒，你怎么可以用不发展的眼光看你胖爷我？这次咱们的目标就是来一票大的，东西到手我就退休了，这些瓶瓶罐罐值几个钱？咱们怎么着也得摸到能放到北京饭店去拍卖的东西。"

我听着直叹气，心说烦人的事情这么多，你还有心思惦记这个。

我们边走边说，刚开始还有点儿作用，后来我越来越觉得眼前模糊起来，远处的东西逐渐看不清楚了，树都变得模模糊糊，心说难道要晕倒了？这可真丢脸了，却听胖子道："不好，怎么起雾了？"

我用力定了定神，揉了揉眼睛往四周看，发现果然是雾气，不是我的眼睛模糊了。这雾气不知道是什么时候起来的，灰蒙蒙一片，远处的林子已经完全看不见了，眼前几米外的树木，也变成了一个一个的怪影，一股阴冷的气息开始笼罩四周的森林。

不知道是过度疲劳，还是温度降低的原因，我开始产生极度不安的心悸，犹如梦魇一般纠结着压迫在我的心口。

昨天晚上是在树海之外，树海之内有没有起雾我们并不知道，也不知道这雾气有没有毒性。不过，我们没法理会这么多，防毒面具都没带进来。

我们扯了点儿衣服，弄湿了蒙住口鼻，又走了一段距离，并没有感觉什么不适应，才放下来。这时候，我们发现，雾气已经浓得什么都看不见了。

第八章 · 第一夜：大雾

　　本来，按照潘子的估计，如果连夜赶路，再走五六个小时，没有太大的意外发生的话，我们可以在今天的午夜前就到达信号烟的位置。但是人算不如天算，没有想到的是，日落之前气温变化，大雨过后的树海中竟然会起雾。

　　这样一来，我们根本无法前进了。我们靠着指北针在林中又坚持行进了二十分钟，潘子虽然心急如焚，但也不敢再前进了。

　　虽然我们的方向可以保持正确，但是在林中无法直线行进，现在能见度更低，很可能路过了三叔的营地都不会发觉，甚至可能一直在走S形的路线。

　　加上能见度降低之后，在这样的雨林中行进体力消耗极大，已经到了人无法忍受的程度，走不了几米，就必须停下来喘气，四周灰蒙蒙的也让人极度不安。

　　雾气越来越浓，到我们停下来，能见度几乎降到了零，离开一米之外，就只能见到一个黑影。本来树冠下就暗得离谱，现在简直如黑夜一般，我们不得不打起矿灯照明，感觉自己不是在丛林里，而是在一个长满了树的山洞中。

潘子说，按照原来的计划到达三叔那里已经是不可能了，现在只能先找一个安全的地方暂时休息，等到雾气稍微消退一点儿，再开始行进。一般来说，这种雾气会在入夜之后逐渐消散，来得快，去得也快。

潘子有丛林经验，说得不容反驳，我如释重负，感觉从鬼门关上回来了，要再走下去，我可能会过劳暴毙，活活累死。

我们找了一棵倒在淤泥中的枯萎朽木，这巨木倒塌的时候压倒了附近的树，四周空间稍微大一点儿，我们就在上面休息。一开始潘子说不能生火，但是最后浑身实在是难受得不行了，才收集了一些附近的干枝枯藤，浇上油燃了一堆篝火。

这些干枝枯藤说是火引，其实都是湿的，一开始起了黑烟，烤干之后，篝火才旺起来。胖子不失时机地把更多的枯藤放到一边烘烤，烤干一条就丢进里面。

实在是太疲劳了，连最闲不住的胖子也沉默了下来，我们各自休息。

我脱掉鞋，发现袜子全磨穿了，像个网兜，脚底全是水疱。从长白山回来之后，我的脚底结了一层厚厚的老茧。我当时觉得永远不可能再磨起水疱了，没想到这路没有最难走的，只有更难走的。

按摩着脚底和小腿上的肌肉，潘子回忆着刚才我们行进的路线，说晚上看不见烟，明天早上烟肯定熄灭了，我们现在基本还能明确自己的位置，要做好记号。胖子重新分配装备，将我背包里的东西继续往他们背包里挪。

我有点儿不好意思，但是此时也不可能要面子，体力实在跟不上了。胖子让我睡一会儿，说这样紧绷着休息，越休息越累。我不想逞强，闭上了眼睛。

不过，此时已经累过头了，四周的环境又实在很难让人平静，眯了几分钟，浑浑噩噩地睡不着，就闭目养神。

才有点儿睡意，就听到胖子轻声问潘子："大潘，说实话，要是咱们到了那个地方，你那三爷人不在那里，你有什么打算？"

潘子道："活要见人，死要见尸，我当然要去找，你琢磨这些干什么？"

胖子道："老子是来发财的，不是来给你三爷擦屁股的。你三爷现在没按计划行动，把事情给整砸了。小吴醒着时胖爷我照顾他的心情没说，但是现在不说不行了，我丑话可要说在前头，要是你三爷不在了，我拿了我那份装备，可就单干我的正事了。这林子这么大，我不会跟着你去找他们的。"

潘子冷笑道："散伙？这林子诡秘异常，我们还没遇到状况，要是遇到状况，你一个人应付得了？况且这外面大戈壁几百公里，你就算摸到东西活着出去，一个人能穿出戈壁？"

胖子笑了一声，没接话，道："你胖爷我是什么人物！这些老子都自有计划，提前和你说说，就不劳你担心了。"不过，听他的语气，似乎对这件事情胸有成竹。

潘子摇头，叹气道："这事情老子不勉强你，拿到装备，你要走随你，不过，可不要指望遭难的时候我们来救你，我们摸到的东西你也别指望拿一份。"

"你还唬我？你也不打听打听，唬人，胖爷我是祖宗。"胖子道，"胖爷我早想明白了，你三爷这次进来，根本就不是来摸明器的，要摸到好东西，老子只能单干，得和那小哥一样，玩失踪。前两次那小哥都把我们甩了，指不定摸了个脑满肠肥，咱们都不知道。"

我听着就实在忍不住笑了出来，心说这我倒可以肯定，闷油瓶甩了我们不是为了钱。

胖子一看我没睡，就不说了，只道："大人说话，小孩子听什么，去去去，睡你的觉去。"

我心里感觉胖子是知道我在假寐，话里有话，应该是说给我听的，但是我不知道他想表达什么意思，好像是在提醒我闷油瓶每次都消失的事情。难道是他注意到了什么，想单独和我说吗？

不过在这种场合下，我也不可能避开潘子，只能不做任何的表示，等待时机，而且我实在太疲倦了，根本没法去琢磨这些复杂的事情。

之后大家又陷入了沉默。我靠在旁边的一根枝丫上，逐渐平静下来，睡死了过去，连怎么睡着的都不知道。

其间应该做了一些梦，但是睡得太沉，梦都是迷迷糊糊的。也不知道睡了多久，我醒了过来，发现四周的雾气淡了很多，看了看表，才睡了不到三个小时。

睡得相当好，精神一下子恢复了不少，但是身体犹如针刺般酸痛，看样子比刚才还要糟糕。我同样也曾想过以后不可能再有这种肌肉酸痛的情况发生，没想到还是没办法逃脱。

我活动了一下，舒缓了一下筋骨，感觉好多了，就看到胖子正坐在那里，头朝上看着一棵树，四周没有看到潘子。

我心中奇怪，问他道："潘子呢？"

胖子立即朝我做了一个不要说话的手势，指了指树上。

我按着腰，忍着浑身的酸痛站起来，走到他的身边，抬头看去，只见雾气间已经能看到月亮模糊的影子，树上似乎有人，潘子好像爬到树上去了。

我问："怎么回事，这小子现在学猴了，喜欢在树上休息？"胖子就轻声道："刚才有点儿动静，他爬上去看看。"

话没说完，树上传来"嘘"的一声，让我们不要说话。

我们赶紧凝神静气，看着他，又等了一会儿，就看到潘子朝我们做手势，让我们马上上树。

第九章 · 第一夜：手链

我俩马上活动手脚，开始爬树。

这里的树木比较容易攀爬，落脚点很多，但是需要格外小心，树干之上都是苔藓之类的植物泥，落脚不稳就容易滑脚，一旦滑了第一下，就可能会一路摔下去。

我们小心翼翼，一步一口气，好比在爬一棵埋着地雷的树，好不容易爬到了潘子的身边。

潘子所在的地方接近树冠的顶部，枝丫相对稀疏的地方，雾气更淡。这棵树很高，头顶上是雾气中透出的毛月亮，大概是因为这里是高原，月亮特别明亮，竟然能透过薄雾照下来这么多的光线，不过月光和雾气融合，还是给人一种毛乎乎的感觉。在晦涩的白光下，能看到四周的树木，但是绝对看不清楚，雾气中一切都模糊不清。

我们上去，轻声问潘子怎么回事。他压着极低的声音道："那边的树上好像有个人。"

"哪边？"胖子轻声问。潘子指了一个方向，做了一个手势：

"大概二十米，在枝丫上。"

"这么黑你怎么看得见？是不是那小哥？"

"本来也看不见，刚才他动了我才发现。"潘子皱着眉头，又做了个手势让胖子小点儿声，"有树叶挡着，看不太清楚，但应该不是那小哥。"

"你没看错吧？是不是急着想见你三爷，晕了？"

潘子没空理会胖子的挤对，招手道："我不敢肯定，你自己看！"说着拨开密集的枝丫，指着远处的树冠让我们看。

我第一眼只看到一大片茂密的树冠。我的眼睛稍许近视，在平常的时候还好，在这么模糊的光线下很容易花眼，所以看了半天也看不出有什么。胖子的眼睛尖，一下子便看到了，轻声道："哎，真有个人。"

潘子递过望远镜给我。我顺着胖子的方向看去，果然看到了树冠的缝隙中有一个类似于人影的形状，似乎也在窥视什么，身体缩在树冠之内，看不清楚，但是能清楚地看到那人的手上满是污泥，在迷蒙的毛月光下看着好像是动物的爪子。

是谁呢？

我问道："会不会是昨天晚上咱们在沼泽里看到的那个'文锦'，小哥昨天没追到她？"

潘子点头："有可能，所以才让你们小声点儿，要真是她，听到声音等下又跑了。"

我把望远镜递给吵着要看的胖子，对潘子道："怎么办？如果她真是文锦，我们得逮住她。"

潘子看了看四周的地形，点头："不过有点儿困难，从这里到那里有二十多米，如果她和昨天晚上那样听到声音就跑，我们在这种环境下怎么也追不上，她跑几下就看不到人了，最好的办法就是能偷偷摸到树下，把她堵在树上。而且，咱们得尽快了——"他看了看一边的树海，"现在雾快散了，我们也不能耽误太多时间，抓住她之后，要赶紧赶到三爷那里。"

我想了想，说了声"行"，没时间犹豫了，只有先做了再说，想着就拍了一下胖子，想拉他下树。

胖子忙摆手："等等，等等。"

"别看了，抓到她让你看个够。"潘子轻声喝道。

胖子还是看，一边看还一边移动，潘子心急就火了，上去抢胖子的望远镜，被他推开："等一下！不对劲！"

我们愣了一下，胖子眼尖我们都知道，他忽然这么说，我们不能不当回事。我和潘子交换了一下眼神。这时候就听到胖子倒吸了一口冷气，放下望远镜骂了一声，立即把望远镜给我："果然，仔细看，看那手。"

我急忙拿过来，仔细去看。胖子在边上道："看手腕，在树叶后面，仔细看。"

我眯起眼睛，往那人手腕看去，穷尽了目力，果然看到了什么东西。我心里"咯噔"了一下，似乎意识到了什么，下一秒就明白了。

那是阿宁的那串铜钱手链！

因为之前在魔鬼城里的经历，以及那个怪梦，我对那条铜钱手链印象极其深刻，所以即使是在这样的光线下，我也能肯定自己绝对不会看错。

我吸了一口凉气。

如此说来，远处树上的这个"人"，竟然是阿宁的尸体。那些蛇把她的尸体运到这里来了？

潘子看我的脸色有变，立即将望远镜拿过去。他对阿宁的印象不深，我提醒了他之后，他才皱起眉头，歪着头若有所思。

"从入口的地方拖过密林沼泽，又搬到这么高的树上，这简直是'蛇拉松'比赛，这些蛇还真是有力气。"胖子往边上的枝丫上一靠，咂了咂嘴巴，沉思道，"这些蛇怎么和蚂蚁一样？你们说会不会它们和蚂蚁一样是群居性动物，它们的蛇巢里藏有一条蛇后，这些尸体是运给蛇后吃的？"

"什么蛇后？"我一下子没听懂。

胖子道:"你没掏过蚂蚁窝吗?蚂蚁里的蚁后负责产卵,工蚁负责养活蚁后,我看没错了,肯定是这样,这里的鸡冠蛇可能和蚂蚁、蜜蜂有着一样的社会结构。这林子里肯定有一条蛇后,这些小蛇都是它生的。"

我越发疑惑:"确实,这些蛇的行为无法理解,但是你这么猜肯定是没道理的,蛇和昆虫完全是不同的种类,这种可能性非常小。"

"我觉得这应该算是个不错的推测。"胖子道。

我不置可否,不想继续讨论这个问题,再次看到阿宁的尸体,又是这样的场面,让人很不舒服。我都不敢想象,隐藏在树冠内的部分,现在是什么样子了。虽然胖子表示过自己对生死的态度,但是他这时候说的话还是让我感觉有点儿郁闷。

三个人沉默了一会儿。胖子道:"不管它们要来干吗,显然尸体在这里,附近肯定有很多蛇,我们最好马上离开这里。"

"那就不管她了?"我心里有点儿不舒服,"既然找到了尸体,要么——"

胖子摇头,我想想也不说下去了。这确实不是什么好想法,这里的蛇我们一条也惹不起,况且阿宁也不想我们看到她现在的样子。于是我叹了口气,不再去看那个方向,轻轻念叨了一声:"阿弥陀佛,得,我闭嘴。"

这时候我发现潘子一直没有把望远镜放下来,心里奇怪,看这么久还没看清楚,仔细一看,发现潘子的手上竟然满是汗,脸都发青了。

我一惊,凑上去问道:"怎么了?"

潘子放下望远镜,有点儿异样,摇头对我道:"没什么。"

那绝对不是"没什么"的表情。我拿过望远镜再次往那方向看去,确实没有什么异样,心中怀疑了一下。不过胖子已经动身下树,我没工夫再考虑这些,最后看了一眼远处,就跟着胖子爬了下去。

潘子下到树下,脸色已经完全恢复正常了。刚才也不知道是怎么回事,但是我发现潘子老是往那个方向看。

他不说，我也不想问，我估计他可能也是不敢肯定，与其问出来让自己郁闷，不如就这么算了。三个人立即收拾了东西，背上了背包，潘子修正了方向，就准备立即离开。

刚想出发，潘子又看了看那个方向，忽然停住了。这时候胖子也发现了他的异样，问他怎么了。他抬手指了指那个方向，做了别说话的手势。

我们都停下脚步，恍惚间听到四周某个方向的林子里，传来了一声声轻微的人声，窸窸窣窣，好像是有人在说话。

因为林子里十分安静，所以这些声音显得极为突兀，我们三个都莫名其妙。我更是一头冷汗，侧耳去听，就感觉这断断续续的声音，好像是一个女人在低声说话。

我们静静地听，那声音忽高忽低，飘忽不定，又似乎是风刮过灌木的声音。然而四周枝叶静定，一点儿风也没有，而让我们遍体生寒的是，声音传来的方向，就是阿宁尸体的方向。

胖子轻声骂道："这演的是哪一出啊？该不会是那臭婆娘真的诈尸了，在这儿给我们闹鬼吧？"

我说不可能，但看了看四周，妖雾弥漫，黑影幢幢，这里不闹鬼真是浪费。

胖子道："不是鬼，那是谁在说话？"

我又想起了昨天晚上看到的"文锦"，心说不一定是闹鬼，也有可能是这个"女人"在附近，然而昨天晚上，"她"并没有发出声音来，所以也不知道"她"是男是女。

还有另外一个可能，就是三叔或者他的人就在附近，那就太走运了。不过这情形实在是古怪，三叔他们应该不会发出这种声音。之前我碰到过太多离奇的事情，在这关口，我还是自然而然产生了不祥的预感。

我不喜欢这种感觉，对他们道："这里月光惨淡，我看肯定有事要发生，咱们还是快走，待着恐怕要遭殃。"说罢就问潘子，"你刚才算了这么久，我们现在该往哪里走？"

潘子脸色铁青，指了指那声音传来的方向："问题是，我们要前进的方向，就是那棵树的方向。"

当下我就愣了："那边？你没搞错？"

潘子拉上枪栓，点头道："搞错是孙子。起雾之前，最后一次看到烟就是在那儿。"

当下我就蔫了，也不知道再说什么好。这时候胖子站了起来，骂道："他奶奶的，是福不是祸，是祸躲不过。人家堵在我们路上，存心不让我们好过，但是咱也不是好惹的，走，就去弄弄清楚，看看到底怎么回事。"说着，站起来就要过去。

我暗骂一声"点儿背"。潘子立即拉住了他，摇头道："千万不可过去，你仔细听听她在说什么。"

第十章 ● 第一夜：丛林鬼声

"孤魂野鬼还能说些什么，还不是'还我命来'这些话？"胖子道。潘子让他别废话，仔细听，他不是在和他开玩笑。

那人声在说什么，我倒真没注意，刚才声音响起，吓得我们三个头皮发麻，哪里还有心思去听具体的内容。

这声音并不响，如果不是这林子里安静异常，恐怕会被我们忽略掉。现在不仔细去听也根本听不清楚，只感觉是一个女人，用着一种非常奇怪的语调，不知道在自言自语地说些什么。

潘子说起来，我们的注意力才集中到这方面。潘子示意我们屏住呼吸，仔细去听。

距离似乎太远，那声音黏黏糊糊、断断续续，就算这么听，感觉像在哭，又感觉像在念什么东西，也实在听不出个所以然来，最大的感觉就是，语气暧昧。

"难道是在叫春？"胖子皱起眉头道。

潘子拿枪托拍了他一下，让他别乱说。这时候我有了一点儿感觉："等等，怎么，这声音……好像在叫我的名字？"

"叫你的名字？我怎么听不出来？"

"不是叫我的本名，是在叫'小三爷'，你仔细听听。"

胖子听了听，摇头表示听不出来。我更仔细地听，反而听不清楚了，不过那声音确实有点儿像这么回事，好比鬼魅勾魂一般。"确实是在叫我的名字，就算不是，也像在叫我的名字。"我斩钉截铁道。

潘子点头："没错，你说这里知道你名字的女人有几个？我看这真是闹鬼了，阿宁那婆娘可能觉得自己死得冤，不想一个人烂在这里，要找我们陪葬。"

我摇头，这时候想到了另一个可能："天哪，难不成她还活着？"

"活着？怎么可能？老大，你不是没看到，你背到峡谷口的时候，她都烂了。"胖子道。

我一想，心里又凉了。的确，阿宁的死非常确定，一点儿回旋的可能都没有，当时检查得非常仔细。

潘子道："我看是这死女人想引我们过去。我们绝对不能上当，你们跟着我走，我们想办法迂回过去。那边情况不明，可能有很多毒蛇，而且这情形诡异异常，去了讨不了好。"

我转向胖子，问他的意见。

一边是未定的因素，一边是生死存亡，胖子也犯了嘀咕，想了想只得收敛好奇心，一顿，道："你胖爷我不是反悔，不过大潘说得对，咱们手里家伙太少了，这一次还是悠着点儿，打鬼也要看鬼是谁，万一真是阿宁我也下不去手！"

我如释重负。我本来就不想去看什么女鬼，也不知道胖子是怎么想的，没有什么则好，要是有什么，咱拿什么本事脱身啊？想着立即应声。

三个人转身，不再理会那诡异的声音。潘子定了个方向，我们小心翼翼地猫着身子继续赶路，试图从那声音发出的地方绕过去，另外也可以走近听听，到底是怎么回事。如果真是三叔的人在说话，那我们也有足够的距离补救。

我们用布蒙着灯头，不敢把矿灯打得太亮，靠着暗淡的光芒在树木的缝隙中艰难地穿行。

说是绕过那树，其实距离并不远，那诡异的声音一直在我们耳边徘徊，我们走的同时捏着把汗，连一句话也不敢说。

随着距离的靠近，我们离那声音也越来越近，我越听就越不像说话的声音。那声音非常脆，不停地重复着一个节奏，完全无法判断到底是什么发出的。

不过能肯定发出声音的地方，就在附近的一个方向。我的心理作用作祟，感觉哪个方向看过去都是鬼气森森的。

一边走一边注意着这个声音，我听得入了神，听着听着，就感觉这声音好像在哪里听到过，脑子里有点儿印象，而且还很新鲜。

我立即让他们停一停，听了一下，忽然，我就想到了那是什么："糟糕，难道这是阿宁身上的对讲机在响？"

"对讲机？"

我知道阿宁他们的制式装备里包括对讲机，我没看见她从口袋里拿出来过，这种对讲机防水、防火、防摔，你要不是认真想对付它，它不是那么容易坏掉，而且可以连续使用三个星期不需要充电。阿宁很可能一直开着。"把对讲机的话筒口用湿的布蒙上，如果有静电噪声，你感觉会不会和这个声音很像？"

胖子没经验，但是潘子显然知道，就猛点头："小三爷说得对，真的很像。"

"那现在是谁在呼叫她？"胖子问，"丛林中的无线电信号很弱，无法传播太长的距离。"

"但是她在树冠上，如果对方也在树冠上，或者说，在峡谷的外沿，那么很可能就可以收到信号。而且你听那声音时断时续，说明对讲机开在自动搜索频率的功能上，它循环搜索所有频率内的声音，显然这里有一道无线电频率正在被人使用。潘子，我三叔这一次有没有带对讲机这种东西？"因为在魔鬼城里对对讲机印象很深，所以这些功能我都倒背如流。

"三爷绝对不用这种东西，因为下地淘沙绝对不会有几个小组分散行动的情况发生，一般就一个，能下去就不错了。不过车上有无线电，难道是在戈壁上留着守车的人在使用这个频率通话？我……"潘子突然想到了什么，"我明白了，他们也看到红烟了，可能三叔和他们有什么约定，他们在进行调度。"

我道："我们得拿到那个对讲机，这样就可以和戈壁上的人对话，我们就能知道他们的行进计划，以及三叔为什么会在我们之前就进入沼泽中心，而且我们离开的时候，也可以让他们做接应，说不定我们可以从峭壁直接上去。"

胖子兴奋起来，看来他实在是在林子里走得厌烦了，道："那还等什么，既然不是鬼，咱们也不用客气。"

潘子摇头道："这事情要考虑周详。没有鬼还有蛇，四周全是树枝，冷不丁蛇从黑暗里出来咬你一口，那你就真成鬼了。"

这蛇其实比鬼还令人头痛，胖子急得抓耳挠腮，恨不得身上能有个喷火器："要是带了蛇药就好了。看来以后真得什么都带足了，谁能知道戈壁里的古城是这个样子的。"

"这种蛇会怕蛇药？老子很怀疑。"潘子道，"依我看，这些东西可能根本不是蛇。"

"不是蛇是什么？黄鳝？"

"我们那里说，东西活得久了都能成魅，这些说不定就是蛇魅，蛊惑人心，这座古城就是这些东西建的，"潘子道，"专门引人进来，然后吃掉。这保不齐就是个陷阱，咱们还是不要过去。"

胖子拍了拍他，道："你是封建迷信的书籍看得太多了，被毒害得太深了。蛇就是蛇，就是智商高点儿，它也只是蛇，怎么说也只是一种动物。咱们是万物之灵，还怕这些没手没脚的？"说到这里，他眼珠一转，计上心来，"哎，你们看这样如何，动物都怕火，你们把衣服全脱了，我用你们的衣服把我身上所有的地方全都包住，淋湿了之后浇上烧酒，点起来我就冲过去。这些蛇肯定不敢咬一个火人，我拿了对讲机，然后回来跳进沼泽里，最多不会超过两分钟。"

"然后呢？我们是不是要拿着对讲机在这里裸奔？"我怒道，

"你用点儿脑子好不好？而且这也太难控制了，我们用的酒精纯度极高，万一你被烧死了怎么办？我们还需要你运装备呢。"

"哪有这么容易烧死。"胖子道。潘子接道："我们穿的都是防水透气的纤维衣服，一烤就干，一点就着，你不用浇酒精就能把自己烧成火人。这绝对行不通。"

胖子骂了一声，忽然又想起了什么："哎，那或者咱们干脆在树下放把火，堆上湿柴，把烟烧起来，把那些蛇全熏走。"

我一听，觉得这个办法可行。对这种东西就不能正面冲突，一定得采取这种办法，以前农村里打老鼠也经常用烟熏。

我点头同意，立即就要开始收集湿柴。胖子让潘子帮忙，潘子却一下又抓住了我们，不让我动。他脸色很不好看，简直就是有点儿心虚。

我看潘子的脸色，想到他在树上那种表情，忽然意识到了什么，问道："潘子，你刚才是不是看到了什么？"

潘子点头，有点儿欲言又止，顿了顿，道："老子本来不想说，怕吓到你们，不过现在还是说了吧。那尸体绝对有问题，我们打死都不能过去。"

"难怪我感觉你怯了。"胖子道，"你到底看到了什么？"

"我看到了，可是我不知道怎么说——就在刚才，我在树上看到，我看到——"

潘子讲话的水平很差，用土话能说出来的话，用普通话就很难表达，说了半天不知道怎么形容。

"你是不是看到阿宁像蛇一样，从树冠里探出来看着我们？"胖子忽然道。

潘子忙点头："对，就是这样。嗯？你怎么知道？"

胖子脸色铁青地指了指我们身后。我看胖子的表情不对，忽然就头皮一麻，立即和潘子回头。

我们看到身边那棵树下阴影中的灌木丛后，站着一个既像蛇又像人的影子。它静静地蹲在那里，离我们只有五六米的距离，那对讲机的轻微声音，正从这东西的身上发出来。

第十一章 • 第一夜：逼近

我咽了口唾沫，胖子呻吟了一声："啊，她什么时候走过来的？"

我下意识地往相反的方向挪了挪身子，压低声音道："不对，你听这声音，和我们刚才听到的一样。刚才我们感觉离这声音越来越近，可能是错觉，不是我们靠近这声音了，而是这声音靠近了我们。"

这时候我发现自己腿肚子不知道从什么时候起在不停地打哆嗦。要是个粽子，我也许还不会那么害怕，可这偏偏是阿宁，天知道一个我认识的人现在竟然变成了这个样子，她到底成什么了？我简直无法面对，想拔腿而逃。

不过，那玩意儿黑不溜秋的，我们也看不清楚，是不是阿宁也不好肯定。我心中实在有点儿抗拒这种想法。胖子矮下身子，想用手电去照那个人影，潘子却按住了他的手："千万不要轻举妄动，你听四周。"

我们凝神听了一下，就发现四周的树冠上，隐约有极轻微的窸窸窸窣的声音传过来，四周都有。

"那些蛇在树冠上，数量非常多。刚才那声音恐怕就是这东西发出来，勾引我们靠近的。"

我们浑身僵硬起来。胖子转头看着四周，四面八方全是声音："咱们好像被包饺子了。"说着，他就举起砍刀。

潘子对他摇头，把我们都按低身形，让我们隐蔽，然后从背包里掏出了酒精炉，迅速拧开了盖子："你用刀能有个屁用，咱们真的要用你的火人战术了。"

"你不是说这样会烧死自己吗？"我轻声道，"我宁可被蛇咬死。"

"当然不是烧衣服。"潘子道，然后让我们蹲下来，迅速从背包里扯出了防水布，披在我们头上，把酒精全淋在了上面。

我立即就明白了他的意图，心说果然是好招数，这经验果然不是吹的。

潘子道："手抓稳了，千万别松开，烫掉皮也得忍着，我打个信号，我们就往前冲。"

四周的窸窣声更近了，我们立即点头。潘子翻出打火机立即点上火，一下子防水布上就烧了起来。他立即钻进来，对我们大叫："跑！"

我们顶着烧起一团火焰的防水布立即朝着一个方向冲去，当即四周的树干上传来蛇群骚动的声音，我们什么也管不了了，用最快的速度跑出去二三十米，酒精烧完了，防水布也烧了起来。潘子大叫"扔掉"，我们立即甩掉已经燃烧的防水布，开始狂奔。

那完全是发疯似的跑，什么都不管，什么也不看，锋利的荆棘划过皮肤我都感觉不到痛。咬牙一路跑出去有一两里地，我们才停下来，立即蹲入草丛里，喘着气去听后面的声音。出乎我意料的是，后面听不到任何蛇的声音，连那诡异的对讲机的声音也没有了。

我有点儿不太相信我们就这么逃脱了，不过这多少让我们松了口气，虽然寂静如死的森林，也并不是那么正常。我的手被烧伤了，也顾不得看看，现在揉了一下，发现只是烫了一下，当时还以为要废掉一根手指呢。

"好像没追来，看来这些蛇也怕了我们不要命的。"胖子道，"大潘，有你的，知道灵活变通，这一招老子记着了。咱们还有多少防水布？"

潘子喘气，脸都跑黑了，道："防水布有的是，可酒精只剩下一罐了，这一招没法常用。快走，这地方太邪门，再也别管什么闲事了，老子可没命再玩第二回了，它们可能就在附近，没发出声音来。"说着看了看指北针。

我知道潘子说得没错，于是一边牛喘一边咬牙站起来。潘子确定了方向，立即推着我们继续往前。

我看了看身后的黑暗，心里想着那似人似蛇的影子，不由得毛骨悚然。我们不敢再停下来，走得更加急和警惕，几乎一有什么风吹草动就加快速度。这么一来，体力消耗就成倍地增加，之前高强度的消耗没法在这么短的时间内完全恢复，休息完之后的轻松感早就在刚才崩溃了，我们走得极度辛苦。胖子喘得像风箱一样，我几乎就是跟着这声音往前走的。

这时候我心里多少还有点儿欣慰，因为一路过来，每次有什么动静之后总会有事情发生，这一次竟然能绕过去，显然运气有所好转，这是以前从来没有的事情。

然而，走着走着，我忽然又隐隐约约地听到我们前方的林子里，响起了那种令人不寒而栗的声音，断断续续，犹如鬼魅在窃窃私语一般。

我们全部僵在了那里。胖子立即把我们两个按蹲下做好隐蔽。我实在累得不行，几乎崩溃。胖子喘着气道："我说，大潘，你怎么带的路？怎么我们又绕回来了？"

潘子看了看四周，脸逐渐扭曲，道："我们没绕回来。"

我们向四周张望，确实看不到一点儿曾经来过的迹象。四周的林子很陌生。潘子道："糟了，它们没追我们，它们在包抄。"

第十二章 ● 第一夜：偷袭

"包抄，这些畜生还会这个？"胖子冷笑，"胖爷我总算长见识了。"

潘子道："老子早说了这些蛇不正常。这些绝对是蛇魅，都快成精了。"

听得前方的动静，群蛇似乎正在逐渐靠拢，但是树冠都静止着，犹如凝固了一样，这声音就好比是一股无形的邪气在朝我们逼来。我的汗毛都立了起来，问潘子："你老家有没有什么对付蛇魅的土方子？"

潘子道："哪里能对付？按老底子这些都是神仙，听我姥爷说古时候都献过童男童女。"

胖子道："有没有靠谱点儿的，现在这时候我们上哪儿找童男童女去？"

潘子道："老子是说古时候，现在这年头在城里哪里还碰得到这种东西！我看硬拼绝对是不行，你看阿宁一下子就死了，我们还是撤吧，打游击我是祖宗，就和它们玩玩躲猫猫，看谁包抄谁。"说着就指了一个方向，要我们跟着他。

我听着潘子说的话，忽然有什么东西让我灵光一闪，走了两步，就想了起来，拉住他道："等等，我感觉不太对。"

潘子看向我。我对他们道："这里面有蹊跷，你们想想阿宁中招的时候，几乎没有防御的能力，一下子就死了，其实这些蛇要弄死我们太容易了，它们根本不需要搞这么多花样，随便缩在某个草丛里，我们走过的时候咬一口，就算我们有几条命也都没了，何必要搞得这么复杂？"

"你是什么意思？说明白点儿。"胖子问。

"它们在峡谷外面就有无数的机会要我们的命，但是我们都安然无恙。蛇不同于人，它们不会犯低级错误。这些蛇没有采用暗算的方式，现在反而在搞这种虚张声势的诡计，可能它们的目的并不是想要我们的命。"

潘子摇头道："这说不通。不想要我们的命，那它们为什么要咬死阿宁呢？也许它们现在是在忌讳我们什么。"

我道："你想想阿宁和我们有什么地方不一样？"

他们两个互相看看，胖子就惊讶道："难道因为阿宁是女的？"

我点头："很有可能就是因为这一点。这些蛇行为太乖张了，我们不能用普通动物的行事方式来推测它们的意图。我看这根本就不是包抄，它们这种行为背后有着更加诡秘的目的，如果我们贸然行动，可能会陷入更加无法理解的境地里去。"

胖子皱眉道："你这么一说倒也有道理了，那怎么办？难道应该硬拼？"

我摇头道："我觉得我们应该先别轻举妄动，先搞清楚它们的意图，否则我们实在太被动了。"

胖子咧嘴道："你真是天真无邪。咱们又不是蛇，怎么可能搞得清蛇的意图？"

我道："人的意图我们都可以分析出来，何况动物？人败在动物手里，往往是低估了对方的智商，我们应该把这些蛇当人去看。如果是一群人，在我们进来的时候，杀了我们中间唯一的女人，却不杀我们，而是用这种方式，时刻让我们的神经保持紧张，你会觉得他们有什么目的？"

三个人沉默了下来。胖子皱起眉头，迟疑道："这么说起来，难道它们都是母蛇，在垂涎我们的美色？"

我心说都什么时候了，你还有心思开玩笑，却发现胖子竟然是认真地在思考这个问题。

这时候潘子突然吸了口冷气，道："哎呀，小三爷，这次你说得太有道理了，我好像知道是怎么回事了——你们有没有听说过有一种森林，进去之后就出不来？"

胖子道："你是说东北的'鬼林子'？"

"我不知道怎么叫，越南那边叫'akong'。树林本身就是非常容易迷路的地方，但是有种林子，树木的长势会受到某种规律的影响——不知道是巧合还是必然——会特别容易迷路，而且关于这种林子有一种诡异的说法，在里面会受到各种声音的干扰，林子会像有生命一样将你困死在里面。"潘子有点儿兴奋，砍了一根藤蔓，把里面的水挤出来喝了几口，继续道，"按当地说法，森林有自己的想法。"

我知道这种说法。有人说这是一种进化的体现，所有的森林都是复杂和诡秘的，而且越进化就越复杂，是因为森林希望将所有进入其中的东西困住，为其提供养料，这是森林的一种群体智慧。

但是我并不相信，这样的说法太玄乎了，我更相信另一种说法，就是这种现象是某些动物将猎物往包围圈赶。

潘子也道："现在的情况可能是类似。我感觉这些蛇确实在逼着我们往一个地方走，它们在修正我们的方向。"

听得我直出冷汗，觉得太不可思议了。

我们不敢往有声音的地方走，又不可能回头，肯定会选择绕路，那么只要在我们前进的地方发出声音，我们经过若干的绕路，肯定会到达一个地点。这想起来，其实和魔鬼城中无形的城墙很相似。

潘子指了指那声音传来的方向："我知道有一种狼就会这样来逼死大型猎物。如果猎物一直避开狼的声音，就会被赶到什么绝境，比如说悬崖边上，然后被狼逼得摔下去。所以一旦开始绕路，我们就算是中招了。"

说着，他眼睛里冒出凶光，对我们道："多亏了小三爷多疑，否则咱们真的要倒大霉了。"

我心说你这是夸我还是损我，胖子就问道："那现在如何是好？我们难道只能走回头路？"

潘子道："恐怕连回头路也不会有。它们既然堵了前面，必然也会堵了后面，这叫逼上梁山，咱们只能去会会它们了。既然它们不想杀我们，那么我们或许对它们有用处，我们就赌一把，看看能不能冲过去。"

本来想着能一路避过危险，找到三叔再说，然而此时不可能了，潘子就提议主动进攻，无论对方是什么，也不能被诱入陷阱中，到时候可能有比死更惨的事情等着我们。

胖子说他早就想这么干了，我们还非迂回，浪费时间。

于是我们开始准备，不过在这种环境下，我们的武器几乎没有防身的作用，潘子的枪不能连发，如果第一枪没打中，还不如匕首管用，在这样的能见度下，打中目标几乎只能靠运气。

三个人一琢磨，就做了几支火把，两支短柄的，一支长柄的。一般的动物都怕火，就算是狗熊之类的大型猛兽，看到三团火也不敢贸然靠近。

而只要有这火焰帮我们威慑住对方，那潘子就有从容的时间射击和换弹，遇上危险也能应付一下。当然，真实的情况到时候才能知道。

潘子说，如果对方是人，他完全可以神不知鬼不觉地摸过去，他在越南摸林子偷袭的本事相当厉害，但如果是蛇，那就等于送死，况且还有那只不知道是什么的怪物。那东西不知道是不是阿宁。不过，既然声音是从那东西身上发出来的，那么它肯定也在前面，所以我们要尽量避免发生正面冲突，以通过为主要目的，实在不行再拼命。

我们准备妥当，点燃火把，就往那声音传来的方向缓缓摸去。

这其实是相当矛盾的事情——在午夜的雨林中，举着火把无疑是最大的目标，比开着坦克还要显眼。但是我们三个全都猫着腰在那里，似乎要去偷袭别人，有点儿像举着"我是傻老爷们儿，我来偷窥"的牌子闯女厕所的感觉。

那窸窸窣窣的声音离我们并不远，也就两三百米，我们的注意力全部集中在那声音上。听着声音越来越近，也越来越清晰，那无线电噪声的感觉也越来越明显，我不由得咽了口唾沫。但即使如此，我们还是听不清楚那声音到底说的是什么。

很快，那声音就近得几乎在我们头顶上。潘子举手让我们停下，抬头去看头顶犹如鬼怪一般的树影，辨认片刻，无法分辨。

在这边，月光照不到树冠下的情形，我们的火把不够长，光线也没法照到上面，只看到树冠之间一片漆黑，声音就是从其中发出来的，也无法描绘树的全貌，反正这里的树冠几乎都融为一体，也说不出哪棵是哪棵。

第十三章 · 第一夜：冲突激化

让我们感到奇怪的是，就算是到了树下，从树上传下来的，还是那种窸窸窣窣类似电磁噪声的声音，并没有任何其他声响，更没有动静。而且在这里听起来，我总觉得那声音不止一个。难道这不是对讲机的声音？

进入这里之后，一切的判断都无法肯定，我总感觉我没有抓住关键。

"那些长虫真镇定！"胖子在一边用唇语道。

我预想的最好的情况就是，那些蛇对我们的这种举动目瞪口呆，无法做出反应，我们可以有惊无险地过去。不过我感觉这有点儿太贪心了，虽然树冠纹丝不动，但是我已经感受到一股难以言喻的躁动在四周蒸腾，不知道是心理作用，还是确实能感受到这种危险的气味。

我们已经相当靠近了，如果这些蛇的智商真的这么高，现在却仍然没有动作，显然这些东西相当谨慎。

这种谨慎是我们可以利用的，因为我们什么也没有，如果这些蛇突然改变主意要杀我们，那么我们连一点儿反抗的能力都没有。这种利用对方小心的性格暗度陈仓的计策叫作偷鸡，我以前以为只有对人类可以玩偷鸡这种把戏，想不到这一次我们还可以偷蛇的鸡，今年黄鼠狼该郁闷了。

我们不动声色，潜伏着慢慢过去，不敢说话，不敢有任何大的动作，更不敢有任何的停留。那声音越来越近，汗水如雨一样从我的脸上流下来，声音越清晰我就越无法集中注意力。

这种感觉让我心慌。胖子发现我不对，立即捏了我一下，让我放心。我转头看他，发现他也是满头汗。

不过被他这一捏我感觉好多了。这时候那声音就在我们的头顶，我们一边抬头注视上面，怕那些东西直接扑下来，一边迈步继续往前，不知不觉地走得就快了一点儿。

我们犹如木偶一样走出去十米左右，就在我心中涌起一股希望的时候，忽然，树冠上传来的声音戛然而止，林子里顿时安静了下来，我们全部打了个寒战。

那一瞬间三个人都僵住了，但是胖子反应最快，推了我一把让我跑，我却缓不过来摔倒在地，爬起来刚要狂奔，一件让我瞠目结舌的事情发生了。

我竟然听到四周的树冠有一处抖动了一下，接着上面就有人幽幽地叫了一声："是谁？"

我们一下子全愣了，面面相觑：怎么回事？怎么有人说话？

"难道是三爷的人？"潘子一下子兴奋起来，"嘿，不是蛇，我说怎么就没事呢，咱们真是自己吓自己。"他立即对树上叫道，"是我，大潘，你是哪个？"

树上一下子没声音了，静了好久。我们又面面相觑，潘子就又叫了一声："问你呢，你是哪个？"说着就把火把和矿灯都往上招呼。

火把一上去，树冠就抖了一下，接着那个幽幽的声音又道："是谁？"这一次语调变了，似乎很痛苦。而且，这是个男人的声音。

我又感觉有点儿问题，这时候不可能一走了之了。潘子道："我

第一夜：冲突激化

55

上去看看。"

说着他咬住火把，就开始爬树，胖子端枪掩护。我拿刀警惕四周，掩护胖子。潘子的动作极快，几下便爬了一半。这时候树冠又抖动了一下，他没有犹豫，立即加快了速度，几步冲进了树冠之内。我也无暇去看四周，把脸转了上去。

原本以为立即会听到潘子的叫声，但是一下子动静就没了。我的神经开始绷紧，就看着树叶中潘子的火把在移动，似乎没有打斗的迹象。

僵了片刻，胖子也很疑惑，转头看我。我心说你看我也没用，我又没有透视眼。又僵持了片刻，潘子还是没有动静。

这就有点儿不正常，我冷汗就下来了，心说难道这是蛇的陷阱，潘子该不是被秒杀了吧？

胖子轻喝了一声："大潘！"

上面还是没动静。胖子暗骂了一声，将枪递给我，接着就要上去。我还没接过来，忽然我和胖子的脸上都一凉，树上有什么东西滴了下来，一摸一看，竟然是血。

胖子一下子就毛了，枪也不给我了，将手里的火把往上一甩，甩进了树冠，端枪就打。

连开了三枪，巨大的声响在无比寂静的森林中犹如炸雷一般，顿时整个树冠都抖了起来。在晃动的火光中，我竟然看到无数的蛇影，在树干中骚动起来。

我大惊失色，但已经晚了，只见无数的红光犹如闪电一般从树上游了下来，上百条血红色的鸡冠蛇如流血一般布满了整个树身，并倾泻而下，朝我们直扑过来。

"我靠，这里是蛇窝！"胖子大吼一声，又朝着蛇群连开了两枪，但是这点儿攻击力对如此多的蛇来说实在是不值一提。他拉着我大叫："跑！"

此时根本没法顾及潘子了，我心中一酸，心知必然是凶多吉少，只得立即朝后狂奔，只听得身后窸窸窣窣的声音犹如瀑布一般急追而来。

顺着来时的路线，我们连蹿出去十几米，回头一看，在这么密集的丛林中，原本蛇应该也没法行动得很快，然而这些鸡冠蛇竟然在藤蔓乱草中犹如闪电一般，我们一停它们几乎就到了，一下子直立起来，全部做出了攻击的姿态，就要咬将过来。

鸡冠蛇王贴地而飞果然是真的，我心说这次绝对死定了。胖子看我还拿着火把，立即抢过来，用力一挥，就将最近的几条蛇逼退，同时把枪甩给我，大叫："装子弹！"

我赶忙去接，竟然没接住，枪掉到了地上。我弯腰去捡，一条鸡冠蛇一下子蹿到枪的附近，吓得我立即缩回手去。

胖子几乎吐血，挥动着火把冲过来，一甩将那蛇逼退，然后用脚后跟钩住枪带甩给我。

这一下我接住了，立即扯开枪膛，往里面填子弹。才填了两颗，忽然脖子一凉，还没等我看清是什么，胖子的火把已经挥了过来，火焰从我耳边呼啸而过，将那蛇拍了出去。

同时我的头发也着了，烫得我大叫。胖子已经把枪抢了过去，单手对着逼来的蛇连开两枪，把其中两条蛇的脑袋打飞。但是随即后面的蛇继续逼近，很快就把打死的蛇掩盖了过去。

胖子还想开枪，扣了两下扳机没子弹了，大骂："你才装了两发！"

我回骂："你自己抢得那么快，有两发就不错了！"

此时我们已经被逼到一棵巨树前，后面再无可以退的空隙了。胖子拿着火把，徒劳地挥动着，也只能逼得那些蛇暂时退后，但是我知道，只要胖子露出一点儿破绽，我们就完蛋了。

就在火烧眉毛之际，忽然从一边的树上，"砰"一声爆起一团火花，一道火球呼啸着穿过树林，射到了我们面前的蛇群里，接着爆了开来。炙热的强光一下子烧得我睁不开眼睛，还好我反应快，否则肯定直接爆盲。

"信号弹！"我纳闷。还没等我眼睛恢复，又是一发从远处飞来，正打在我们脚下。我眯着眼睛只看到一片白光，脚下滚烫，一摸，原来我和胖子的裤子着了，烫得我们立即拍打。

信号弹不是攻击性武器，但是其燃烧时候的高温可以被用来在奇袭时点燃油库，威力巨大，如果直接打在我们身上，我们马上就会变成半熟的牛排。

强光烧了五十秒才暗了下来，眼睛很久才能睁开，全是影斑，不知道视网膜有没有被烧坏。再看我们面前，鸡冠蛇群已经烧死了大半，高温引燃了我们脚下的灌木和藤蔓，在我们面前形成了一片火海，到处是焦煳味。剩余的鸡冠蛇，全都退了开去。

这一切发生得极快，真是九死一生。我看着眼前的情形，几乎瘫软下来。

胖子拍灭了裤管上的火，纳闷是谁救了我们。一边的灌木抖动起来，潘子捂着肩膀从里面摔了出来，手里拿着信号弹发射枪，看到我们就摔倒在地。

我大喜："你没死啊?!"就见潘子浑身是血，似乎受了极重的伤。

我忙冲过去将他扶起来。他挣扎着爬起来，奄奄一息地对我们道："快跑!"

我一愣：跑什么?

忽然从潘子身后的灌木中，站起了一个巨大的黑影，一下子抓住潘子的腿，在潘子的惨叫声中闪电一般将他拖进了灌木中。

第十四章 · 第一夜：追

我被眼前的场景吓蒙了，还没反应过来，一边的胖子端着枪就冲到我身边，大叫："子弹！子弹！"

我掏出一把，他立即抢过去，一边把枪夹到胳肢窝下，一只手举着火把，单手填弹，一边跳进灌木丛追了过去。

跑了几步看我不动，大骂了一声："跟上！你待在这儿，等下我去哪儿找你？"

我骂了一声，抽了自己一巴掌，立即扯紧背包紧随其后。

闯进灌木之中，行走万分困难，我咬牙蹚着荆棘藤蔓，追着胖子的火把，很快衣服全撕破了。追出去几十米，闪烁间就见前方树冠剧烈地抖动着，拖着潘子的东西上了树，动静极大，显然这玩意儿是个庞然大物。

胖子冲到树下，我们看到树上被什么东西刮出道道划痕，树冠上抖动的树叶朝边上的树移去，显然是要到另一棵树上。

我们不是猴子，根本没有办法在树上追踪，但是在树下实在是跟不上了。胖子喘着气，又追了几步，只好端起枪，朝着树叶抖动的方向瞄准。

我立即对胖子大叫："小心打到潘子！"

胖子咬牙道："横竖是死！赌一把！"说完抬手就是一枪。

枪声震耳欲聋。胖子的枪法极好，但是在这样的情况下根本就没有瞄准的目标，也不知道有没有打中。远处树冠持续抖动，这东西在树上比在平地上走得还快，正在飞快地远去。

"狗屁步枪，口径太小了。"胖子骂了一声，咬牙又往前追了几步，连开了四枪，把子弹全射了出去。

我清晰地看到子弹的火焰射入黑暗，还是没有作用。等胖子再次装填完毕，那东西已经出了我们的视野，要追上已经不可能了。

"怎么办？怎么办？"我急得大叫。

胖子也急得团团转，不过才转了一圈，他就发现了什么，把火把照到树上，我们看到树干上全是血迹。

胖子疾走几步，再照下一棵树，发现同样有。

"有门儿！"他叫了一声，立即把火把交给我，"这下它倒霉了，咱们跟着血迹过去，端了它的老窝，就算救不回潘子，也要它偿命。"

这可能是救回潘子唯一的希望了，我也没多考虑，立即就点头。

胖子让我把子弹全部给他。潘子的子弹是放在香烟盒里的，带得不多，一路过来已经用了不少，我全拿出来，发现只有一盒半不到了。胖子又骂了一声："下次如果还有'夹喇嘛'，没有口径5.56以上的家伙，我就不来！"

"得，下次给你门火箭炮，别啰唆了，快追！"

胖子倒出五颗子弹，三颗放到衣服的胸口袋里，两颗咬在嘴里，一甩头："走！"

我在前面用火把探路，他端枪掩护，我们循着血迹朝黑暗的深处追去。

血迹一路延伸，树干上没有时，灌木和蕨类植物上就有，反正能一路追下去。我越看越觉得不妙，这血迹肯定是潘子的，这么多的血量，有可能是伤到动脉了，要真是这样，大罗神仙也救不回来了。

但是活要见人，死要见尸，事情没有一个绝对。

追出去有五六百米，前面树冠上的动静已经听不到了，我们没法去顾及什么方向以及刚才那些诡异的声音了，只知道有血迹在，我们就必须跟下去。

血迹断断续续，越来越不明显，我心里越来越不安，不知道是血止住了，还是血被放光了。

胖子警惕地看着树顶，一边迅速前进，一边开始大叫："你有种回来连你胖爷我一起给叼了，看是你的牙口硬，还是你胖爷我的皮糙！"

我赶紧阻止他："你在干什么？"

胖子道："野兽喜欢在绝对安全的情况下吃东西，它听见我叫就会警觉，不会这么快对潘子下口。"

我道："警觉个屁啊！你别把其他东西招来！"

他道："你没看过《动物世界》？这么大的捕猎动物，有自己的势力范围，这个范围内不会有许多的大型猛兽的。最好能把它引过来，我们少走点儿冤枉路。"

我还是觉得非常不妥当，胖子却我行我素，继续边跑边大叫："你叼的那个有艾滋病，吃了肠穿肚——"话没说完，突然绊到了什么东西，一下子滚倒在地。

我扶他起来用火把一照，只见地上的落叶上是潘子的背包，上面全是血。

胖子立即警惕起来。我想说话，他对我做了一个"安静"的手势，让我把火把举高看树冠。我刚直起身子，就看到一个巨大的黑影悄无声息地从他背后的树上挂了下来。

第十五章 · 第一夜：搏斗

　　我立即大叫。胖子一看我脸色有变，反应极快，看也不看就一枪托往后砸去，但是已经晚了，那黑影一缩，躲了过去，然后猛扬了起来，我就看到一团满是鳞片的东西从黑暗中闪电一般弹了出来，一下子卷向胖子。

　　胖子真不是省油的灯，那么胖的身体竟然能反应这么快，顺势一滚就翻了出去。他一让开，火把的光线就照亮了他的身后，我顿时看清楚了那影子的真面目，那竟然是一条水桶粗的金褐色巨蟒，浑身都是血，巨大的蟒头垂了下来，可以看到上面全是弹伤，血肉模糊。

　　我看着脑中一闪，一下子就认了出来，这竟然就是在峡谷里袭击我们的那两条巨蟒中的一条，竟然在这里又遇上了。

　　巨蟒一击落空，几乎没有停顿，缩回头颅张开血盆大口，就朝滚着的胖子咬去。

　　这一次胖子避无可避，一下子屁股就给咬了个正着。巨蟒力气极大，身子一卷就将胖子卷了起来，扯到半空准备绞杀。

胖子没有闷油瓶缩骨脱身的功夫，一下子就动弹不得了，枪也甩在一边，大叫着在空中头朝下转了好几个圈。

我不知道哪来的勇气，立即冲过去用火把去敲蛇。这实在是蠢招，我被盘起来的蛇身猛地一撞就摔了出去，火把砸到自己的裤子上，把本来就没剩多少的裤子又点了起来。我滚了一下把火压熄，胖子已经被卷到树冠里。

我慌起来，这时候手碰到了胖子的步枪，立即捡了起来，躺在地上单手对着蛇头就开了一枪。

很久没有开枪，枪的后坐力把我的虎口都震裂了，但是单手开枪实在太勉强，这么近的距离竟然没打中，子弹偏了出去，撞到一边的树干上。

我爬起来，还要再开枪，突然从树上传来一个咬牙的声音："小三爷，枪给我！"

我抬头一看，潘子竟然还没死，在枝丫间伸下了流满鲜血的手："快！"

我立即把枪抛了上去，他一把抓住，晃晃悠悠地往枝丫上一靠，不去瞄准蛇，反而瞄准了一边盘着蛇的巨大树枝，咬牙连开了三枪。

近距离——就算这种枪的口径小，威力也极大，那一人粗的枝丫硬生生被打出了一个豁口。巨蟒本身就极重，加上胖子立即就把枝丫往下压折了，重重地砸在地上，像是一棵树倒了下去。

这一下摔得极重，蛇摔得蒙了，猛地盘起来，一下子也不知道是谁袭击了它。胖子趁着蛇盘起身子的一刹那，从蛇身中退了出来，滚到我的脚边。此时他已经被绞得面红耳赤，连站起来的力气都没有了。我拉住他的胳膊，把他往树后拖，不想他却呕吐起来。

我心说糟糕了，该不是内脏被绞碎了吧，忙问他怎么样。

他一把推开我，极其艰难地站起来，又吐了一大口，才道："晕蛇，比云霄飞车还晕——"

话音未落，巨蟒又扑了过来，血盆大口一下子绕过树干，咬住胖子的肩膀，将他整个人扯了过去，连同我一起用力一甩。我翻到一边的灌木中，胖子大吼一声撞到树上，滚到地下。巨蟒根本不停，接着又拱起头部，满是倒钩牙的巨嘴张开，准备给胖子来致命的一击。

我心中大叫完了，千钧一发之际，突然有一根小树枝从树上扔了下来，打在了巨蟒头上。

巨蟒一抬头，看到了潘子，马上改变了攻击目标，朝树上猛弹过去。就见潘子单手拿枪用力一插，一下子把步枪连同他的一只手臂插进了巨蟒的喉咙里，接着巨蟒甩头将他从树上提了起来，还没绞过去，就听一声闷响，巨蟒的咽喉部分被炸开好几个口子，疼得它一下子翻了起来。

潘子飞了出去，摔进了黑暗里。那巨蟒狂怒得疯了一样地四处乱撞，巨大的力量把四周的灌木全部摔飞，枝丫被拍下来，像下雨一样。

我抱头躲在树后，只看到树皮全被拍了下来，吓得不敢动弹。等了十几分钟，周围逐渐安静了下来，我探头去看，只见巨蟒翻倒在地，扭了几下不动了。

我完全蒙了，直到胖子哀号起来，才反应过来，站起来跑过去。胖子已经完全晕了。我将他扶起来，他看着我胡说道："把开蛇的司机拽过来，趁胖爷我没死，让老子捏死他。"

我看他还能说胡话，说明没事，将他放倒，立即跑到远处，去找潘子，这家伙恐怕真的是凶多吉少了。

潘子躺在六七米外的树下，浑身是血，手里还死死地抓着已经炸开了膛的步枪，步枪的头都炸成喇叭花了。

我冲过去，他一张嘴就吐血，看着我说不出话来。我看着一摊烂泥一样的人，急得直抓脑门，拍了自己好几巴掌才稍微镇定一点儿，立即开始解潘子的衣服。

衣服一解开，我就一阵反胃，只见他身上竟然全是口子，都是被巨蟒在灌木中快速拖动造成的，好在他身上本来就全是伤疤，皮肤相当硬实，伤口都不深。

我掏出水壶，想先给他清洗伤口。他艰难地举起一只手，往我身上塞，嘴巴艰难地动着。

我拿过来一看，是他的指北针。在这么剧烈的拖动下，他的背包都被甩脱了，这东西竟然能拿着没有掉。

指北针上全是血，但是还能看到他做的记号和夹角标尺。他艰难地发出了一声："找三爷……小心……蛇会……"就浑身痉挛，再也说不出话来。

"蛇会什么？"我不知道他的意思，不过这没意义了，不由得骂了一声，把指北针拿过来放进口袋，让他不要再说话了。他一下子吐了好几口血，连呼吸都困难起来。

我心说：怎么会有这么执着的人？赶紧草草地用水冲洗了他的伤口，然后翻起他的背包，从里面拿出抗生素给他注射进去。

一边的胖子已经缓了过来，一瘸一拐地捂住伤口靠过来，问我情况如何。

我其实根本就不知道情况，我甚至不知道潘子能不能被救活，我没有勇气去求证这些，只能尽力去救他。

胖子也用水壶清洗了伤口，给自己注射了抗生素。我们把潘子搬到蛇尸的边上，我就坐倒在地上，开始给他做全身检查。

四肢都有脉搏，而且并没有虚弱的趋势，我不由得松了口气，但是不敢放松，立即检查他的全身。一路上流了那么多血，很有可能是动脉出血，我必须找出那个伤口，如果不处理，肯定会失血而死。

最后我在潘子的左大腿后面找到了那个伤口，简直深得可怕。伤口竟然已经止血了，结了很大一块血痂，上面全是碎叶子，可能是在被拖动的过程中，潘子情急之下做的措施。

这个伤口必须清洗缝合，不然会感染，到时候这腿就不能要了。但是我们身边没有处理伤口的设备，全部轻装掉了。

这一下，我们确实必须和三叔会合了，而且真的是越快越好。

我拿出潘子给我的指北针，擦掉上面的血迹，想找到方向，可是上面的刻度我完全看不懂，给胖子，胖子也摇头。我拍了一下脑门，骂自己当时干吗不多花点儿心思学一下。

胖子也筋疲力尽，完全没有力气折腾了，道："得了，现在只有等天亮了。到你三叔那儿指不定还需要多少时间，咱们全身是血，很容易招东西来，还是就在这里待着安全，而且不给大潘缓缓，他恐怕也经不起长途跋涉的折腾了。"

我看了看潘子，他意识已经模糊了。要是我受了这么重的伤，肯定就挂了，这家伙的意志真是没话说。不过确实，这伤实实在在，搬动他真的不行。于是我们整了一片空旷的地方出来，暂时将潘子安顿好。我看了看表，快天亮了，心里祈祷他一定要顶住。

我脱掉衣服给潘子盖上取暖，一下子我也有点儿缓不过来。如此疲劳之下，又经过了这么剧烈的搏斗，我感觉有点儿虚脱。

我坐下来喘气喝水。胖子把潘子的枪捡了回来，给我看，道："这家伙是个爷们儿，他拿东西堵了枪眼，让枪在这蛇喉咙里炸膛了，把这蛇的脊柱给炸断了，否则，还真的不容易弄死它。"

我想着就奇怪，之前在峡谷里，潘子枪枪打中要害，几乎把它的脑袋都打烂了，本以为它死定了，没想到这蛇竟然还没死，还能袭击我们。

胖子道："这种大蛇智商很高，恐怕是之前被潘子打了好几枪，记住了潘子，一直在追踪我们，等机会要报复我们。"

我把火把甩亮些，站起来去照蛇的尸体。仔细去看就发现这蛇真是大，简直像龙一般，就是这么看着还是感到自己背脊发凉。

蛇全身都是金褐色的大鳞片，一片有巴掌大小，最粗的地方简直有柏油桶那么粗，身上有很多伤口，有的都腐烂发臭了。

我小心翼翼地走到蛇头的地方，用火把去照，发现那蛇的舌头竟然还在动，显然还没有死绝。整个蛇头几乎被打开了花，黑色怨毒的眼睛反射出火把的光芒，犹如来自地狱的恶龙。蛇的脖子处，就是枪炸膛的地方，出现了好几个破口，肉全翻了出来，血流不止，已经淌了一地。

这蛇没有这么容易死透，说不定还能活过来。怕它突然再暴起伤人，胖子掏出砍刀，准备将蛇头剁下，但是砍了两下，这蛇身上连个印子都没有。

　　胖子拿砍刀在蛇的鳞片上划了两下，才发现这些鳞片坚硬得要命，好像盔甲一样。胖子凑近蛇的伤口，发现这蛇竟然长了两层鳞片，皮糙肉厚，难怪潘子怎么打也打不死它。

　　从伤口附近掰下两三片巨鳞，胖子道："这拿回去吹牛，绝对能干倒一大片。"说着就放进兜里。我让他弄干净点儿，蟒蛇的鳞片下面经常会有寄生虫。还没说完，胖子就"哎哟"了一下，手腕好像被什么东西咬了。

　　翻过来一看，我发现一只蜘蛛一样的小虫子咬在他小臂上。我们都见过这虫子，是一只草蜱子。我用火把烤砍刀，顺手就把它烫了下来。这时候，我的裤裆里一疼，用手一摸，一下子摸出一包血。

　　我顿觉不妙，用火把往地上的灌木中一照，就发现我们站的四周的灌木上，竟然已经爬满了这种恐怖的虫子，有的已经爬到我们裸露的小腿上。

第十六章 ● 黎明：血光之灾

草蜱子嗜血成性，肯定是被这里的蛇血吸引过来的。这林子里草蜱子的数量太恐怖，显然已经饿昏了，全部朝这里聚集了过来。

我把火把放低，将四周灌木上的草蜱子烧了一遍，脚上又被咬了好几下，这时候没时间处理了，只好任由着它们，我们得想办法突围。

胖子用炸膛的枪临时做了一支火把，我们用火逼开它们，将潘子抬了起来，一看，潘子的背部已经吊满了血瘤子，刚才应该已经被咬了，背部压在草下没发现。

胖子立即用火把去烧，一烧掉下来一大片，接着我们拖起潘子的背包，就急急离开。

幸好潘子的血已经止住了，没有招惹来更多的草蜱子，回头看时，只见巨蟒的尸体已经完全被黑点覆盖，很快这东西就会和在峡谷中看到的那具蛇的骸骨一样，被吸得只剩下一层皮。

"评'四害'的时候没把这东西评上，真是委屈了它。"胖子看着咋舌道。

　　我们一路抬着潘子，来到一处沼泽边，怕身上的血再次吸引来那些草蜱子，我们用水把身上的血和潘子的背包全部洗干净。洗着洗着，天就渐渐亮起来，黎明终于来了。我看着天上透出来的白光，欲哭无泪。这是我在这里度过的第二个黑夜，如果有可能，我实在不想有第三个。

　　胖子又问我往哪里走比较好，我掏出指北针，爬到树上，想学潘子的做法。

　　晨曦的光线昏暗，欲亮不亮的样子，我爬上树后，突然闻到了一股极为清新的空气，精神不由得为之一振。这个鬼地方，要说还有什么好的话，早晨应该算是唯一能让我心情一荡的了，这也是因为这里的夜晚实在太可怕了。

　　我深吸了一口气，刚想往四周观瞧，忽然就惊呆了，我发现眼前无比宽阔，在我的前方，不过五六十米的地方，赫然出现一座巨大的神庙似的黑色遗迹。

　　我不知道怎么来形容这种感觉，我原本以为会看到大片的树冠，和以前看到的一样，这突然出现的庞然大物让我一下子无法思考，好半天才反应过来：如果我不是在这个地方爬上树，我可能会一直前进，与这座神庙在这么近的地方擦肩而过。

　　和以前看到的遗迹不同，这座神庙完全是一个整体，是一座巨大而完整的多层建筑。在现在的光线下看不到全貌，但是感觉规模可能远不只我们看到的那么大，而且看轮廓，保存得比雨林里的废墟要好很多。整片我能看到的遗址中，只有少量的地方有杂草和树木，也看到了久违的大片的干燥巨石。神庙廊柱和墙壁上西域古老的浮雕，在这个距离看上去就像巨石上细小的花纹，无比神秘。

　　我带着胖子往那里走，不到两分钟我们就从林子中穿了出去，走入了遗迹的范围之内，树木逐渐稀疏。

　　从树下看去，遗迹更是大得惊人，乍一看真的很有吴哥窟的感觉，到处是石头的回廊、不知名的方塔，最后来到一处高处，看到树冠后巨大的神庙。胖子看得都惊呆了。我一边看一边赞叹地对他道："这地方要是开发出来，就是世界第九大奇迹了，你信不？"

"我信。"胖子忽然看到了什么，给我指了一个方向，"不是世界第九大奇迹，也是我们的一大奇迹，你看那边。"

我朝他手指的方向看去，在神殿之前的平地上，有连绵成一片的十几个大帐篷，竟然是一个野外营地。

帐篷是帆布的，很大，很旧，大大小小分得很散，颜色是石头的灰色，所以刚才远看没发现。这不是阿宁他们的帐篷，但也没有旧到在这里立了十几年的地步。我心里闪过一个希望。这时候胖子已经叫了起来："这是你三叔的帐篷，胖爷我认得！"

我一听，心中狂喜，差点儿就大喊出来，这真是"山重水复疑无路，柳暗花明又一村"，看来老天爷玩我玩够了，想让我休息一下了。

我和胖子立即就往营地冲去，也不知道是哪里来的力量。我脑子里只想着休息，休息。

我们狂奔过遗迹之前的开阔地，这是一片巨石堆砌成的广场，其间有很多巨大的水池，水是活水，非常清澈，能看到水池下面有回廊，回廊深处一片漆黑，不知道通向哪里，显然原本这些部分都是在水面上，现在被淹没了，我们看到的巨大神庙，可能只是当时神庙的房顶，或者顶层，这建筑到底有多宏伟，实在无法估计了。

还没靠近营地，胖子就开始大叫，叫了半天没有反应，跑着跑着，就发现这个营地有点儿不对劲——整个营地安静得让人发毛，没有人走动，没有人影，没有任何的对话声和活动的声音，一片死寂，好像荒废了一样。

我们跑到营地的边缘停了下来，已经筋疲力尽，刚才的兴奋没了，我意识到休息可能离我们还远。胖子喘着气，静了静，仔细听了听。晨曦中的营地一点儿声音也没有，寂静得犹如雨林，感觉不到一点儿生气。

胖子喃喃道："不妙，咱们可能来得不是时候。"

第十七章

●

黎明：寂静的营地

我们兴奋的心情，瞬间被眼前诡异的营地浇熄了，两个人互相看了看，我有点儿想抱头痛哭。我实在太累了，无法再应付任何的突发事件。我忽然觉得我要疯了，这个森林要把我逼疯掉。

胖子比我坚强得多，一边放下潘子，让他靠在一块石头上，一边让我跟他进去探察。我们身边已经没有了雾气，他捡起一块石头打头，我们两个小心翼翼地警惕着那些帐篷，走进了营区。

一走进去，我才感到三叔这一次的准备到底有多充分，我看到了发电机、灶台，竟然还有一顶巨大的遮阳棚。遮阳棚下面是一块平坦的大石头，上面用石块压着很多的文件。我看到有几只刷牙的杯子放在一边的遗迹石块上，另一边两个帐篷之间的牵拉杆被人用藤蔓系了起来，上面挂着衣服。这简直像一个简易的居民居住点。

一切都没有异样，没有打斗过的痕迹，没有血迹，但是也没有人，好像营地里的人只是远足去了。

我们在营地的中间，找到了一个巨大的篝火堆，已经完全成灰

了，在篝火堆里找到了烧剩下的发烟球。显然没有错，昨天的烟就是从这里升起的。

帐篷的门帘都开着，可以看到里面没人，我们甚至还能闻到里面"香港脚"的味道。

蹑手蹑脚地转了一圈，什么都没有发现，胖子和我面面相觑。

我想起了当时看到的信号烟的颜色。潘子说，红色的信号烟代表着"不要靠近"的意思，显然可以肯定这里发生了什么事情。我不由得又紧张起来，感觉浑身竖立起了芒刺：这些人到哪里去了？这里发生过什么？

不安的感觉无法抑制，如果我们装备充足、体力充沛，我甚至可能会决定立即离开这里，在附近找个安全的地方仔细观察。但是我们现在几乎就剩下半条命，我实在不想离开这里再去跋涉。潘子的情况也不允许这么做了，他必须立即得到护理。

在遮阳棚下的巨石上，胖子找到了一包烟，他心痒难耐，立即点上抽了一支。不过他实在太疲劳了，抽了两口有点儿顶不上劲儿，我也抽了几口。烟草在这个时候发挥的是药用价值，我慢慢舒缓下来。

接着，我们把潘子抬到一个帐篷里，我看到里面有两只背包，这种帐篷很大，一个帐篷起码可以睡四个人，帐篷里的防水布上还有很多的杂物——手电筒、手表，都没有带走，我甚至还看到一只MP3，却没有看到任何的电灯。我心说：难道外面的小型发电机是为了这个充电准备的？这也太浪费了。

在里面终于可以真正地放松下来，我们把潘子身上的衣服全部脱光，把剩余的草蜱子弄掉。胖子翻动一只背包，从里面找到了医药小盒子，用里面的酒精再次给潘子的伤口消毒，接着他就到营地的帐篷里逐个地翻找，找到了一盒针线，把潘子身上太深的伤口缝起来。

潘子已经醒了，迷迷糊糊的，不知道神志有没有清醒。胖子一针下去，他的脸明显有扭曲，但是没有过大的挣扎反应。

看着胖子缝伤口的利落劲儿，我就惊讶："你以前是干什么的，还会这手艺？"

"我和你说过，你老忘，上山下乡的，针线活儿谁不会干，没爹打没娘疼，只好自己照顾自己。"他道，"不过这人皮还真是第一次缝。你说我要不缝点儿图案上去，这家伙会不会觉得太单调？"

我知道他在开玩笑，干笑了几声，表示一点儿也不好笑。

看着潘子我就感慨，万幸这巨蟒虽然力大无穷，但是牙齿短小，即使这么严重的伤，也没有伤到潘子的要害，只是失血太多，恐怕没那么容易恢复。看着赤身裸体的潘子和他满身的伤疤，我忽然意识到他这些伤疤的来历了，恐怕每次下地，他都是九死一生。难怪三叔这么倚重他，这家伙做起事来真的是完全不要命。

不过，也许正是这样的做事风格，虽然他每次都受重伤，却每次都能活下来。

胖子对我道："这叫作自我毁灭倾向，我很了解。我有一死党，以前也上过战场，和他一个班的人都死了，而且死得很惨。他退伍后就缓不过来，老琢磨当时为什么死的不是他，好像他活下来是别人把他开除了一样。和我倒斗的时候，他干起事情来拼了命地找死，什么危险干什么，其实就是想找个机会把自己干掉。这种人就是得有个记挂，否则真的什么事情都干得出来，所以我感觉你三叔对大潘来说就和救命稻草似的。"

我没有那么深刻的经历，无法理解胖子说的话，不过看他的手有点儿抖，就让他别说话，专心缝合。

两个人缝了将近一个小时，才把伤口缝好，手上全是血，又给潘子的伤口消了毒，胖子才松了口气。此时潘子又昏睡了过去。

我们走出帐篷坐下来休息，胖子并没有完全放松，立即看着四周，并且道："这里不对劲。我看我们趁现在多收拾一下，也不能在这里待久。"

我点头，想站起来，可是一动我就发现实在走不动了，身上没有任何一块肌肉能听我的命令。胖子动了两下，显然也走不动。我俩相视苦笑，一起叹气。

说实在的，我们已经油尽灯枯，就算现在有火烧眉毛的事情，我恐怕也站不起来。无论是精神还是肉体，已经超出了疲累的极限，完全无法用了。

看我不动，胖子苦笑着说："不过现在再回丛林里，恐怕也不安全。与其在潮湿阴冷的地方被干掉，我宁可死在这里，听着MP3给蛇咬死也配得上我这种倒斗界名流了。"

这有点儿阿Q精神了，不过我真心地点头。虽然以前也经历过几次这种筋疲力尽的事情，但是这一次特别严峻。主要是进入这里之前，我们穿越大戈壁已经耗费了太多的精力，在进入峡谷之前我们已经非常疲倦了，之后完全是硬撑下来的。这种长途跋涉后发现旅途才刚开始的感觉，让人极度绝望。更可怕的是，我知道如果我能活下来，那么回去的路途才是真正的考验。现在阿宁的对讲机即使真的存在，我们也不可能拿到，那么这后面的事情完全会是一个噩梦。

这些东西想起来就让人头痛欲裂，我实在不想琢磨这些。

我们休息了片刻，煮了茶水，吃了点儿干粮，然后把身上的衣服全脱了，那衣服脱下来就穿不上去，随便找个洞都比裤脚大，只好不要了，找了几件正在晒的衣服给换上。再看自己的腿，全是荆棘划出的血痕，所幸都是皮外伤，虽然碰到水刺痛，但没有什么感染的危险。

恶心的是那些草蜱子，腿的正面一只都没有，全集中在膝盖后的臼窝里，血都吸饱了。胖子找来专门杀草蜱子的喷雾，喷了一下，草蜱子全掉了下来。我想要拍扁，胖子说一拍可能会引更多的过来，就全部扫到灶台里，烧得啪啪响。

自己煮的茶水格外香，我喝了一点儿，又洗了脚和伤口。已经完全麻木的肌肉终于开始有感觉了，酸痛、无力、麻痒，什么感觉都有，我连站也站不起来，只能用屁股当脚挪动。

昨天晚上，只有我睡了一会儿，所以虽然困意难忍，但我还是先让胖子睡一会儿，自己靠到一边的石头上警戒。

此时阳光普照，整个废墟全部清晰地展现在我们面前，四周无风，整个山谷安静得犹如静止一般。我料想胖子睡不着，没想到他靠在石头上不到一秒钟就发出了雷鸣一般的呼噜声，烟都没掐掉，叼着就睡死了。

　　我把他的烟拿来自己抽，苦笑着摇头，这时候感到自己也要睡过去了。我强打了精神，竭力忍住不让自己睡着，但是不行，只要坐着不动，眼皮就重得跟铅一样。

　　晨曦退去，太阳毒了起来，我深吸几口气，躲到遮阳棚里，强迫自己开始整理自己的背包。这时候，我看到了塞在最里面的文锦的笔记本。

　　怕这珍贵的笔记本会在这么艰苦的跋涉中损坏，我用自己的一双袜子包着，进入峡谷之后一直是计划赶不上变化，都没有机会再仔细看一下，这时候回忆，就感觉这笔记中的内容基本帮不上什么忙。

　　也许是文锦来的时候距离现在也有一些年头了，虽然对这座古城的历史来说，十几二十几年实在是太短的时间，但是对这里的环境也足够长了，二十多年，这里的树木恐怕完全是另外一种长势。

　　倒是文锦写的"此处多蛇"没有骗我们，不过，我觉得文锦写得太简略了。这些蛇实在有太多可写的东西，但是她只注意到多，难道是缺心眼儿不成？

　　笔记中记载了大量他们穿越雨林的经过，我倒是可以再仔细看一下，看看有什么可以帮助我们的。这番思考之后，我脑子里已经一片空白，一心想着怎么从这里出去，所以把笔记翻到了最后的部分。

　　然而我实在是太疲倦了，看字都发花，只好用水浇了浇眼睛，强打精神。翻了几页，我就实在熬不住了，感觉现在看字像催眠似的，就把笔记放下，然后尽量使脑袋一片空白，可是神志不可逆转地一点儿一点儿模糊起来。

　　就在我马上要睡着的时候，恍惚间听到一个幽幽的声音，好像是潘子叫了我一声："小三爷。"

　　我一下子被惊醒，以为潘子有什么需要，立即揉了揉眼睛，痛苦地支起身子，却发现四周安静得很，没有任何声音。

　　我心说糟糕，累得幻听了，立即按揉太阳穴，却又听到了一声很轻的说话声，好像是在笑，又像是在抱怨什么，从营区的深处传了过来。

我一个激灵，心说：难道他们回来了？

我立即跑了出去，却见里面没人。我叫了一声"嘿"，再往几个大帐篷中间走，走了一圈，什么都没看到。

奇怪！我拍了拍自己的脑袋，四周安静得让人心悸。

在原地站了一会儿，什么都没有发生，我莫名其妙地走了回去，坐回到原来的位置，深吸了几口气，点起了烟，感觉可能是精神错乱了。

但是我立即就知道我没有，我看到面前的石头上，有几个泥脚印，从远处一路延伸过来，到我坐的地方。这在刚才是没有的。

我警觉起来，往四周看了看，看到放着文件的大石头上也有很多的泥浆，显然有东西撑在了这上面。接着我就发现，我放在上面的文锦笔记的位置变了，上面沾着泥浆。

一瞬间我的困意全无，立即站了起来。

谁干的？这么多泥脚印，难道是那个文锦？这家伙看到自己的笔记，翻了一下，还是那个好像是阿宁的怪物？

我看了看四周，没有人在，就去看脚印，脚印一路延伸，竟然是进了潘子的帐篷里。我一下子紧张起来，立即捡起一块石头，到胖子身边，想叫醒他。

叫醒胖子没有那么容易，我摇了几下没有反应，又不敢发出太大的声音，只好咬紧牙关，朝帐篷走去。

帐篷虚掩着，我走到跟前，就看到帐篷的尼龙门帘上有一个泥手印，立即咽了口唾沫。

深吸了一口气，我想象着过程：我一把拨开门帘，然后冲进去，先大叫一声，如果那人朝我扑过来，老子就用石头砸他。

这时候，我忽然又感觉那石头不是很称手，但是也没时间再去找一块了。我又深吸了一口气，咬牙一下子钻进帐篷里，果然看到一个浑身是泥的人正蹲在潘子面前。

我大叫一声，正准备扑过去，就看到那人转过头来。我一下子愣住了。我看到满是泥浆的脸上，有一双熟悉无比的眼睛。

竟然是闷油瓶。

第十八章 · 第二夜：再次重逢

本以为是文锦尾随我们进入了营地，我拿着石块进去想堵她一下，却发现进入营地的，竟然是满身是泥的闷油瓶。

他的样子让我咋舌：一身的淤泥，几乎把他的全身包括头发都遮住了，肩膀上的伤口全都被烂泥糊满，也不知道会不会感染，不过倒是没有看到他身上添新伤，他昨天晚上一定过得比我们舒坦。

我无法形容当时的感觉，就僵在了那里。他转过来，我才反应过来，把石头放下，解释道："我以为你是……那个啥……"

他没理我，只问我道："有没有吃的？"

我一下子想起来，他冲进沼泽的时候，什么东西都没带。看他的样子，可能一连二十几个小时都没有吃东西了。

我带他出去，给他倒了茶水，他就着茶水把干粮吃了下去，什么话也没说，脸冷得犹如冰霜一样。

他吃完了，我给他布让他擦手，忙问他情况怎么样，当时追出去之后发生了什么事情，又是怎么追上我们的。

他脸色凝重，一边将脸上的泥擦掉，一边断断续续地说了一遍。他说得极其简略，但我还是听懂了。

原来前晚他追着那文锦出去之后，连续追了六个小时，无奈在丛林中追踪实在太困难了，最后不知道那女人是藏起来了还是跑远了，就追丢了，到他停下来的时候，已经不知道身在何处了。

没有任何的照明设备，失去了目标，连四周的环境都看不到，他算了一下来这里的时间和自己的速度，知道离开我们并不会太远，但是如果继续深入雨林，要回来就更加困难，他就缩在了树根里面，等待天亮之后回去。

这和我们当时的想法是一样的，胖子推测他也可能会在早上天亮之后回来，但是天亮之后，事情却出了变化，他看到了我们的信号烟，同时，也看到了三叔他们点起的烟。

他按照距离判断出我们的烟的方向，回到我们给他留字条的地方，却发现那里已经被水淹了。他只好立即返回，来追我们，但是和我们一样，追着那烟走，路线并不笔直，一直没和我们碰上，后来在晚上听到枪声，才摸了过来，一直跟到了这里，发现了营地。

我听完心说真是碰巧，如果昨晚没有那场大战，恐怕他不可能找到我们，也亏得他能在这么恶劣的环境下保持这么清醒的判断。不过他能回来，我心里还是放下了一块石头，本来我是不抱任何希望的。

这时候看他抹掉身上的淤泥，我就问他，同样是跑路，我们虽然也很狼狈，但是也没搞成他这副德行，他遇到了什么事情弄成这样。

"泥是我自己涂上去的。"他道。

我更加奇怪，心说：你学河马打滚，还是身上长跳蚤了？你这体质，躺在跳蚤堆里跳蚤也只敢给你做"马杀鸡"啊。

他看了看手臂上的泥，解释道："是因为那些蛇……"

"蛇？"

"文锦在这里待了很久，这里这么多的毒蛇，她一个女人能活这么长时间肯定是有原因的，而且那个样子实在不平常，我感觉这两点之间肯定有关系，想了一下，我意识到这些淤泥是关键。"闷油瓶道，"我在身上抹了泥，果然，那些蛇好像看不见我。"

我一想，恍然大悟，原来是这样，我说文锦怎么是那个鬼样子。蛇是靠热量寻找猎物的，用淤泥涂满全身，不仅可以把热量遮住，而且可以把气味掩盖，确实有用。

我心中不由得狂喜，这实在是一个好消息。如此一来，我们在雨林中的生存能力就高多了，至少不再是任蛇宰割了。

闷油瓶把身上的泥大致地擦了一下，就看向四周的营地，问我道："你们来就这样了？"

我点头，把我们的经历也和他说了一遍。

我从和他分开说起，说得尽量简略但清楚，一直说到我们到这里的时间比他早不了多少，这里已经没有人了，而且这里的情况有点儿奇怪，所有的贴身物品都没有被带走，也没有暴力的痕迹，好像这些人从容地放弃了营地，什么都没有带就离开了。

他默默地听完，眼睛瞄过四周的帐篷，也没有说什么，只捏了捏眉心，似乎也很迷惑。

我对他道："你回来就好了。因为潘子的关系，我们暂时没法离开这里，而且我们也实在太疲倦了，需要休整，否则等于送死，现在多一个人多一个照应。"

他不置可否，看了看我，道："在这种地方，多一个、少一个都一样。"

我有点儿意外他会说这种话。不过他说完就站起来，拿起一个提桶，去营地外的水池里打了一桶水，然后脱光衣服背对着我开始擦洗身子，把他身上的淤泥冲洗下来。我看他的样子知道没什么话和我说，心里有点儿郁闷，不过他能回来就是一件喜事了。

他洗完之后就回来闭目养神，我也没有去打扰他。不过我也睡不着了，也洗了个澡，洗完之后感觉稍微有点儿恢复，又打了水回去，给潘子也擦了一把身。他的身上有点儿烫，睡得有点儿不安稳，我擦完之后他才再次沉沉睡去。

出来看到胖子，我想他总不需要我伺候了，一边坐下来按摩着小腿，也没有想再把文锦的笔记拿来看，一边转头看闷油瓶。他也睡着了，想起来他肯定比我们更累，就算是铁打的罗汉也经不起这么折腾。

我就这么守着。一直到下午三四点的时候，胖子才醒，迷迷糊糊地起来看到闷油瓶，"咦"了一声，好久才反应过来，道："老子该不是在做梦吧？"

闷油瓶立即就醒了，显然没睡深，看了看他，又看了看天，坐了起来。胖子就揉眼睛道："看来不是做梦。工农兵同志，你终于投奔红军来了。"

闷油瓶真是一个神奇的人，虽然他少言寡语，但是他的出现好比一针兴奋剂，我看得出胖子也是发自内心地高兴。我道："你高兴什么，你不是说要单干吗？"

他站起来坐到我边上，吐了几口血痰，道："那是之前。小哥回来了，那肯定得跟着小哥干，跟着小哥有肉吃，对吧？"

我看他痰里有血，知道他也受了内伤，不过他满不在乎，应该不是太严重，就让他小心点儿。

闷油瓶也没回答。胖子递给我一根烟，自己从水壶里倒了点儿水出来洗了洗眼睛，也问闷油瓶之前的情况。我就把刚才闷油瓶和我说的事情，给胖子转述了一遍。

胖子边听边点头，听到淤泥能防蛇那一段，也喜道："哎哟，这是个好方子。有这方子，我们在沼泽里能少花点儿精力。我刚才睡觉的时候还梦到有蛇爬在我身上呢，赖在老子裤裆里不肯出来，吓死我了。"

我笑起来，感觉只有闷油瓶在的时候，胖子的笑话听起来才好笑，道："估计是看上你裤裆里的小鸡了。说起来，你到底孵出来没有？"

胖子道："还没呢，整天泡在水里，都成鱼蛋了，待会儿老子得拿出来晒晒，别发霉了。"

我大笑起来，胖子也笑，拍了我几下："你笑个屁，我就不信你的还是干的，要不咱们拿出来拧拧？"

我摇头说"不用了"，胖子就让我去休息。虽然我有点儿兴奋，但是身体的疲劳已经无法逆转，躺下不久也睡着了。大概是因为闷油瓶在的关系，这一次睡沉过去了，觉得特别安心，到了傍晚才醒来。

　　夕阳红了，我起来就闻到了香味，是胖子在煮东西，也不知道煮的是什么。我动了几下，那种感觉好像是躺在坟墓里的僵尸复活了一样，身上的肌肉酸得都"苦"起来，无法形容这种感觉。

　　双手双脚都没有一点儿力气，我几乎是爬到篝火边上，靠在石头上，手都是抖的，听到胖子在和闷油瓶说话，他正在问闷油瓶有什么打算。

　　我心说这家伙又开始搞分裂主义了，潘子废了，没人会逼他去找我三叔，他开始拉拢闷油瓶搞他的阴谋诡计了。我立即靠了过去，听到他正对闷油瓶说："我说这事情绝对不能让吴邪知道，否则他非疯了不可……"

第十九章

●

第二夜：秘密

我听了心中暗骂。胖子听到我的动静，猛地回头，面露尴尬之色，立即道："醒了？来来来，给你留着饭呢，趁热吃。"

我怒目道："你刚才说什么呢？什么事情不能让我知道？"

我是刚睡醒，大约脸色不好看，而且我最恨别人瞒着我。虽然我知道胖子所谓的不能告诉我的事情可能很不靠谱，但我还是非常不爽。

胖子给我吓了一跳，还装糊涂："什么不让你知道？我说不能让你累到，你听岔了吧？"

我"呸"了一口，坐到他边上，道："得了，得了，你别以为你是我三叔，你可糊弄不了我。到底什么事？快说！否则我跟你没完。"

胖子看了看我的表情。我就一点儿也不让步地看着他，催道："说啊，都露馅儿了你还想瞒，我就这么不能说事情吗？你要不告诉我，那咱们就分道扬镳。你知道我最恨别人瞒我事情，我说到做到，你要不就看着我死在这里。"

胖子挠了挠头："你怎么学娘儿们撒泼，还要死要活的？我不告诉你可是为了你好。"

我骂道："少来这套。这话我听得多了，好不好我自己会判断。到底怎么回事？"

当然我只是说说的，不过我知道胖子不像三叔，这样的情况下他一般不会坚持，否则他受不了那种气氛。胖子不是一个特别执着的人，这一点我特别欣赏。

果然，胖子看了看闷油瓶，闷油瓶没做任何表示，他就叹了口气，道："你跟我来看样东西。"

我走不了，胖子就搀扶着我，来到遮阳棚的下面，上面的文件已经被整理过了，显然刚才他们看过。胖子把所有的文件叠到一起，露出了下面的石台子，我就看到文件下面，平坦的巨石表面，用黑色的炭写了好几个大字。

晚上黑，这里离篝火又远，看不清楚，胖子就打起矿灯给我照明，我走远几步辨认了一下，就愣住了。

那是一句话：

> 我们已找到王母宫入口，入之绝无返途，自此永别，心愿将了，无憾勿念。且此地危险，你们速走勿留。

我呆住了。胖子在我后面道："我收拾文件的时候看到的，本来遮起来不让你看到，免得你看了钻牛角尖……你三叔这一次似乎是抱着必死的决心，而且，他选择了永远把你丢下。"

这确实是三叔的笔迹，虽然写得不是很正，但是做了拓本这么多年，我还是能认出其中的笔画习惯。字写得相当草，显然当时是在相当紧急或者激动的情况下写下的。

我有点儿反应不过来，但出奇地心如止水，没有任何情绪，脑中一片空白。我以为我总会有点儿什么情绪，比如担心或者愤怒之类的，但是我什么都没感觉到。

胖子以为我情绪低落，拍了拍我，就没说话。我走近几步，看着那些字，还是无法激起一点儿波澜。

对三叔安危的担忧，已经在这漫长的过程中被消磨殆尽了。我虽然仍旧不希望他出事，但是在这样的环境下，就是出事，其实也并不奇怪。我都有自己会死的觉悟，那么死亡在这里已经不是我们需要担心的问题。

这和战争一样，在人人都有很大可能会死的时候，人们关心的只是事情的结果，而不是单个人的安危。

我忽然觉得我能够理解三叔。这句话出现在这里，已经是三叔对我最大的关爱。如果我们互换一下身份，我追寻的一个无法告诉侄儿的秘密近在眼前，而前路极其危险，我既不希望他跟过去冒险，也无法告诉他事实的真相，那么这样的办法是最好的。

而且，如果是以前的我，可能会泪流满面——从此三叔不再出现，而我则一直心怀遗憾，直到时间把它冲淡。

问题是我不再是以前的我了，我追寻的东西是这些事情背后的巨大谜题，而已经不是三叔本身，所以这些文字对我来说只有一个意思，就是三叔还活着，他已经找到了路。事态和之前完全没有区别，这也许就是我心如止水的原因。

不知道这是我的一种进步，还是我的疲累。或许这些都是借口，三叔已经离我很远很远了。

我默默地看了一会儿，就转过身。胖子上来搂住我的肩膀，安慰我道："我早说不让你看了。不听你胖爷我的话，空添烦恼吧？这事情你也无能为力，不要多想了。"

我不想和他多解释我的心境，就没有回答。他把我扶回篝火边上，给我盛了碗东西，让我先吃。

东西还是水煮的压缩饼干糊，我没有什么胃口，吃得很慢。胖子就继续安慰我，道："你三叔不是凡人，非凡人必有非凡之结局，命中注定的，而且他经验这么丰富，不一定回不来。"

我叹了口气，说："我没事，对这些我已经习惯了。我现在就是在想，那入口在什么地方。"

在雨林中的时候我就预见过可能会见不到三叔，因为红色的烟代表着危险，那么发烟者必然不会待在发烟的地方。当时我心里琢磨，三叔可能发烟之后就离开了这里。

现在显然料对了大部分，只是没有想到三叔会找到了入口，那就意味着他们的位置已经完全不可知了。

三叔在这里扎营并发现了入口。接着，他们应该开始整理装备，从容地离开这里，留下这个无人的营地。为了不让我跟来，他点起了红烟并且在这里留了言，接着进入了入口，不再回归。

他说此去没有归途，三叔不是那种会认命的人，这入口之内一定极其凶险，以致他做出了自己必死的判断，或者是，本身有一些原因使得这个地方进入之后，就绝对无法返回。

事情看上去好像是这样。

按照这样的判断，这入口应该就在附近，也许就在这座神庙内。我不知道三叔手里掌握了多少，但是他应该不是瞎找，肯定是遵循了某种线索或者痕迹，这一点我们完全不了解，但未必就推测不出来。

胖子道："那咱们过会儿到四周去找找有什么线索，也许也能发现。对吧，小哥？"

他问了一下闷油瓶，给他使了个眼色，显然也想让闷油瓶安慰我一下，闷油瓶却摇头。我看向他，他道："吴三省既然这么写，就有把握我们找不到那地方。"

"为什么？"胖子不服气。

闷油瓶看着篝火，淡淡道："吴三省心思缜密，知道我们看到留言必然会得知入口就在附近。他不想吴邪涉险，所以如果入口很容易发现，他必然不会留下文字。他之所以会留，说明这个入口必定极难发现，或者即使发现了，我们也无法进入。"

他说得有道理，我叹了口气，想到即使有线索，三叔为了保险，也许会把线索破坏掉。

胖子就郁闷道："那咱们不是白跑了一趟吗？"

闷油瓶摇头："对你们来说，这也许是一件好事。"

"你胖爷我跑了上千公里，穿过戈壁，越过沙漠，进入雨林，来到这里，然后晒了太阳浴就回去，这叫好事？"胖子往石头上一靠就挠头，"这里什么破烂都没有，这一次真是亏得爷爷都不认识。"

闷油瓶抬头道："不过，要找到入口，也未必绝对没有办法。"他看了看四周的营地，"而且，这个营地的情况很不对劲，不像是单纯的撤走，吴三省的话未必可信。"

第二十章 · 第二夜：反推

闷油瓶看着篝火，静静地给我们解释了一遍疑点。他说这里最大的问题，是有好多的背包，三叔人员众多，即使他们精简装备，也不会多出这么多装满东西的背包。而且，因为整个营地的状况非常自然，这些背包都胡乱地放在每个帐篷里，加上各种细节，一点儿也不像整理过装备的样子。

这里的人确实是从容地离开的，但不是通常意义上的从容，他们离开时的状况肯定很不平常。

闷油瓶说的疑点，其实我也注意到了，只是这个疑点可以用一些比较复杂的理由解释，所以我没有在意。他提出来，我就点头，但是我道："也许他们并没有全去。那个地方那么危险，说不定有些人留了下来。"

闷油瓶摇头："如果有人留下来，就没有必要留言。这种留言，只有在所有人都会离开的前提下，才会留下，而且吴三省不会把必死之心告诉手下——这是大忌——一定是在手下全部离开的最后时刻才写上去的，否则那些人会陪着他一起去死？"

但是这样又解释不了现在营地的状况。除非那些人发现了入口，一开心什么都没带，就进去了，但这是不可能的。

胖子"嗯"了一声，显然觉得很有道理。他喝了口水就皱起了眉头，想了想道："这事情挺邪门，有点儿乱，从头想恐怕想不明白，咱们得从后面反推。"

胖子总是有招，特别是这种时候。我问他怎么反推。他道："这件事情我们知道很多的结果，但是不知道过程，那么得从结果去想。先从那字开始，按照小哥的说法，留言在这里，说明他们全都离开了，不可能有人留下来，那么这里有这么多的背包在，就说明人比背包少啊。这……"

胖子说到一半就卡住了，好像自己推出来的东西有点儿说不出口，但是我已经知道是什么意思了——人比背包少，而且少了很多。

那意味着，有很多人都死了。

而且死亡是在他们扎营后发生的。

沉默了一下，胖子就继续道："这里，或者附近，肯定发生过巨大的突变。这里没有暴力的迹象，那么突变应该发生在四周，当时应该有什么事情让他们离开了营地，再也没有回来。但是你三叔幸存了下来，带着剩余的人找到了入口，然后离开了，应该是这样的过程。"

我听了茅塞顿开，但是也听出了破绽，摇头道："不对，通常在这种情况下，幸存者必然会离开这里，不会有心情再去寻找入口，然后再回来留记号。"

"那么，他们应该在出事之前就已经发现了入口。"胖子修正道。

我点头，闷油瓶也点头。我喃喃道："或许，他们正是因为那次突变，而发现了那个入口。"

"也有可能，不过这个没法证实了，也没有意义。"胖子道，"总之这事情能成立。"

"那么，突变是什么呢？"我问道，心里有点儿毛起来，"难道是那种蛇？"

胖子看了看四周的黑暗和沉入虚无的雨林，道："你放心，在你睡觉的时候，我和小哥已经搞来了几桶淤泥，等一下抹到帐篷上，守夜的人身上也抹上，就不用忌讳那些'野鸡脖子'。不过，这地方邪气冲天，说不定还有其他邪门的东西，而且变故一定在晚上发生，我们要提高警惕。且要记得，一旦有动静，绝对不能离开营地。"

我点头，道："那我守第一班。"

闷油瓶摇头："你们警觉性太低。如果我们判断正确，那么这种变故将极其凶险，恐怕你们无法应付。今天晚上我守全夜，你们好好休息。"

第二十一章 · 第二夜：它

　　我感觉有点儿过意不去，但是我立即明白闷油瓶说得没错，我并不是一个意志坚定的人，在这么疲劳还未完全恢复的情况下，我不可能很好地守夜，一不小心大家都会在危险之中。这时候让闷油瓶守全夜，其实是形势所逼。

　　胖子也没反对，只道："我看一个人还不够，小哥，你一个人守不了这么大的地方。晚上我陪你半宿，熬过今天晚上，咱们明天换个地方再使劲休息。"

　　闷油瓶想了想，没做什么表示。胖子道："就这么定了。"

　　我心里想着是否也别睡了，但是转念一想，明天闷油瓶肯定得休息，我休息完可以顶他明天的，这样想心里也舒服了一点儿。

　　胖子伸了个懒腰，道："这事儿基本上就这样了，也别琢磨了，咱们再想想明天怎么办。小哥，你刚才说你有办法能找到入口，那又是怎么回事？"

　　闷油瓶看了看他，道："这个办法很难成功，不提也罢。"

胖子立即道："别，千万别。你先说来听听，我可不想就这么回去。"

闷油瓶沉默了片刻，看了看我们："我们去找文锦。"

我和胖子都愣了，随即我就苦笑，一边笑一边摇头。确实，这个办法很难成功，我们到达这个营地已经是十分困难的事情，况且这里目标巨大，还有信号烟指引方向，文锦只有一个人，而且还能逃跑，在这么大的树海中寻找一个人，无异于大海捞针。

胖子本来满怀希望，这时候也退缩了起来，道："你还不如说去抓他三叔，难度几乎一样。而且，说不定文锦还不知道那入口呢，小吴找到的那本笔记上不是说她没进入这里就回去了吗？"

闷油瓶往篝火里丢了几根柴，道："不会，她一定知道。"

"为什么？"

"我的感觉。"闷油瓶淡淡道。

胖子看了看我，耸耸肩，就没辙了，叹了口气："感觉？我的感觉就是这次肯定白跑了。"说完喝了一口水，一脸郁闷地摇头。

几个人都不说话了。我靠在那里想了想，却感觉闷油瓶这么说还是比较有根据的。

按照事情的来龙去脉来推断，一切的源头都在那些录像带上。阿宁和我都收到了录像带，我们都通过不同的方式，得知了文锦若干年前的一次考察，从而促成了这次的冒险。所以，文锦寄出录像带的目的，应该就是引我们来这个鬼地方。

我三叔此行的目的，是跟踪裘德考的队伍，搞清楚他们到底在追踪什么东西，查探这么多年来他们在华活动的真实目的。但是裘德考的队伍在进入魔鬼城之前就崩溃了，跟踪就失去了意义。以我三叔的性格，他会在和黑瞎子会合之后，对剩下的裘德考的人严刑逼供，问出裘德考此行的目的。

所以三叔可能得到的信息，应该是有限的。在这种情况下看来，寄出录像带的文锦肯定是知道得最多的人，没有理由三叔能知道的线索，文锦会不知道。

想到那些录像带，我心里就不太舒服：那张和我一模一样的脸，到底是怎么回事？如果真的抓到文锦，我一定要问清楚，不过现在不是考虑这些的时候。我对胖子道："不管怎么说，文锦知道的概率比不知道的概率大得多。我觉得在我们现在已经走投无路的情况下不应该去考虑这些旁枝末节的东西，还不如仔细想想，有什么办法可以抓到她。"

胖子点起一支烟，抽了一口，道："这不是困难，这是不可能。她看到我们会跑，就算她身上带着GPS，在这么大的地方我们也不一定能逮住她。"

我道："也许我们可以做个陷阱诱她过来。"

"你准备怎么诱？色诱吗？"胖子没好气道，"咱们三个一边跳脱衣舞一边在林子里逛荡？文锦恐怕不好这一口吧。"

我叹了口气，确实麻烦，如果她是向着我们的，那我们叫喊，或者用火光什么做信号，总有得到回应的时候，两边互相修正方向，就可能碰上，但问题是她见到我们竟然会逃，这是为什么呢？

我郁闷道："你们说，为什么她在峡谷口看到我们的时候要跑呢？托定主卓玛传口信给我们的不是她吗？她当时在那里出现，应该是在等我们，为什么没有和我们会合？难道她真的神志失常了？"

闷油瓶缓缓地摇头，说神志失常的判断是我们在看到她满身泥污的时候下的，现在知道她满身泥污是有原因的，那么显然文锦在当时看到我们的时候是极度冷静的。她逃跑是根据形势判断的结果。

胖子不解："这么说她逃跑还有理了？我们又不会害她，她跑什么啊？"

"冷静……逃跑……"我却听懂了他的意思，背脊冷起来。

文锦害怕什么？

在她的笔记中、她的口信中，都反复提到了她在逃避一个东西，这个东西被她称呼为"它"，而且，她告诉我们，那个"它"就在进入柴达木盆地的我们之中。那么，只有一个比较合理的说得通的可能性。我啧了一声，道："难道，文锦逃走，是因为她看到那个

'它'，就在我们几个人之中？"

闷油瓶点头："恐怕就是这样。"

我马上看向胖子，看向帐篷里的潘子，又看向闷油瓶，心说：我靠，不会吧？

"当时在场的是，小哥、小吴、我、大潘四个人，这么说来，咱们四个人里，有一个人把她吓跑了？"胖子也看了看我们，"咱们中有一个坏蛋？"

我和闷油瓶都不作声，胖子立即举手说："胖爷我可是好人，绝对不是我，我对你们那小娘儿们一点儿也不感兴趣。"

"这只是一个想法，也许并不是这样。"我对这样的说法感觉很不舒服，这里的每个人都出生入死过，我宁愿相信文锦逃开是她疯了。

"关键问题是，那个'它'到底是什么？"胖子道，"小哥，你也不知道吗？"

闷油瓶抬眼看了看他，摇头。

"会不会有人易容成我们几个的样子，我们其中的一个是有人假扮的？"胖子问道，说着用力扯自己的脸皮，表示自己的清白，"你看，胖爷我的脸皮是原装的。"

"我想到过这一点，刚才你睡着的时候，我已经检查过你和潘子了，"闷油瓶道，"没有问题。"

我想起看到他的时候，他正蹲在潘子边上，原来是在搞这个名堂，看来他老早就想到这件事情了，但是一直没有说出来。这人还真是狡诈。

胖子就看向我："那小吴呢？"

我立即拉自己的脸："放心，绝对是原装的。"

"难说。你可是半路加进来的，说不定你就是假扮的。来，让胖爷我检查一下。"胖子伸手过来，用力拉了一下，疼得我眼泪都出来了，才松手，道，"算你过关。"

"所以，应该不是这方面的问题。"闷油瓶指了指我口袋里文锦的笔记，问我道，"这上面有相关的记载吗？"

　　我拿出来翻了翻，摇头道："能肯定的是，在文锦的描述中，这个'它'是在追踪他们，应该是有智力的，而且我感觉应该是一个人，只是不知道为什么会用这个'它'。"

　　胖子站起来，喝了几口水，把水壶递给闷油瓶，道："说起来，追踪他们的，不就是你三叔吗？会不会那个'它'就是你三叔呢？黑灯瞎火的，文锦看错了也说不定，你不就和你三叔有点儿像吗？"

　　我心说我帅多了。闷油瓶接过胖子的水壶，刚要说话，就在这时候，胖子忽然伸手过去，捏闷油瓶的脸，一下捏住用力一扯。

　　我被胖子的举动给惊呆了，花了好几秒钟才明白他想干什么。

　　闷油瓶检查了我们的脸部，但是他自己的脸部没有检查，胖子怕他玩这种心理游戏的手段，也要看看他脸上有没有戴人皮面具。

　　闷油瓶纹丝不动，就坐在那里，看了胖子一眼。胖子什么都没扯下来，反而把自己手上的泥抹在了闷油瓶脸上，就尴尬地笑笑："以防万一，小哥，你也是四个人之一啊，小心驶得万年船。"

　　闷油瓶喝了口水，也没生气，但是没理胖子。我就对胖子道："你也不用偷袭啊。"

　　胖子怒道："什么偷袭，我只是动作稍微快了点儿而已。"

　　我倒是习惯了胖子的这种举动，无可奈何地笑笑。胖子坐了回去，大概是感觉挺尴尬的，转移话题道："这下可以证明咱们四个人都是清白无辜的了。那现在看来，这个'它'的含义，可能和字面的意思不同了，说不定不是生物，而完全是另外一种东西。"

　　"怎么说？"我问道。

"'它'除了可以称呼动物外，也可以称呼物品。也许文锦逃避的，是一件东西呢？"

胖子总是突发奇想，不过这个好像有点儿不靠谱。"东西？"我问道，"你是说，她这十几年来，一直在逃避的，可能是我们的内裤或者鼻屎吗？"

"你胖爷我说的东西当然不是指这些。"胖子道，"你们身上有什么东西，是和这件事情有关系的，都拿出来看看，说不定咱们能发现些什么。"

我摇头，心说拿什么啊，那几枚蛇眉铜鱼我都没带来。闷油瓶突然皱起了眉头，道："不对，说起物体，我们少算了一样东西。"

"什么东西？"我们立即凑过去。

"阿宁。"

当下我就一个激灵："你是说，尸体？"

这倒也有可能，而且让我脑子麻了一下，但一考虑，感觉好像没有直接的证据，不过阿宁身上发生的事情相当诡异，也许真的有这层关系。

胖子却拍掌道："哎呀，小吴，你还记不记得昨晚我们在林子里碰到的事情？该不会就是这样，这阿宁有问题，所以死了就变成那玩意儿了？"

我张了张嘴巴，心说我怎么说呢，这东西靠猜测根本证明不了，尸体也不在了。要说诡异，这里哪件事情不透着邪劲？而且当时我们什么都没有看清楚，那玩意儿到底是不是阿宁，谁也不能打包票。

想着我就受不了了，立即摆手道："我看咱们还是不要谈这个了。现在一切都还没有明朗，文锦确实是疯了也说不定。这个时候非要在这几个人当中找出一个叛徒来，我看是不太可能的。我们还是想想实际一点儿的东西，怎么逮到她比较现实。"

胖子就没兴趣了，站了起来，道："想什么？我说了就是不可能的事情，铁定想不出来。有条狗说不定还能想想，你又没你爷爷那本事。现在实际的东西，是怎么熬过今天晚上，这些扯淡的事情别聊了。"说着走过去，提起他们挖来淤泥的桶子，就往潘子的帐篷去了。

我看了看表，已经入夜了，天空中最后一丝天光也早就消失了，为了保险，确实应该先做好防护措施，于是叹了口气，也过去帮忙。

我们把淤泥涂满帐篷，又在上面盖了防水布，以免晚上下雨。我去检查了一下潘子，他还在熟睡，体温正常。胖子告诉我在我睡觉的时候潘子醒过一次，神志还没恢复，被喂了几口水又睡死过去了，不过低烧压下去了，那几针还是有效果的。

接下来是找武器。胖子是没枪不安心的人，在这些人的装备里翻了一遍，却发现营地中没有任何的火器。胖子捡了很多的石头堆在一边，我说我们丢完了石头就只能投降了。

胖子扇起了篝火，将火焰加大，然后把在营地四周的几个火点全点了起来，作为警戒和干燥之用。红色的火光，将周围照得通亮。做完这一切，已经近晚上十点，我刚稍微感觉有了点儿安全感，四周又朦胧起来，又起雾了。

不到一小时的时间，整个营地就没入黏稠的雾气中，什么也看不清楚。

看着四周一片迷蒙，我感到冷汗直冒。此时已经完全没有能见度了，就算是火焰，离开两三米的距离也看不清楚了，要想防范或者警惕，都已经不可能。

鼻子里满是混杂着泥土味的潮湿味道，而且，这里的雾气的颜色和在林子里有些不同。不知道为何雾气有些偏蓝，这让我有点儿不舒服。

我想到这雾气可能有毒。昨天在雨林中，没法太在意这些事情，但是现在需要注意了。我听说雨林之中常有瘴气，到了晚上气温下降就会升起来，特别是沼泽之内，瘴气中含有大量有毒气体甚至重金属的挥发物，吸得多了，会让人慢性中毒，甚至肺部慢慢地腐烂。

想到这里，我就问胖子是否应该去摸那些帐篷里的装备，找几个防毒面具出来备用。

胖子道："这绝对不是瘴气，瘴气的味道很浓，而且瘴气哪有这么厉害？瘴气吸多了最多得个关节炎、肺痨什么的，西南方山区多瘴气潮湿，那边人爱吃辣子就是防这个。你不如找找这里有没有人带着辣椒。咱们待会儿可以嚼辣椒，也不容易犯困。"

我说："别大意，这里和其他地方不一样，我看以防万一还是找几个戴上。"

胖子和闷油瓶开始往身上抹泥，这肯定是极其不舒服的过程，所以他语气很差，摇头："要戴你戴。这种天气再戴个防毒面具，撞树上都看不见，还怎么守夜？你要有空琢磨这些，还不如快点儿睡觉，等会儿说不定就没的睡了。"说完，立即"呸"了几口，"乌鸦嘴，乌鸦嘴，大吉大利。"

我被他说得悻然，心里其实挺恨自己的：他们两个人守夜，潘子受了重伤，我却可以睡一个晚上，这简直和重伤员是同一个档次。这时候想到了是否自己来这里确实是一个累赘。

进帐篷躺下，我却一直睡不着，脑子里乱七八糟，身上什么地方都疼。因为外面糊着泥，篝火光透不进来，只有一只矿灯照明，为了省电也不能常用，就关了在黑暗里逼自己睡。听着胖子在外面磨他的砍刀，听着听着，我真的就迷糊了起来。

那种状态也不知道是不是真的睡着了，蒙蒙的，脑子里还有事情，但是也不清晰，一直持续了很久，也没睡死过去。在半夜的时候，我被尿憋醒了。

醒来听了一下外面没什么动静，心说应该没事，就摸黑撩起帐篷口，准备出去"放水"。

一撩开我就震惊了，我发现外面一片漆黑，所有的篝火都灭了。

这是怎么回事？我立即就完全清醒了，缩回了帐篷，心说：完了，难道出事了？

可怎么一点儿动静也没有？刚才我没有睡死啊，我自己都能知道自己是在一种半睡眠的状态中。以闷油瓶的身手，能有什么东西让他一点儿声音都不发出来就中招吗？

我静下来听，外面什么声音都没有，我就有点儿慌了。这时候不敢叫出来，立即摸回去，摸到我的矿灯，然后打开，但是拨弄了两下，发现不亮了。我又摸自己的口袋，掏出了打火机，打了几下，也没亮，甚至连一点儿火星都没有。

我暗骂一声，立即深吸了几口气，告诉自己冷静，心说：怎么要坏都一起坏？收起来就想去打我的手表荧光，一收我却发现打火机很烫。

我有点儿奇怪，心说怎么会这么烫，刚才明明连个火星都没有。我再次打了一下打火机，然后往我自己手心一放，我的手马上感到一股巨烫，立即缩了回来。

我愣了一下，心说打火机是燃着的。

可是我的眼前还是一片漆黑，一点儿光亮都没有。

第二十三章 · 第二夜：影动

打火机的存气苟延残喘，烧了一下肯定就迅速熄灭，但问题是我看不到任何的火光，眼前就是黑的。

那一刹那，我完全没有反应过来，下意识地以为有什么东西蒙着我的眼睛，用手去摸，摸到眼睫毛才发现不是，接着我就纳闷，心说这是怎么了？

是不是这里的雾气太浓了？我打亮我的手表，贴到眼前去看，还是一片漆黑。而且我逐渐发现，这种黑，黑得无比均匀。

我还是非常疑惑，因为我脑海里根本没有任何概念，所以几乎是丈二和尚摸不着头脑。我用力挥手，想驱散眼前的黑暗，总觉得手一挥就能把那黑暗拨开，但是没有丝毫用处。

蒙了好久，我才冷静下来，仔细去琢磨这是怎么回事。外面一片漆黑，什么声音都没有，难道在我睡觉的时候出了什么事，把所有的光都遮了？

可这说不通啊，就这么近我却看不到光，想着想着，我慢慢地反应了过来，心里冒出了一个让我出冷汗的念头。

遮住光怎么也不可能啊！这种情形，难道——我瞎了？

我无法相信，脑子里从来没有过这种概念，这也太突兀了，但是我的内心已经恐惧起来，那种恐惧不同于以往任何一种恐惧，甚至远远超出对死亡的恐惧。我开始用力揉眼睛，下意识地用力去眨，一直到我眼睛疼得睁不开才停了下来。

接着我立即就想到了潘子，爬过去推他，想推醒他问问他能不能看到光，推了几下，发现他浑身很烫，显然低烧又发了起来，摇了半天也没醒。

我坐下来心说糟糕了，深呼吸了几口，立即又想起了闷油瓶和胖子。如果我是真的瞎了，那么这是一种暴盲。暴盲肯定有原因，比如说光线灼伤或者中毒，人不可能无缘无故地瞎掉，所以，很可能受害的不止我一个人。

假如他们没有瞎，只有我一个人受害了，那么他们可能就在帐篷外，只是没发出声音。我立即爬到帐篷边上，听了听外面的动静，轻轻叫了几声："胖子！"

等了一会儿，没有任何人回应。

我叫得不算轻了，在这么安静的环境下不可能听不到，除非他们两个都睡着了，但是闷油瓶绝对不可能睡着。

我的冷汗下来了，心说他们肯定也出事了。我又坐了回去，想到几小时前我们的推测，心里一下子就毛了，心说：难道这就是三叔他们遭遇的突变？在这里扎营能把人变瞎？

脑子里乱得如麻一样，根本没法理解。我们想到了无数种可能，但是根本没有想过会这样。

在这种地方，对一队正常人来说，这种突如其来的失明等于全员死亡，甚至比死亡更可怕。

我浑身发抖，脑子里闪过无数的画面，想到我在雨林中摸索，什么都看不见，又没有盲人对听觉的适应，死亡只是时间问题，而且死亡之前我恐怕会经历很长一段极端恐怖的过程。

但是，到底是什么东西导致我失明的？吃的？压缩饼干我们一路吃过来都没事。难道，是这座遗迹？

我还算镇定，这大概是因为我还是无法接受我已经瞎了的事实。就在这时候，忽然，帐篷外面，挺远的地方，传来了一个奇怪的说话声。

当下我打了一个寒战，立即侧耳去听，就听到那竟然是我们在雨林里听到的，那种类似于对讲机静电的人声，忽高忽低，说不出的诡异。

我的脑海里浮现出犹如蛇一样站立着的那个狰狞的人影，不由得喉咙发紧。这玩意儿怎么阴魂不散？

发出这种声音的到底是什么东西？到底是不是阿宁？要是我的眼睛能看到，我真想偷偷看一眼，但在这种时候我竟然瞎了。

不过这东西即使不是蛇，也必然是和那些蛇一起行动的，显然，在这营地的附近，已经出现了那种毒蛇。当即我就脑子发紧，立刻想到了帐篷的帘子。刚才我有关上帐篷的门吗？我看不见，必须去摸一下。

想着我立即去摸索帐篷的门帘，发着抖刚摸到，忽然从门口挤进一个人，一下子把我撞倒。我刚爬起来，立即就被人按住了，嘴巴给人捂住了。

我吓得半死，但是随即就闻到胖子身上的汗臭了，接着一只东西按到了我的脸上。我一摸，是防毒面具。

我立即不再挣扎，戴正了面具，就听到胖子压低了声音说道："别慌，这雾气有毒。你戴上面具一会儿就能看见，千万别大声说话，这营地四周全是蛇。"

我听了立即点头，胖子把我松开。我轻声问道："刚才你们跑哪儿去了？"

"儿子没娘，说来话长。"胖子道，"你以为摸黑摸出几个防毒面具容易吗？"

我骂道："谁叫你不听我的！"这时那诡异的静电声又响了一

阵，离我们近了很多。胖子立即紧张地嘘了一声："别说话。"

我立即噤声，接着我就听到胖子翻动东西的声音，翻了几下不知道翻出了什么，一把塞到了我的手里。我一摸发现是把匕首，心说：你要干吗？就听到了他似乎在往帐篷口摸。

我立即摸过去抓住他，不让他动。他一下挣开我，轻声道："小哥被咬了，我得马上去救他。你待在这里千万不要动，到能看见了再说！"

我听了脑子里就一炸，心说不会吧，还没琢磨明白，胖子就出去了。我整个人就木在了那里，感到一阵天旋地转。

先惊的是闷油瓶被咬了，胖子也没说清楚，而且那些蛇奇毒无比，被咬之后是否能救，我不敢去想；然后惊的是闷油瓶这样的身手和警觉性，竟然也会被咬，那外面到底是什么情况？

我心急如焚，真想立即也出去看看，可是什么都看不见。这时候我脑子里闪过一个不祥的念头：万一胖子也中了招怎么办？我一个人在这里，带着潘子，实在是太可怕了。

那种焦虑无法形容：眼前一片漆黑，不知道到底需要多少时间才能恢复；外面的情形极度危险。我摸着手里的匕首，浑身都僵硬得好像死了一样，心说不知道胖子给我这个东西是让我自杀还是自卫。

但是毫无办法，我什么都不能干，只能在原地坐着，一面听着外面的动静，一面缩着身子抑制身上打战的感觉。

就这么听还是什么其他的声音都听不到，绝对想象不到外面全是蛇的样子。那静电一般的声音没有继续靠拢，但是时断时续。听距离，最近的在我们营地的边缘，但是它没有再靠近一步。

也不知道过了多久——我完全没有时间的概念，那段时间脑子里是完全空白的——我稍微有点儿缓和下来。人无法持续地维持一种情绪，紧张到了极限之后，身子反而软了下来。

逐渐地，我的眼前开始迷蒙起来，黑色开始消退，但不是那种潮水一般，而是黑色淡了起来，眼前的黑色中出现了一层迷蒙的灰雾。

我松了口气，终于能看到光了。我不知道怎么才能复原得快一点儿，于是不停地眨着眼睛。

慢慢地，那层灰色的东西越来越白，而且进度很快，在灰色中很快又出现了一些轮廓。

这可能有点儿像高度近视看出来的东西，我转动了一下头，发现眼前的光亮应该是矿灯没有关闭造成的。我举起来四处照了一下，果然眼前的光影有变化，确实是我的眼睛好转了。

但是依照现在的模糊程度，我还是没有办法分辨出帐篷的出口在什么地方，只能看到一些大概的影子。

我听说过一些老年人在白内障手术复明之后老泪纵横，现在我能深刻地体会到这种喜极而泣的感觉，很多东西确实要失去了才能懂得珍惜。就在我打算凭着模糊的视力去看一下潘子的时候，在我眼前的黑暗中，有一个影子在动。

眼前的情形是非常模糊的，甚至轮廓都是无法分辨的，但是我能知道眼前有一个东西在动。我不是很相信我的视觉，以为是视觉恢复产生的错觉，就没有理会，一点儿一点儿地朝潘子摸去。很快就摸到了潘子的手，温度正常了。我心里惊讶：他竟然自己就退了烧。也好，现在这个样子也没法给他打针。

我去摸水壶想给他喝几口水，一转身，忽然又看到眼前有什么东西闪了一下。这一次，因为视力的逐渐好转，我发现在我面前掠过的影子的动作非常诡异，不像是错觉。

我愣了一下，把脸转到那个影子的方向，死命去看，就看到一团模糊如雾气的黑影，看上去竟然是个有四肢的东西。

我起了一身的鸡皮疙瘩，心说：难道这帐篷里还有其他东西？在我刚才失明的时候有什么进来了？

胖子？闷油瓶？但是他们不会不说话啊，我一下子握紧匕首。

那影子又动了，动作非常快，我忍不住轻喝了一声："谁？"

那影子忽地一停，接着动得更快了。我看到它跑到一个地方，不停地在抖动。我的视力逐渐地聚拢，那动作越来越形象，我意识到它在翻动一只背包，找什么东西，而且我闻到了一股沼泽淤泥的味道。

我心里立即"哎呀"了一声，心说这人一定也抹着淤泥，是谁呢？想着，我慢慢移动身子，想靠近过去看看。

我还没动呢，那影子又晃动了，接着就站了起来，迅速移动。我反应不过来，脑子转了一下，就发现它不见了。

这一切发生得太快，我有点儿摸不着头脑，心说难道这是我的错觉？一下子想到电视剧中看到的，复明之后开始的时候视觉会延迟，难道我刚才看到的是胖子进来时的情形？

可几乎就在同时，忽然，一亮一暗伴随着剧烈的气喘声，我就看到一个很大的重叠影子冲了进来，几乎是摔了进来，听到胖子气急败坏地喘道："关灯！关掉矿灯！"

我还没反应过来，灯就被他一把抢了去，一下子灭了。四周一黑，他立即轻声道："趴下，安静，不管发生什么，都不要发出任何声音。"

我立即趴下，可以感到胖子也趴了下来。一开始还能听到他的喘气声，但是能感觉到他在尽量地克制，很快他气喘得就非常微弱了。我正纳闷为什么要趴下，忽然听到"砰"的一声闷响，好像有什么东西撞到了隔壁的帐篷下，撞得极重，紧接着，又是一下，能听到支架折断的脆裂声，接着就听到一声帐篷垮塌的动静，显然隔壁的帐篷被搞烂了。

我脸都青了。还没等我反应过来，我们的帐篷忽然抖了一下，显然被什么东西插了一下。

我顿时觉得天灵盖一刺，马上抱头，以为下一击肯定就是这个帐篷。

但是没有想到的是，没有攻击打来。我这样抱头隔了几分钟，那剧烈的撞击声又出现在比较远的地方。

我心说：这到底怎么回事？外面是什么东西？刚想对胖子说我们还是跑吧，没张嘴就被胖子捂住了。

外面几下巨响，又是帐篷垮塌的声音，接着隔了几分钟，又是同样的动静，这样足足持续了半个小时，远远近近，我估计足有十几个帐篷被摧毁。我们趴在那里，每砸一下心跳就停一下，那煎熬简直好比被轰炸的感觉，不知道那炸弹什么时候会掉到我们头上来。

一直到安静了非常长的时间之后，我们才逐渐意识到，这波攻击可能结束了。慢慢地，也不知道是谁第一个反应过来，我们都坐了起来。我发现我的眼睛基本上已经恢复了，虽然还有些模糊，但是能看到色彩和人物的轮廓了。

后来摸了一下，才发现剩下的模糊也是因为防毒面具镜片上的雾气，擦掉之后就都清晰了。

我看到了胖子和闷油瓶。闷油瓶身上受了伤，捂着腕口，胖子浑身都是血斑，两个人浑身是淤泥，狼狈得犹如刚从猪圈里出来，显然昨晚经历了一场极其严峻的混乱。

我们还是不敢说话。等了一会儿，胖子偷偷地撩开帘子，一撩开就有光进来，原来是天亮了。

接着他小心翼翼地走了出去。我问了问闷油瓶，他摆手说没事，也紧随其后探了出去。我跟着出去了。

雾气退得差不多了，晨曦的天光很沉，但是已经可以看到所有的东西，我出来转头一看，整个人就惊呆了。

我们四周，整个营地全都垮了，所有的帐篷都烂了，好像遭遇了一场威力无比的龙卷风似的，偌大一片地方，只剩下我们一个帐篷孤零零地屹立在那里。四周什么都没有，没有袭击我们的东西，没有任何蛇的痕迹。

胖子骂了一声，坐到已经基本熄灭的篝火边上。我目瞪口呆，无法做出反应。这时候，身后响起一声肢体摔倒的声音，我回头一看，闷油瓶晕倒在了地上。

第二十四章 · 黎明：转移

　　我们将他抬回帐篷，我立即检查了他的伤势。让我松一口气的是，他被咬的地方是手腕，有两个血洞，但是伤口不深，显然他被咬的一刹那就把蛇甩脱了。看着这伤口，昨天到底是如何惊心动魄，我无法想象。

　　胖子对我说，已经第一时间扎了动脉，又吸了毒血出来，还划了"十"字口放血，但是毒液肯定有一些已经侵入。这蛇太毒了，就这么咬了一下手立即就青了。好在小哥动作快，在那一瞬间就捏住了蛇头，那蛇没完全咬下去，不然估计小哥也报销了。

　　我给闷油瓶注射了血清，为他按摩了一下太阳穴，他的呼吸舒缓了下来。我捏了捏他的手，发现整体的浮肿并不厉害，就对胖子道，应该没事，这陆地上的东西再毒也没海里的东西毒，只是不能让他再动了。

　　潘子还是躺在那儿，我们把闷油瓶也放好。看着一下躺倒两个，我就头痛。也亏得是他们，要是我，早死了。这地方真的和我们以往

去的地方完全不同，这两个经验丰富的人都搞成这样子了。

接着，我问胖子昨天到底发生了什么事情。

胖子说的和我推测的也差不多，昨天他们守夜的时候，逐渐发现自己看不见了，胖子就想起了我的话，一下子意识到可能这雾气真的有毒，立即就去找防毒面具，但是找来找去找不到。

眼看就完全看不见了，他急得要命。他和闷油瓶就先用淤泥弄湿毛巾捂住鼻子，这还真有效果。后来他们在其中一个帐篷中找到了几个防毒面具，刚想戴上，闷油瓶眼睛看不清楚，就被躲在背包里的蛇咬了一口，手立即就青了。好在他反应极快，立即凌空捏住了蛇头。

好在因为毒液量有限，闷油瓶没有立即毙命，他们简单处理了一下。这时候胖子听到我在叫，立即就戴了防毒面具先到我这里来，在帐篷外面就发现，不知道什么时候，从四周建筑的缝隙里，出现了大量的鸡冠蛇，这些蛇全部躲在缝隙中，既不出来，也不进去，就看到那些缝隙里面全都是红色的鳞光，似乎是在等待什么。

所以他立即回来给我戴上防毒面具，然后返回去照顾闷油瓶，将他扛回来。在中途，他看到了一幅奇景。

无数的鸡冠蛇从缝隙中涌出来，逐渐盘绕在了一起，组成了一坨巨大的"蛇潮"，好像一团软体动物一样，有节奏地行进，动作极其快，好像海里那种巨大的鱼群……

胖子道："这肯定就是它们运送阿宁尸体的办法，你胖爷我还想不通它们是怎么做到的，那蛇潮简直就是一只整个儿的生物。"

我奇怪道："那它们为什么要把这里破坏成这样？"

胖子道："它们肯定是能知道我们的存在，但是因为帐篷上有了淤泥，它们找不到我们。这些到底是畜生，最后就采取了这种方式。"

我听了咋舌。胖子立即道："我们不能再待在这里了。今天晚上它们肯定还会来，我们必须走，而且离这里越远越好。"他问我能看清楚了没有，我点头，他就让我马上去收集这里的食物和物资，点齐之后打包，到中午的时候看他们两个的状况，再决定去哪儿。

我苦笑，但知道这是必须要做的。现在不知道蛇走干净没有，所以先休息一下，等太阳出来了，才开始翻帐篷的废墟，把其中所有可以用的都拖出来，他在这里照顾他们两个。

收集的最主要的东西就是食物。我找到了大量的压缩饼干，都堆在一个袋子里，后来又幸运地发现了一盒罐头。

有车的时候阿宁他们也带着罐头，不过因为要探路，罐头太重都丢在峡谷外了。进林子后一路过来都是吃轻便的压缩干粮，吃得嘴唇都起泡了，没想到三叔他们还带了这好东西，真是不辞辛苦，不过，带这么累赘的东西，不像三叔的性格。

野战罐头非常接近正常食品，一般都是高蛋白的牛肉罐头、金枪鱼罐头或者是糯米大豆罐头。这些东西吃了长力气而且管饱，不容易饿。

我忙招呼胖子问他要不要，胖子一看就摇头说怎么带，不过我们可以立即把这些都吃了。他看了看罐头的种类直流口水："你三叔真是个爷们儿，够有品位。"

我继续搜索，找干粮，还有容器，我们需要东西装水。

翻出一只背包的时候，我发现里面有一张一家人的照片。这人我没见过，是一个三十岁出头的中年人。他老婆抱着孩子靠在他身边，照片拍得很土，衣着也很朴素，但是看得出他相当幸福。

我有点儿感慨，心说这人也不知道怎么样了，要是死在这里，他老婆孩子怎么办？干这一行的人，生生死死太平常了，何必要去耽误别人？

又想到阿宁死在了路上，还有乌老四和那些在魔鬼城里死掉的，这些人真是不知道为什么死的。一想就想到自己，不由得自嘲，如果当时不跟队伍过来，我现在应该在我的铺子里上网吹空调，还有脸说别人，也不想想自己。

收集完了，我边清点边思绪万千，全部打进包里。做完已经是中午了，胖子想立即开路，但是闷油瓶和潘子的情形都不是很好：潘子一直意识模糊，也没吃过东西，我们喂的水都从他嘴角流了下去；闷油瓶意识清醒，但是身体乏力，站不起来，还好手上的青色已经褪去了。

这下非常麻烦，我们不可能背着两个人又带着这么多东西离开这里太远。

闷油瓶就指着一边的神庙，虚弱地说道："到里面去，离水源远一点儿！"

我们一想也是，这些石头的缝隙下全是水，和沼泽相连，难怪这些蛇全从缝隙里出来。

现在也没有别的办法，我们先把东西往里面运。

神庙已完全坍塌，只有一个大致轮廓，连门都不知道在哪里，我们随便找了一条回廊进去，就发现里面的空间还是相当大。这建筑本来应该有两层，底下的一层破坏严重，上面一层还能看到当时的结构，都是用黑色的石头垒的，不高，之间有很多非常精致的石柱。两层之间本来不知道靠什么连通，但是现在坍塌下来的东西已经成了一条陡坡。

我们爬上去，进入一间基本完好的石室内，能看到下面的营地。东西搬完之后，我们就把潘子和闷油瓶也抬了过来，此时闷油瓶基本已经能走动了。

太阳犹如催命的魔咒，我感觉时间过得非常快，昨天的恐惧和梦魇还没有消退，等我回过头来，又是太阳西晒了，黄昏马上就要到来。

白天基本上没有任何休息和停止，我看着树影狰狞起来，就觉得一股无形的压力逼来。

绝望，真的有一丝绝望的感觉。有个声音好像在我脑海里问：顶了两晚，今晚能继续熬过去吗？

第二十五章 · 第三夜：浮雕

我们几乎把所有能用的东西都搬了过来，还准备了几桶淤泥。不敢点大篝火了，做了一个小炭堆，晚饭胖子煮罐头也不敢在里面煮，把灶台搭在废墟外面。

我们估计那些蛇肯定会在雾气弥漫之后开始活动，所以黄昏的时候并不慌，我帮胖子烧饭，闷油瓶在上面帮我们望风。

但是胖子动作很快，我其实帮不上什么忙，开完罐头就在边上发呆。

胖子最烦我这个样子，他说我就是个林黛玉，整天不知道在琢磨什么，这人世间的东西哪有那么多好琢磨的，没心没肺地活着也是蹬腿死，你机关算尽也是蹬腿死，反正结局都一样。

正琢磨着，就听到胖子叫我："你看小哥这是干什么？"

我收回神，抬头看到神庙内的闷油瓶正在用什么东西擦上面的石壁，就叫道："怎么了？"

闷油瓶没理我，继续干着，也有可能是没听见。

我这里的事情已经做得差不多了，也来了兴趣，放下罐头刀就爬了上去。从神庙的回廊绕到他的身边，就看到他正在用篝火里的炭抹墙壁，好像是想拓印什么东西。我问他干吗，他指了指边上的石头："我刚发现的。"

墙被涂黑了一大块，我用嘴吹了一下，发现这些石壁上，有着几乎被磨平的浮雕。

"在日光下基本上看不见，只有涂上炭粉，才会有阴影出来，还能分辨一下。"他道，说着又从篝火中捡出一块来涂抹。

黑色的炭粉抹在岩石上，有了光影变化。我晃动了一下，找了一个合适的位置，石头上的浮雕显现了出来。第一眼我便看到了大量的蛇，很难分辨，光影攒动，蛇影飘忽，好像是活的一样。

闷油瓶继续涂抹，我们就看到了一幅幅古老的浮雕出现在这里的岩石上，这么多年下来，依然形神俱在，在闷油瓶的涂抹下，如同魔术一般浮现了出来。

他涂完后站立不稳，我立即扶住他。看了一遍，他道："这里讲的是那些蛇的事情。"

"讲的什么？"我问道，因为我看得不是很清楚。

"一下子没法看懂。"他道，"得慢慢琢磨。"

对这些我很有兴趣，而且一路过来也实在没看到多少关于这里的历史遗存。对这里一无所知就是导致我们现在这种境况最直接的原因，所以我移动身子，寻找着最好的角度，下了功夫仔细去看。

一幅一幅看过来，全部不知所云，根本不知道是什么意思。浮雕上表达的东西很多，有的似乎是祭祀，有的又似乎是一场仪式，要说还真说不出什么来。

我半猜半琢磨地看着，感觉有几幅似乎是在说这里的先民，供奉着这些带着鸡冠的毒蛇，他们将一个一个陶罐丢进一些孔洞里，好像就是路上看到的那种带着方孔的石塔，大量毒蛇开始钻入破碎的陶罐。有祭师在主持仪式，很多人跪在四周。

原来这些祭品祭祀的就是这里的蛇。难道这里的人把这种毒蛇当成神了吗？不过，这倒不稀奇。毒蛇崇拜非常普遍，古人不知道毒蛇的毒性，只知道被咬一口后就会死去，看着这么小的伤口能致命，都会认为这是魔力所致。中国少数民族里有很多都崇拜蛇。

这些鸡冠蛇可能喜欢食用尸鳖王的卵，不过尸鳖王的卵应该毒性剧烈，这蛇和尸鳖到底哪个更毒一点儿？

闷油瓶移动身形。边上的浮雕，是很多拿着长矛的人物，和先民打扮的厮杀在一起，很多人的身体被长矛刺穿了，似乎是一场战争。

战况看来对西王母国这一方不利，因为西王母国的人数显然比对方要少得多。而西王母国全都是步兵，对方的队伍中还能看到骑兵。敌方的统帅在队伍的后面，坐在一辆八匹马拉的车上。浮雕里不见西王母的身影。所有的浮雕造型精致，连五官都细致地琢磨，惟妙惟肖，显然是出自顶级工匠的手艺。

"这是……战争……"闷油瓶喃喃道。

"看来西王母国被侵略了，而且对方是一支比较强大的文明力量，有可能是楼兰或者北匈奴。"我道，"这些人看不出服装的款式，不过兵器的样子形似中原，应该是楼兰的军队。这个在战车上的，应该是楼兰王。"

说完，我感觉很有道理，但是闷油瓶没有注意我的话，而是用手摸那个战车上的统帅，皱起了眉头。

我心说：怎么了？他忽然抬起手，指着那敌方首领，对我道："我认识这个人。"

第二十六章 ● 第三夜：似曾相识

　　"啊？"我愣了一下，心说：你认识他，他是你二大爷？

　　闷油瓶随后说了一句，我立即意识到自己理解错了。他道："这八匹马……这个人是周穆王。"

　　"周穆王？就是写《穆天子传》的那个？"

　　穆天子的传说我也十分熟悉。在来之前，那批人经常提到，《穆天子传》主要记载周穆王率领七萃之士，驾上赤骥、盗骊、白义、逾轮、山子、渠黄、骅骝、绿耳等骏马，由造父赶车、伯夭做向导，从宗周出发，越过漳水，经由河宗、阳纡之山、群玉山等地，西至西王母之邦，和西王母宴饮酬酢的事情。

　　也就是说，他是坐着八匹骏马来西王母宫旅游的，当时被西王母盛情款待。

　　不过从浮雕看来，这穆天子不像是来旅游的。难道传说有误，当年周穆王确实来了西王母国，不过是来打仗的？

　　我立即继续看浮雕，下一幅画就让我倒吸了一口凉气，只见周穆王的军队杀进了一座宫殿，画面上出现了很多蛇头人身的女人，她们将一种东西倒入了那种塔的孔里，接着无数的鸡冠蛇从塔里爬了出来，和周穆王的军队撕咬在一起。

看到这里，我立即明白了雨林中这些石塔的意义："看来，当年周穆王确实进攻过这里，但是被这里的毒蛇打败了。可能为了掩盖自己的失败，他编了那个故事。这些毒蛇保护了西王母国，难怪他们会把这种蛇当成神一样来供奉。"

想了想又觉得不只这样。看来这些石塔下面肯定是相通的，蛇就生活在城市下面的通道里，被人们用人头来喂养，而遇到危险时，就用某种东西把蛇引出来迎敌。这是设计好的防御方式，这种蛇这么毒，速度又快，谁也挡不住。

也就是说，人生活在城里，蛇生活在城市的下面；现在人全死了，蛇就到地面上来了。这西王母的文明和亚马孙文明比较像，那边用食人鱼防御敌人和猛兽，他们也祭祀食人鱼，用活人和活动物，这里用人头。

再往后看去，越看越符合我们的推论。我脑子里对这里的概念也逐渐清晰起来。

正暗爽间，闷油瓶的视线停了下来，看到了这块石壁最中心的部分——这里的浮雕是一幅巨大的圆形图案，显然是整片岩石石刻构图的中心部分，上面雕刻着一条巨大的蛇被许多小型鸡冠蛇包围住，互相搏斗的场景。其中那条巨大的蛇缠绕在一棵巨大的树木上，鸡冠蛇犹如装饰花纹一样缠绕在它四周。

"这是那种双鳞大蟒和这里的鸡冠蛇在打斗。看来在西王母时期，这里已经有两种蛇了，这种双鳞大蟒可能是这里鸡冠蛇的天敌。"我道。

闷油瓶摸了摸石刻，摇头道："不对，这是交配。"

"交配？"我愣了一下，有点儿无法理解，想了想才明白他的意思，"你是说，鸡冠蛇和这条双鳞大蟒在混种交配？可是，这是两种完全不同的蛇啊，而且体形相差这么大，怎么交配啊？"

"你知道什么是老鸨吗？"闷油瓶突然问我。

"老鸨？"我莫名其妙，心说他怎么突然问这个，"老鸨就是开妓院的啊。"

"那是一种戏称，老鸨其实是一种鸟。古时候有人发现，老鸨这种鸟，只有雌鸟，没有雄鸟，它们要繁衍后代，可以和任何其他品种的鸟类进行交配，为万鸟之妻，所以人们就用'老鸨'来代称人尽可夫的妓女。"闷油瓶淡淡道，"然而，事实上古人对老鸨的说法是完全错误的。老鸨其实是有雄鸟的，但是，这种鸟类，它们的雌雄个体差异太大了，雄鸟比雌鸟大了好几倍，所以就被误认为是两种不同的鸟。"

我听懂了他的话，立即明白是什么意思："这么说来，你认为这两种蛇其实就是一种蛇，只是两种性别有两种体形而已？那你说哪一种是雄蛇，哪一种是雌蛇？"

"按照数量分析，小的应该是雄蛇，大的是雌蛇，不过，也有可能相反。"他摸着岩石的表面，忽然伸出了奇长的手指，去摸双鳞巨蟒缠绕着的那棵巨树的图案，"奇怪。"

"怎么了？"我也去摸，但是摸不出所以然来，就看着他。他皱起了眉头，忽然后退了几步，拿起炭把浮雕上方、下方没有涂抹的部分也涂了起来。

很快整块石壁上的浮雕整体就呈现了出来，我也退后了一步看。就在看到全景的一瞬间，我张大了嘴巴，怔住了。

只见浮雕上，那条双鳞巨蟒缠绕着的巨树，站远来看，根本不是什么树，而是一条盘成了一个圆形的更加巨大的蛇。这条蛇因为太大了，那条双鳞巨蟒和它放到一起简直就像筷子和擀面杖，而那些鸡冠蛇简直就是牙签了，所以看局部的时候，根本看不出那是蛇。

"这……这是什么东西？龙吗？"我咋舌道。那双鳞巨蟒已经极大，这蛇比它还要大这么多，那简直是和解放卡车一样的直径。这种东西还能算是蛇吗？

闷油瓶怔怔地看着，不说话，用手一条一条地去摸那些鸡冠蛇的花纹，摸了好一会儿，才道："你看，这些小蛇并没有盘绕在这条巨蟒上，它们只是拥簇在巨蟒上，帮助它不滑下去，真正在交配的，是这条双鳞巨蟒和这条巨蛇……"

我立即顺着那些小蛇盘绕的纹路摸去，果然发现小蛇只是互相缠绕，并没有盘绕在双鳞巨蟒身上，而双鳞巨蟒则紧紧地盘绕在巨蛇上。我惊讶着，忽然意识到了什么，吸了口冷气道："我的天，胖子说对了！"

第二十七章 • 第三夜：蛇母

　　"社会性蛇群。"一瞬间我脑子里闪出了这么一句话，同时就想起了胖子在昨天随口说的一句话，他说这些蛇的举动很像蚂蚁，这里可能会有一条蛇后。

　　我当时认为这是不可能的事情，以为蛇的这些协作的举动最多只是像秃鹫争食一样的群体本能的体现，没想到，在这里竟然看到了这样的浮雕，这简直就是这种蛇社会习性的一个模型。

　　这些红色的小型鸡冠蛇，就是社会性昆虫中工兵的角色，数量众多；而那些双鳞巨蟒，就是雄蛇，体形大，数量少；而这条巨大的犹如龙一样的蛇，就是胖子说的"蛇后"，这里唯一的蛇母。从这浮雕来看，这条蛇母实在太巨大了，以致雄蛇没法和它顺利交配，需要这么多的鸡冠蛇来辅助。而且按照自然规律，如此巨大的蛇母恐怕也无法运动，确实需要别人辅助交配，就好像被豢养的巨型母猪一样。

　　难道，在这片树海的深处，真的有如此巨大的蛇吗？

　　我对蛇的历史颇了解，记忆中关于巨蛇的传说，最大的是在巴西的雨林里，有人声称看到过一条五十米长的巨型森蚺。蛇这种生物和人类不一样，它没有固定的极限寿命，一般的蛇会在体形大到无法捕猎食物的时候自然死去，但是在某些食物充足的情况下，蛇可以一直长下去，那些巨蛇简直就是雨林之神。不过，即使如此，那些蛇死去时的年龄也只有一百年左右。这浮雕在这儿多久了，少说有三四千年了，如果这里真的存在过这条蛇母，也应该死去了。

而且如此巨大的身躯，如果它曾经存在，也必须是生活在水里，这里的沼泽显然没有这么大的浮力。

我看着都有点儿发怔。如果是在博物馆中看到这些浮雕，那么我们可能会以为这是古人的夸张或者神话，但是我们在这里遇到了这些毒蛇，而且亲眼看到了它们诡异的举动，那么，这浮雕极有可能描绘的是真实的场景。这可能是生物学、历史学、考古学，甚至社会学方面的巨大发现。

看着这浮雕的情形，我们实在无法释怀，这种蛇诡异的行为到底是怎么进化而来的？为什么会和其他蛇类完全不同？我感到其中肯定还有更深的原因。

之后的浮雕，是一连串膜拜的场景，表现很多人对着一条毒蛇跪拜。那蛇挺立在众人之前，这应该也是祭祀的场景之一，除了蛇的奇怪动作，其他并无诡异的地方。

从整体来看，我们发现巨石的表现手法，中心是蛇的交配场景，四周是对蛇的祭祀、蛇的饲养和蛇与人的战争，以及很多其他关于蛇的场面。正如闷油瓶所说，这是一块记述蛇的信息的石壁。我还想再从中得到一些信息，然而看了几遍，发现能仔细辨认细节的部分实在很少，再也没有任何收获，边上的石壁也没有了浮雕。

我们的心神收了回来，这时候才听到胖子的声音从远处传来，骂道："你们两个卿卿我我的干什么呢？有完没完？老子叫了几遍了，你们到底要不要吃饭？"

我们意犹未尽，但是见到再无线索，肚子也叫了起来，食欲战胜了求知欲，只好暂停。

我扶着闷油瓶，爬下去走到灶边，闻到了一股久违的肉香。胖子用一只脸盆当锅，吊在篝火上烧烤。

胖子问我们在那里到底在干什么呢，真把他当厨子了，也不来帮个手。

我把我们刚才发现的东西和他一说，他也颇为吃惊，不过也甚为扬扬得意，道："伟大的头脑总是可以做出正确的决定。你们要吸取教训，以后一定要听从我的教导，这样才不会后知后觉……不过，如果那蛇母真的死了，为什么那些蛇还在收集尸体，它们收集尸体给什么东西吃呢？"

"可能是在喂食那些巨蟒一样的雄蛇。你还记不记得，我们昨天晚上找到阿宁尸体的时候，那条双鳞巨蟒四周有大量的'野鸡脖子'，显然是在保护它。这种雄蛇也是贵族阶级，会被蛇群供养，以这些蛇的体形看还可以继续生存。但是蛇母就绝对不可能存活，这里的食物太少了，真有这么大的蛇在近代活动，我们也应该会看到一些痕迹，所以我认为在千年前这条巨蛇已经死了。"我道。

这样说胖子才点头。我对他道："现在可以想象，这些蛇并不是居心叵测的蛇魅，它们的行为同样是在按照本能办事，多少能放心一点儿。"

他叹气说："也只能稍微放心一点儿而已，这事情的疑点还有很多。今天晚上也不知道怎么过。快点儿吃，吃饱了好打仗。"

我肚子饿坏了，不想再讨论这些，就问他煮了什么吃的。

"我把罐头都煮了，只剩下一点儿，午餐肉炖馒头加沙丁鱼，大杂烩，不过味道没得说。"胖子道，"得，别说这些蛇了，听了倒胃口，来尝尝胖爷我的手艺，第一口不要钱，第二口开始，一口一个明器。"

"煮这东西要什么手艺，不就是放水煮吗？"我道。

"啧啧，所以说你比你们家三爷档次低多了，只能一辈子当个小贩。"胖子不以为然。我饿得肚子都叫了，马上用空罐头舀了一碗，吃了一大口，烫得我直流眼泪，不过确实好吃，那味道有点儿像年糕，至少像是顿饭了。

我一搅动出香味来，胖子也没法摆谱了，没有废话，三个人一通风卷残云，把底汤都喝了个干净。

吃完浑身发汗，身上顿时有了力气，膝盖也不酸了。

"怎么样，不错吧？你们学着点儿！人活七十古来稀，吃喝嫖赌，只有吃是人一辈子的享受，你胖爷我过的可是刀口上的日子，咱们这种人，能享受的时候就得享受，指不定这就是咱们最后一顿了。"

"我呸！"我怒了，"什么吃喝嫖赌！最后一顿，别把我们扯进去。"

这个时候说这个太不吉利了，因为这确实有可能是最后一顿。

"你瞧，你瞧，这就是封建思想的遗毒。"胖子做了个很欠扁的表情，不过接着道，"这些东西有劲道，昨天我们眼睛都被那雾气迷了，吃点儿补一下，否则容易留下病根。"

我想起昨晚的雾气，就奇怪道："对了，为什么我们在林子里没事，在这里就瞎了？"

胖子道："我觉得可能是这里的水的问题。雾气都是水汽凝结成的，在林子里的水都是活水，但是这里下面的积水可能是死的，具体的情况，咱们也不知道。"

我点头，又想起复明的时候看到的影子，就问他们是不是也有这种现象。我一说胖子就摇头："我们经历的情况比你复杂多了，哪有心思注意这些。你听谁说的？"

"电视剧里有讲过。"

"那玩意儿你都信？"他摇头。我忽然看到闷油瓶抬起了头，皱起了眉头，看向我。

闷油瓶从刚才开始就没有在听我们说话，我以为他还在想浮雕的事情，对他道："别想了，兵来将挡，水来土掩，等一下我们再去仔细看看浮雕，找找其他线索，现在你就安心休息吧。"

我话还没说完，他就突然道："你看到了一个黑影在翻背包？"

我被他吓了一跳，点头道："很模糊，没看清楚，也不知道是不是错觉，但肯定不是你们两个。"

闷油瓶忽然站了起来，对我道："那是文锦。"

第二十八章 • 第三夜：捕猎

"啊？为什么？"我反应不过来。

他没回答我，想了一下，忽然对我道："跟我来！"说着立即就往外跑。

我看了看太阳，又下去了一点儿，心说要给他玩死了，立即跟去。他跑到原来搭帐篷的地方，从其中一个帐篷里找到一只防水袋，又顺手拿了放在石头上的几个刷牙杯，直接抄起一只矿灯，就往林子里跑去。

我跌跌撞撞地跟在后面，只见他几下就跑到和丛林交接处的沼泽里，立即跳了下去，用杯子去挖沼泽底下的淤泥，倒进防水袋里，又抹在自己身上。我看得呆了。他对我一招手，我点头立即也跳了下去，还没站稳，一杯子泥就拍在我的脸上。几秒后两个人在淤泥里抹得和当时看到的文锦一模一样。

我本想到起雾的时候再抹，因为裹着淤泥实在不舒服，心中不爽，问他干吗。他道："抓文锦。"

"抓文锦？"

"她在找食物。她的食物耗尽了，所以今天晚上必定还会来。我们要设一个埋伏。"

"晚上？埋伏？"我立即摇头，"我不干，伏下去就永远站不起来了。"

闷油瓶看着我，忽然道："你为什么要来这里？"

我愣了一下。他冷冷地看了我一眼，爬出了沼泽，头也不回地走了。

我愣在沼泽里，心里极度不舒服，心说：你瞪我干什么？我来这里还不是因为你们什么都瞒着我！我为什么要来这里？我——

想着我就想通了，我知道他的意思，怕死已经晚了！我骂了一声，也爬了起来。

回去和胖子一说，胖子也有点儿犹豫。昨天的情形太骇人了，他觉得有些冒险，但是仔细一听，就答应了。

这下事情的性质就变了，我们从晚上尽量活下来，变成晚上尽量找死。但是胖子说不会，文锦也不傻，她应该会在雾没起来或者刚起来的时候出现，甚至我们不在营地附近，她应该是天一黑就过来，如果真如小哥推测的她在找吃的，那么她可能已经饿得不行了。

闷油瓶让胖子再烧半锅汤，做成没吃完的汤底的样子。胖子立即动手，让炉灶烧得更旺，很快，又一锅杂烩火锅烧成了，香气四溢。闷油瓶提着淤泥就到潘子的边上，用泥往他身上抹，把他也用泥覆盖起来，接着是胖子。

全部搞完，闷油瓶提起锅，让我们两个跟上。我问："潘子怎么办？"他道："雾没起来之前我们就会回来。三个人去，抓到的概率大一点儿。"

三个人一路走到原来的帐篷处，闷油瓶就把那锅杂烩放到昨天我们的篝火处。

此时天色还早，我们三个找了个隐蔽处蹲了下来。我只感觉要笑，这事情有点儿扯淡，拿一锅汤勾引文锦，文锦又不是猫。

我们蹲在那里，一直看着太阳从树线下去，四周的黑暗如鬼魅一样聚拢，什么都没有等到，连汤都凉了。胖子实在忍不住，想问他话，却被他摆手制止住，然后指了指耳朵，让我们注意声响。

我们凝神静气，听着周围的动静。浑身的泥巴又臭又黏糊，弄得我难受得要命，特别是脸上和腰的部分，因为容易干，这些地方的皮都扯了起来，痒得要命，但是又没法去抓，抓了更痒，而且干得更快。

就这么咬牙等着，一直到天快黑只剩下一点儿天光的时候，我都已经进入恍惚状态，忽然，身边的人动了。我立即清醒，绷紧了身子，甩了甩头，跟着他们偷偷从石头后面探出头去。在非常暗淡的光线中，就看到一个浑身淤泥的人，从林子里小心翼翼地走了出来，看身材，赫然是一个女人。

"真的是文锦！"我喉咙一紧，心说还真管用。还没来得及细琢磨这来龙去脉，闷油瓶的手已经搭在我的肩膀上，把我拉了回来。

我看向他。他对我和胖子做了一个手势，意思是，只要他一动，我们两个立即从营地的两面包抄过去，一定要堵住她。

此时也不知道闷油瓶到底在搞什么鬼，我们点头，耐心地等着。这埋伏的感觉相当刺激，我的心狂跳，一直等到我们听到了那只汤桶的动静。

胖子想出去，但是闷油瓶没动，他不动我们就也没动。等了大概十分钟，闷油瓶闭了闭眼睛，突然一个翻身，就从石头后面蹿了出去。几乎就是同时，我们听到一声惊讶的叫声，接着就是转身狂奔的声音。

我和胖子立即撒开腿，从左右两边冲出去，然后绕着营地围了上去，从几个帐篷中间冲过去，三个人同时到位，一下子就把她围了起来。

文锦显然惊慌失措，不停地在我们三个中间转圈，满脸惊恐。

借着火光，我才清晰地看到文锦的脸。在淤泥中看不到真实的情况，但是我可以肯定，她极其年轻，简直就是十八九岁的小姑娘。即使是在这种情况下，我还是能知道，这女人极其清秀，远远超过那张照片。

这几乎是一次超越时空的见面，如果是在正常情况下，我几乎会感觉她是从那张照片里走出来的，然而现在我根本没有闲情雅致来想这些。

文锦显然被我们吓坏了，有点儿不知所措，一边到处看，一边想找空隙逃出去。

"不要怕，陈……阿姨。"我想用说话来安抚她，但是说了一句，发现实在很难叫得出口。

文锦一下子看向我，突然就朝我冲过来。我张开双臂，想一把抱住她，将她制伏。没想到她突然一矮身子，扭住我的手臂，将我整个人扭了过来。我疼得大叫，她一推就把我推得趴到帐篷上，几乎把帐篷压塌，自己狂跑进了浓雾中。

我爬起来，看到胖子和闷油瓶已经追了上去，心中暗骂自己没用，立即也跟了过去。

第二十九章 ● 第三夜：暗战

文锦跑在最前面，我已经看不到了，我追的是胖子的背影。在这样的光线下追人，连一步都不能落下，否则，一闪就看不到了。

这一次绝对不能让她跑了，我心里道，我们有太多的疑问需要问她。

跑到营地外，还没有进丛林的宽阔地带，在这种地方，闷油瓶速度极快，一下将她逼到一块巨石附近，我们三个又将她围了起来。她靠在巨石上，似乎已经无路可逃，只听到她喘气的声音。

"大姐，你到底在怕什么？"胖子问道，"我们是好人，别逃了，搞得我们像日本人追花姑娘似的。"

文锦突然叫了一句，我没听清楚她叫的是什么。她忽然转身，几下就爬上巨石。她的动作极其轻巧，显然是练过功夫的，竟然没有一丝的迟缓。

我们之中只有闷油瓶能跟上去，他立即翻了过去，从后面抓住了文锦。文锦一挣扎，两个人滚在一起，滚到了巨石的后面，就听一声水响，好像摔进了水里。

我和胖子追过去，见那巨石之后就是之前看到的那种水潭，底下是这神庙的低洼部分，深不见底，下面有回廊和甬道通到废墟的内部。闷油瓶摔下去之后，不得不放手，以免文锦窒息。他浮出水面，我心说这一次肯定抓着了，和胖子两个人在岸上一人把了一面，如果她爬上来，马上把她按住。

然而，三个人，两个在岸上，一个在水里，等到水面上的水波平静下来，文锦也没有上来。

等了几秒，我心说糟糕了，难道她不会游泳，沉下去了？这不是给我们害死了？闷油瓶立即一个猛子扎了下去，潜入水中去找。

水里气泡不断，他翻了半分钟才浮上来，对我们道："这下面通到其他地方，她钻进去了！"

"这怎么办？那她不是死定了？得立即把她救出来！"我道。

这种废墟里的结构极端复杂，回廊交错，四处肯定还有大量的塌方，就算有氧气瓶进去也凶多吉少。

"不会，这里的几个水池好像都是通的。"话刚说完，我们背后一个地方就传来人冒出水和剧烈喘气的声音。

我们立即转身朝那个地方冲去，跑了没几步，就看到那里果然也是一个水池。水池边上一片潮湿，脚印直朝林子里去了，显然文锦对这神庙下的水路极其熟悉。

我们立即尾随脚印狂追，没跑几步，就听到前面急促的喘息声和脚步声，立即加速。就在这时候，我的头顶出现了一片沉重的黑色。骇然间，我发现我们追进了雨林里。

我顿了一下，心说不好，就这么追进去，如果迷路了怎么办？就是这么一顿，闷油瓶和胖子立即就跑远了。我大骂一声，只能跟上去，现在只能希望在最前面的闷油瓶能立即逮到她，否则我感觉会不妙。

虽然胖子分析林子中的雾气是没有毒的，但是谁知道推测是不是正确，要是在里面忽然瞎了，那绝对完蛋。

但是这文锦在雨林之中，简直如一条泥鳅，在树木的缝隙间穿梭，如入无人之境。这一通追简直是天昏地暗，最后我是头撞上一截矮枝，直接被撞翻才停了下来。等我站起来，胖子和闷油瓶早没影了，只有远处传来穿过灌木的声音，已经辨别不清方向。

我眼冒金星，蹲下来大喘了半天才缓过来，感觉肺都要抽起来了，抬眼看了看四周，却分不清方向，顿时心急如焚。

顺着大概的方向追了几米，我就停下来不敢再追了，开始大叫，让他们也别追了，这样太危险了。

叫了几声，却听见树叶抖动的声音和喘气声，似乎他们又跑了回来，我立即朝那个声音的方向追了过去。

一连跨过好几道几乎没法通过的藤蔓群，却发现又丢了，我心说这简直是在拍《猫和老鼠》，永远是在绕圈子。

再次循着声音去辨别方向，这时候，忽然就在我身后，有人叫了一声："小三爷。"

那声音好像是捏着鼻子叫出来的，尖细得要命，是个女人的声音，听起来让人寒彻心扉。

我吓了一跳，立即转身，用矿灯照去："文锦？"

身后浓雾弥漫，什么都看不见，但是那声音确实千真万确。我知道自己没有听错，立即就问道："谁？"

在浓雾的深处，又有人叫了一声："小三爷？"

我立即把矿灯调整了一下方向，朝那个方向照去，并且走了两步，但还是什么都看不到。

我心中有点儿奇怪：那声音离我十分近，应该就在咫尺，绝对是手电可以照到的范围，为什么会没有人，难道那人藏着？

"你是谁？"我又问了一声。

没有回答。我感觉有点儿不对，用手电照了照四周，想找点儿东西防身，但是太黑了，什么也看不见，我又不敢让手电光过久地离开我的前方。

"是不是三爷的人？"我又道。

"小三爷？"那声音又响了起来，而且移到了我的左边。我吓了一跳，立即把矿灯照过去，还是没有人的影子。

这家伙一定藏起来了，我心里毛起来，但是转念一想，不对，能说话的，就肯定是人，而且叫的是小三爷，肯定是认识我的，应该就是三叔的伙计，听这声音他似乎在围着我转圈子。会不会是他也看不清这里，不敢贸然现身？

想着我就立即道："我就是小三爷，你是三叔哪个堂口的？"

那边没有回音，我心说他到底在忌讳什么，立即晃动着矿灯，朝声音传来的方向走去，一边走一边道："出来吧，老子是人不是鬼。"

一直往前走了六七米，前方出现了一棵大树，却还是没见到人，我就纳闷起来。犹豫了片刻，忽然从那大树的后面，又传来了一声："小三爷。"

这家伙该不是聋了吧，我心道，扯起嗓子大喊了一声："老子在这里！"

那树后的灌木忽然抖动了一下，我心说没时间和你这么耗了，一下子冲过去，冲到树后就去照。没想到树后竟然是一个断崖，我还没站稳，就一脚踩空，往下栽去。

第三十章 · 第三夜：泥潭

　　这一下摔倒是猝不及防的，和在丛林中跋涉的摔倒完全不同，我根本连反应的时间都没有就滚下了断崖。混乱间我用力往身后抓，想抓到任何的东西可以让自己停下来，但是手摸到的全是光秃秃长满青苔的岩面，手直接滑了下去，接着膝盖又撞到了石头上，我整个人无法控制姿势，翻倒摔在了崖底。

　　还好这断面并不高，而且下面是水和淤泥，并没有致命伤，但是我发现水流很急，扯着我往下游卷。我立即扑腾了几下，抓住水下不知道什么东西，咬牙吃力地站起来，就发现矿灯挂在半崖高的地方，已经够不到了。

　　缓了一下，感觉没有什么地方骨折，我就观察四周的环境，也看不清楚，只能感觉自己站在沼泽里，脚陷在淤泥中，而上面矿灯照出的区域显示，我摔下来的岩面应该是一幢遗迹的一部分。

　　我觉得奇怪：怎么那树后竟然会是断崖？那么刚才那人在哪里说话？难道是像壁虎一样趴在树上？

于是我大叫了一声，但是再没有回音，好像那人就是要勾引我掉下来一样。我心里猛地想起白天听到的声音，想着完了，完了，我真的有点儿幻听了，难道这里的森林扰乱了我的神经不成？

又扑腾了几下，我游到断崖的边缘，抓住一块突起的石头定住身体，借着矿灯光被石壁反射回来的极端微弱的光线，开始向上爬，无奈青苔实在太滑了，又没有任何东西可以借力，爬了几次都滑了下来。

我换了几面都不行，唯一可以前进的地方，就是顺着岩壁往沼泽的下游走，那边一片黑暗。但是这里水流这么急，附近不是井口就是陡峭的断层，一旦失足，很可能被井口的漩涡卷进去，或者冲下小瀑布，就算不死也得脱层皮。

犹豫了片刻，我发现我这样的处境其实就是被困住了，要么等到天亮，要么有人来救我。等到天亮我是绝对不肯，立即就扯起嗓子，喊了几声"救命"。

他们也许就在不远的地方，这里这么安静，喊响点儿他们可能会听见。

可是天不从人愿，喊了半天，我嗓子都哑了，却连一点儿回音都没有。四周一片寂静，而且静得离谱，黑暗中连一点儿能让人遐想的动静都没有。

我实在喊不动了，心里那个郁闷就别提了，心说怎么什么倒霉的事情我都碰上了。深吸了口气定了定神，我去看表，想看看雾气大概什么时候会散。雾气散了之后，能见度会加大，这矿灯的光线就能照得更广，这样也许我就有办法爬上去，或者我可以在水底找什么东西，把矿灯砸下来。

看了看表，按照昨天的经验，雾气应该维持不了几个小时，时间还可以忍受，我摸着一边的石头突起，让自己维持着一个舒服一点儿的姿势，看了看四周，心说：什么都看不见，这几个小时怎么打发？

双脚在淤泥里，让我心里很不舒服，这种感觉绝对不好。潘子跟我说的故事，我还记得，此时也感觉淤泥之中的脚正在被虫子钻食，不时抬出来摸一把，却发现只是错觉。

这种错觉让我思绪不宁，我尽量靠在岩石上往上爬，让脚出水，但是每次都失败了。我鼓起勇气，摸着岩壁往边上靠，脚贴着，想着水下有什么东西也好，能让我踩一下好出水。或者能踩到一些树枝杂物什么的，我可以用来砸矿灯。

脚动着动着，我果然就踩到了什么东西，不过那不是树枝，那种感觉让我激灵了一下。

细细的毛，好像是人的头发。

我一下子冒出冷汗。我现在对头发有着极端厌恶的记忆，从西沙回来之后的开始几个星期，我几乎碰到自己的头发都会作呕。

我立即把脚抽了回来，不敢再伸过去，但是脚一动，我又踢到了什么，这一次是软软的。我忽然意识到这里的淤泥里，可能沉着大个的什么东西。

为了谨慎起见，我打起手表的蓝光，往水下照去。这种蓝光的设计初衷本就只是为了让人能在黑暗中看到电子表的数值，灯光几乎照不进水里，我只好蹲了下来，把手表沉入水里去。

接着我就惊呆了，幽灵一样的蓝光之下，我看到一个人，被埋在了淤泥里，头发像水草一样随着水波舞动着。

我的手颤抖着移动。这是一具尸体，而且是一具新鲜的尸体，虽然完全被裹在淤泥之中，但是可以看出他穿的是行军服，和胖子的很像。

接着，我发现有点儿不对劲，转动手表的方向，用力往前探去，发现这前方底下的淤泥中，竟然全是死人，全都沉在淤泥之中，肢体交错在一起，犹如屠杀后的乱葬岗一般，而且所有的人都是刚死不久的。

我将我面前的那具尸体从淤泥里拉出来，发现死沉死沉的，犹如灌了铅一般，一下子就看到那人腰间的各种装备，都与胖子和潘子的一模一样。

我发着抖，忽然明白了这是怎么回事——三叔的队伍竟然在这里！

第
三
十
一
章
●
第
三
夜
：
藏
尸

再看那具尸体，我发现这些尸体都已经被水泡得发青，但是都没有严重的腐烂，显然死了没有多长时间。尸体在泥水中没有被泡得发白，反而有点儿发青，显得有点儿不同寻常。

这里有这么多的死人，而且都是刚死没多久，显然这些是三叔的人。我想起空无一人的营地，不寒而栗，这些人必然是给鸡冠蛇咬死后运到这个泥潭中来的。

这批人是最早出事的那批人，还是幸存下来的三叔的那批人？三叔在不在他们之中？

我一下子又想起了刚才听到的"小三爷"的叫声，心说：难道这不是有人在叫我，而是这里的伙计的冤魂，想让我发现这里，在指引我？

我脑子涨起来，但手表的蓝光再一次熄灭，四周又陷入了黑暗。

我再次打起手表的蓝光，开始摸着眼前尸体的口袋，从他裤袋中摸出了一只皮夹，已经被水泡得死重。我拎起来，就朝一边石壁上的光点扔去。第一下没有扔中，我又把那人皮带上的手电解了下来，甩了过去。一甩我就发现不对，但是已经晚了，手电已经飞了出去。我正想抽自己一巴掌，这一次却成功了，卡住矿灯的灌木被打了一下，矿灯就滑了下来，掉进水中，沉了下去。

我一只手抓住岩石的突起，另一只手竭力伸长，勉强够到矿灯，将它捞了起来。手电很轻，被水流往下游冲了几米，不知去向。

我把矿灯朝四周照去，这一下看得更加清楚。这是沼泽的一部分，类似于一个圆形的水潭，水朝一边流去，矿灯照去，就看到水流向的下游处是一处雕刻着兽头的石头遗迹。水流就是流向遗迹，由张开的兽口流入。和我想的一样，那下面肯定有井口，过去必然危险。

我开始逆流而上，将矿灯系到腰上，靠着岩壁移动。一路照去，就看到沼泽之中，横陈着大量的尸体，大部分都陷入淤泥之内了，只伸出了僵硬的手或者其他部分。整个水潭底部几乎全是。

我一边走一边避过尸体，但是尸体太多，实在无法脱身而过，很多尸体身上的淤泥被我激起的水流冲掉。我就发现在他们的脖子上，都有两个发黑的齿孔，整个脖子都是黑的，到了四周部分就呈现青色。

我一下子就明白了，他们全是被蛇咬死的。难怪整个营地里都没有打斗的痕迹，有可能是在睡梦中直接被咬死的，也有可能是在这里行军的时候遭到了大规模的攻击。

我调整矿灯，忐忑不安地一张一张寻找他们的脸，想从中看看有没有三叔。

我并不想看到三叔，但是理智告诉我，我不能逃避。不过在淤泥覆盖下，要想辨认并不容易。我一张一张看过去，没有发现像三叔的人，也无法肯定这些都不是三叔。

就在我想放弃的时候，我的矿灯照到了其中一张脸上，这脸还没有完全被淤泥覆盖。我下意识地停住了脚步，猛地发现这脸有点儿熟悉，随即我就认了出来。

那是阿宁！

她的眼睛闭着，整个人呈现一种非常古怪的姿势，身上只盖着一层薄薄的淤泥，脸上的尸斑已经非常明显了。

我几乎窒息了，看了看四周，心说：那些蛇竟然也把她的尸体运到这里来了！

我越想越心寒，越想越觉得是那么回事。这个泥潭是什么地方？难道这里是它们堆积食物的场所？那这里可能会出现巨大的蟒蛇来进食？

我感到极度不安。这个地方不安全，我必须立即离开。

边想着我边挥动矿灯，去找四周可以攀爬的地方，很快发现水的逆流方向，有一处树木的藤蔓挂到了水里。我咬住矿灯，就朝那边游去，几步够到之后一把抓住藤蔓。

雾气已经有些稀薄下来，我咬牙爬上藤蔓，却又想到闷油瓶说的"淤泥防蛇"，又下去掬起一手淤泥，抹到身上泥被水冲走的地方，再重新往上爬，一直爬到了藤蔓缠绕的枝丫上，才松了口气。

顺着枝丫，爬到树冠的中心，刚想顺着树爬下去，忽然听到一边的水潭中一声水响，又有什么东西掉了下去。

我循着声音去照，就看到水潭边果然激起了水花，有东西从岸上滚了下来。把矿灯照向那个角落，我看到一团红色的肠子一样的东西，那是缠绕在一起的大量鸡冠蛇，而它们之中，好像裹着什么东西。

我仔细看着，有一瞬间，我看到一只手从蛇堆里伸了出来，接着我看到了一个胖胖的人头。

我浑身一凉，发现那是胖子。

第三十二章 · 第三夜：又一个

胖子并没有反抗，我甚至没有看到他在动。我心里越发冰冷：难道他已经死了？

蛇群蠕动着。我曾经想象了相当多的方式，来推测它们怎么运送尸体，但是没有想到是这个样子的。红色的大大小小的蛇盘绕在一起，将尸体裹在中央，然后挪动身体使得尸体前进。胖子极重，但是这些蛇还是能把他迅速移动到这里，显然这样的移动方式效率相当高。

胖子摔入潭中之后，蛇群稀疏开来，陆续重新爬上岸，很快就消失在石壁的上面。我看着静静躺在水里的胖子，有点儿不知所措，不知道他是死是活。如果是死了，我感觉他这样命硬的人都死了，自己在这里早晚也是死；如果是活着，那我必须去救他，不过去了也有可能只是送死。

想了想，不管怎么样，我必须去看一下。胖子和我出生入死，我不能连他有没有死都不知道，就把他丢在这里。

我警惕地看了看四周，似乎蛇已经走远，检查了一下身上的淤泥，就顺着藤蔓再次爬了下去，小心翼翼地下到水里。我扒着岩壁，走到胖子的身边。胖子纹丝不动，大半个头浸没在水中。我心里一凉，身子有点儿发颤。

　　仔细听了听，四周没有声音，我才靠近胖子，将他整个人翻了过来。胖子下半身沉在水里，一摸，我的心才一松，还有微弱的呼吸，但是我也立即看到了他脖子上的血孔，他也被蛇咬了。

　　这里的蛇真是阴毒得要命，竟然都咬在脖子上。除非那人对蛇毒有免疫力，否则基本上无法处理，只能等死。

　　不过我感到奇怪：为什么阿宁被咬一口，才几分钟就死了，而胖子到现在还有呼吸？此时我又发现胖子身上有血。

　　查看一下胖子身上没有外伤，这血显然不是他的，我就明白了，那可能是和蛇搏斗的时候沾上的。我估计可能是胖子动作快，蛇刚咬到他的脖子，他已经用刀将蛇砍死了，所以才没有立即毙命。

　　不过，就算不死，也快了。我看了看四周，必须先把他从这个水潭里拖出去，否则保不齐这些蛇会回来补上一口。

　　这相当困难，好在藤蔓在下游，我扶起胖子，借着水的浮力和推力将他往下游推去。没想到两步我就失控了。为了不被冲到水流中去，我用力扭转身体，让自己的手浮在上面，冲过藤蔓的时候一把抓住，才重新控制住身体。

　　我用尽九牛二虎之力在水里站定，接着把胖子挂到藤蔓上，用他的皮带把他固定住，然后自己先爬了上去，想把他拉上来。但是拉了两下之后，我发现是不可能的，虽然藤蔓足够结实，但是胖子实在太重了，我那点儿小力气，实在不够用。我看了看四周，看到我站的树枝上面还有一根Y形的大枝丫，于是我把藤蔓挂了上去，做了一个滑轮，然后用我的体重加上力气，把他提上来。

　　只一下就把上面的枝丫压成了弓形，整棵树都发出让人毛骨悚然的声音。我忽然感觉胖子太重了，简直重得离谱。我的体重加上我的力气，把他吊起来应该没有这么困难，但是现在显然相当勉强，我以前还背过他，绝对没有现在这么重。

这次如果能活着回去，我一定要让他减肥了。然后，我继续压下死力气，用了差不多半小时，才把他从水里一点儿一点儿吊上来。等我把他拖到树枝上的时候，我的虎口全破了，已经连抬手的力气都没有了。这时候我发现站的树枝被胖子和我的重量压弯得厉害。

我已经没心思来琢磨这些事情了，缓了一下，心想该怎么处理他的毒——想要吸出来已经晚了，看样子要回营地。那就得拖他过树林了，我一个人实在是够呛。不过够呛也得做，不然如果他挂了，我怎么过自己这一关。

休息了一下，我又下去，再次掬了一把淤泥上来，涂在胖子身上，然后去扯四周的藤蔓，把藤蔓草草连接了一下，做了一个拖架子，想把胖子从树上放下去。

往胖子身上绑的时候，我发现胖子太胖了，实在很难固定，只好用藤蔓先把他身上的几个地方绑紧。藤蔓很粗，我的手力气不够，我就站起来用脚帮忙，把结打紧。大概是拉的力气太大了，忽然胖子张开了嘴巴，从他嘴巴里，喷出了一口绿水。

那绿水极其腥臭，我立即捂住了自己的嘴巴，心说他吃什么了，这时候就看到，那绿水之间，竟然混杂着很多细小的红色鳞片。

我摸起一片，心说不好，一下子扯开胖子的衣服，发现胖子的肚子极大，用力摸了一下，硬得好像吃了一个秤砣。

第
三
十
三
章

●

第
三
夜
：
宿
主

糟糕了，怎么会这样？难道有蛇钻到他肚子里去了？

我立即把胖子翻过来，用膝盖去顶他的胃，用力往里顶，他就开始剧烈地呕吐。大量的绿水混杂着一些白色的棉絮一样的东西被吐了出来，全部吐到了树枝上，然后滴落下去。

我用力顶了几下，直到他吐完。他的呼吸稍微顺畅了一点儿，看来这胃里面的东西非常压迫他的呼吸。

看着吐出来的东西，量极大，简直就像从桶里倒出来的。好在胖子胃大，否则普通人这么多东西撑进去，胃可能已经爆了。

我将他放好，捂住嘴巴去看他呕出来的东西，一股酸臭味扑面而来，绿水之间，都是蛋花一样的白色凝胶。我折下一根树枝，拨弄了一下，发现凝胶之中，竟然全是一种类似卵的东西。

一瞬间一股极度的恶心涌上胸口，我差点儿也吐了出来。看着其中混杂的鳞片，我心说这该不会是蛇蛋吧？我靠，这真是太恶心了。这种蛇竟然会在人的胃里产卵，简直像好莱坞电影里的怪物，想着就立即把这些蛇卵全都拨弄了下去。

这么说来，下面这些尸体的肚子里，应该也塞满了蛇卵。我都无法想象这些蛇卵孵化出来会是什么样子。

努力忍住自己的恶心，我看了看下面的泥潭，又看了看那些浮在水面上、向下游漂去的蛇卵，开始明白了这里是怎么回事。

难道这里的泥潭是一个"孵化室"？这些蛇，靠尸体腐烂产生的热量孵化蛇蛋，所以它们不停地搬运尸体，扔入这个泥潭内，让它们不停地腐烂，和泥土混合产生热量。

我听说过有很多蚂蚁可以通过发酵和腐烂来控制蚁巢内的温度，这些蛇显然做不到，但是它们已经在通过腐烂的热量来孵蛋了。

但是，这附近的废墟阳光很好，为什么它们不像其他蛇类一样用阳光来孵蛋呢？难道是因为这些蛇蛋孵化对温度的要求非常精确？

想想不对，我想到一个可能性：如果没有那几场大雨，这个泥潭中不会有水，最多是一片烂泥沼，那么胖子摔入里面，要很长时间才会死，他体内的温度会维持到他完全死亡，这也许就是胖子现在还没有死的原因——那些蛇只想麻痹我们，不想杀死我们，就是为了用我们的体温孵蛋。

我知道有一些进化得非常高级的蛇，它们的蛋在体内已经孵化得差不多了，生出来只要靠一到两天稳定的温度就会孵化，难道这里的蛇就是这样？好在下了这场大雨，否则，我刚才已经摔进小蛇堆里了。

最让我感到毛骨悚然的是，这里有蛇卵，那么不就说明，这里还有一条母蛇？想起那浮雕我就浑身发凉，但再想还是不可能的，这么巨大的母蛇绝对违反了自然生物的规律，这些卵可能是那条巨大母蛇的后代生的。

胖子肚子还是有点儿胀，不知道里面还有没有这些东西，我觉得保险一点儿还是让他全部吐出来的好，于是扶起胖子，抠住他的喉咙，让他继续呕吐，但是他接下来呕出来的，都是发绿的水，最后就成了干哕。

我相信应该是没了，再有就应该过了胃了，那就只能让他拉出来了。

雾气已经散得差不多了，能见度逐渐恢复，我继续刚才的工作，将他身上的藤条拉紧，然后准备慢慢地放下去。这非常困难，如果我稍微抓不住，胖子就可能直接从树上摔下去。他现在失去了意识，不会运用肌肉和动作去保护自己，那么这一摔可能就会摔死他，所以，必须把藤蔓的长度控制好。

我把一切准备妥当，然后用矿灯照射树下。这棵大树长在泥潭的边上，弄得不好，可能放下去就会直接摔回泥潭里，前功尽弃，一定要选一个好地方。

矿灯一照到树下，我就愣住了，树下一片迷蒙，竟然看不清楚地面，矿灯照过去，好像照在一团混沌上。

这真是有鬼了！刚才我没有用矿灯去照，就用矿灯的余光，都能看到地面模糊的影子，怎么现在反而看不到了？难道雾气又浓了起来？可是为何只浓在地面附近的部分？

仔细一辨认，我才发现原来是这泥潭中不知道起了什么变化，从水中蒸腾出一股黑气，已经笼罩了整片水面，其中的尸体若隐若现，在黑气中竟然好像动了起来。

第三十四章 ● 第三夜：沼泽怪影

　　我仔细去看，就发现潭底的淤泥不知道被什么东西扰动着，似乎有一个巨大的东西在淤泥的底下活动，将存在淤泥下的黑气翻上来。整个潭底都在动，淤泥中似乎有一个不规则的漩涡，把那些尸体裹进去又吐出来。

　　随着淤泥活动得更加剧烈，越来越多的黑气从下面翻了上来。我此时已经没有任何力气感到害怕了，只是牙齿发紧，浑身的神经已经绷到了最紧，一边脑子飞快地转动琢磨怎么办，一边警惕地关注着下面的情况。

　　这些黑气可能是沼泽下雨林中大量树叶腐烂形成的有毒气体，这种气体经常存在于沼泽和雨林深处的淤泥之下，如果有大的自然气候变化就会释放出来。

　　很多热带雨林人类不可涉足，就是因为这种毒气的存在阻断了大片的通路。而有的毒气则是由于特别的矿物或者火山气体挥发，或者和雾气混合而形成的剧毒云雾。这种毒气的毒性就厉害了，世界上有很多连鸟也飞不过去的"死亡谷"就是这么形成的。

如果是的话，这肯定不是好玩意儿，也不知道会不会和昨天在神庙前遇到的雾气一样致盲。

我想过是否能立即下去，冲回遗迹，但是算了一下距离和时间，此时已经毫无办法，那黑气已经弥漫在树下，我无法下去。而且神庙那边的雾气如果没有退，很可能又会让我中毒失去视力，碰上蛇群我就可能和胖子一样了，那我宁可自己了断。

我祈祷这黑气只在树下蔓延，不会上浮到树冠，但是显然这是不可能的。缓缓地，我发现黑气犹如有生命一样，滚动着，开始充斥整个空间。

我心中暗骂，知道这一次如果黑气有毒，恐怕会比致盲更加厉害。情急间，我立即撕下一条自己的衣服，从身上抹下来一大块黑泥，捂住了口鼻，又给胖子做了一个。

之后想起自己在树上，立即找了根藤蔓把自己绑住，挂在树上，以防等一下中毒神志模糊，从树上摔下去。

刚做完这些，黑气就到了脚下，漫上来的时候，速度惊人，黑色的影子如鬼魅一般，几乎是一瞬间就裹住了我们坐的枝丫，我甚至听到它经过的时候，这里的树都发出了轻微的噼啪声，接着四周目力能及的地方一下子就被黑气笼罩了。

黑气瞬间布满了四周。看着黑气腾起来，我感觉自己好像被困在大火中的房子里一样，但同时，我立刻闻到一股奇怪的味道，喉咙开始发痒起来。

喉咙发痒显然不是好兆头，我本能地屏住了呼吸，尽量少吸几口。

几秒钟后，我没有立即毙命，就松了口气，显然这黑气毒性不烈，这样我们就多了很大的机会，不过，如果吸入太多，到底如何也很难说。

我一边祈祷着黑气会和雾气一样自己退去，一边往上看，想看看能否爬得更高，到黑气稀薄一点儿的地方。但是，整个树冠目力所及的地方，已经完全被这些黑气吞噬了，而且在矿灯的光柱下，我看到这些黑气好像是固体的小颗粒，似乎是烟尘，而不是气，可是摸了一把又摸不着。

这是什么东西？我忽然感觉我在什么地方看到过这种黑色的烟雾。是在哪儿呢？我想着心里隐约感到不安，有一种极端不吉利的感觉冒了出来。

我忽地想起闷油瓶，心里直问候他的祖宗，要是刚才听我的，现在就不至于这么狼狈。自己怎么就不坚持一下？要是死在这里都不知道找谁去喊冤。

可能是之前我实在太信任他了，可是他最近做的决定都有些失常，我心里顿时想抽自己一个嘴巴。

不过，就算是不来，今天晚上也不知道能不能挨过去。当时没戴防毒面具倒是我的失策，不过阿宁他们装备的防毒面具个头很大，胖子和潘子用的都是老军用，虽然结实，但是太重了，都不方便。

怎么想都不对，这也是逃不过的一劫。

继续看着泥潭，就听脚下的沼泽里传来了一连串水搅动的声音，很沉，并不吵，听着好似有什么庞然大物要从里面出来了。

这沼泽之下必定出了什么异变，否则不可能出现这种动静。我想着会不会是尸体肚子里的蛇卵孵化出来了，又或是有大蛇来进食了？

只听得这水声越来越响，好像在朝我们树下靠近一般，我拿矿灯去照，只见黑气中，隐藏着一个足有小牛犊一样大的黑斑，正在不停地移动，体形比我们之前遇到的那条巨蟒还要大上一圈，但到底是不是蛇真的无法判断。

黑气弥漫影响视野，那黑斑之下到底是什么东西根本无法看清，我觉得这时候也只能听天由命，于是凝神静气，看着那黑斑的动向。

这雾气之下全是沼泽，黑斑从沼泽中来，必然不是什么陆地上的生物，看形状也不是之前碰到的那种巨蛇，否则它这样大的体形我刚才不可能没有看见。会不会是一条埋在淤泥里的大鱼？

然而，沼泽里什么鱼能长成小牛犊这么大，难道是鳄鱼吗？想想不太可能，如果是鳄鱼，刚才我已经挂了。在这种泥潭里，如果有小牛犊大的鳄鱼，我肯定会给拖进去，鳄鱼绝对不会放过侵入它地盘的东西。

思索间，黑斑忽然在我矿灯光斑的附近停了下来，似乎注意到了这个光点。我感觉有点儿不妙，立即把矿灯移走，转到树冠之内照着胖子。

这一照，我就发现不对劲，胖子头都耷拉了下来，竟然从眼睛里流出了黑血。我心中大惊，探手过去摸，瞬间出了冷汗，只感觉胖子浑身冰冷，只有出的气，没进的气了。

我暗骂一声"不好"，不知道是蛇毒发作了，还是这黑气的毒性。当下也没法管这么多了，我把胖子扳正，用力掐他的人中，掐了几下根本没用，心里一阵恶心，心说得给他做人工呼吸了。

然而胖子的姿势非常别扭，背后又没有什么树枝可靠住，我必须用手扶住他才能让他的头正起来。然而此人极重，我踩得树枝啪啪响，换了好几个位置都不行，单手根本扶不住他的上半身。

最后我干脆踩到他坐的那根枝丫上，趴到他的身上，然而才趴上去，忽然就听得"咔"一下，接着是一声脆响，他坐的枝丫就断了。我只觉得身下一空，还没意识到怎么回事呢，就抱着胖子翻下了树，往水潭里摔去。

第三十五章

● 第三夜·鬼声再现

　　一刹那我吓了个半死，没等我反应过来，我们就被身上的藤蔓一扯，两个人在空中打了两个转，狗啃屎般趴进下面的水里。

　　我被摔得七荤八素，入水那一刻我几乎是平着拍进水里的，那种感觉就好像被人用灌满水的热水袋狠狠地甩了一巴掌，好在水冰凉，否则这一下我肯定背过气去了。

　　扑腾了几下再次浮起来，我忙去找胖子，心说要糟了，这潭里算是黑气最浓的地方了，胖子已经这样了，又摔了个半死，在这里再喝几口水那是死定了，再加上刚才的黑影不知道是什么，要是什么沼泽怪物，连我也会挂。

　　我身上绑着藤蔓，连顺畅地活动都不行，就算胖子能挺住，我也没办法将他重新搬回树上去。而且，虽然我不知道为什么在树上黑气对我似乎没有太大的影响，但是在浓度这么高的地方，我自己能不能顶住还是一个问题。

　　等我一探出水，就发现不对，一是四周的黑气把大部分的光线都遮住了，能见度比起雾的时候还低；二是整个沼泽里全是翻滚起的泥水，一片浑浊，完全看不到水底，胖子在哪里都不知道。

四处去听，全是水泡的声音，而且我明显感到水流竟然急了不少，我稳不住身子。我心中奇怪，仔细一感觉，发现不单是水流的问题，我身上的藤蔓原本是缠绕在枝丫上，现在那一人粗的树枝已经被水流冲往下游，一下全部的拉力就扯在了藤蔓上，将我往下游带去。

没有在自然河流中游过泳的人是不会明白这种感觉的，水是一种非常重的东西，就算是水流缓慢，你在其中要定住身形也是非常困难的，何况还有如此大的东西在前面拽我。在四处张望的工夫，我已经被水流跌跌撞撞地往前带去了好几米。

这时候我就更急了。我已经看不清楚四周的情况，前面肯定有一个井口，我不知道有多大，如果这枝丫被冲入井中，那种拉力可能一下子就把我扯下去，我连一点儿反抗的力量都没有。而且那兽口的遗迹就在不远处，这过程肯定不需要多长时间，这时候不要说找胖子或者小心那黑影，能留个全尸就不错了！

想到这里，我立即深吸了一口气，潜入水里，去解那藤蔓。但是那藤蔓被巨大的拉力拉得极紧，根本没有可能解开。我去摸匕首，又发现根本没带。

我心说完了，想起胖子武器不离身，就去找胖子。我顺流往前扑腾，他身上也有着藤蔓，我就去水里摸。

水下全是泥浆，摸来摸去都是横陈的死人，几乎什么也摸不到，不过胖子体形大，绝对不会比我漂得远。我竭力对抗着水的推力，终于摸到了另一根绷紧的藤蔓。我抓住藤蔓靠了过去，忽然看到前方两三米处，一个黑色的影子漂在水面上，朦朦胧胧，根本看不清楚是什么。

我心里发毛，看着那影子漂着的样子，就知道这是我刚才看到的水下怪影，心里有点儿不祥的预感：藤蔓的尽头就是这个影子，难道胖子已经被它吃了？

水深只有两米多，那黑色的影子突出水面的高度很高，显然不是鱼，到底是什么？我扯动藤蔓，正犹豫着该怎么办，就见那影子一抖，突然改变了形状，消失在水下，接着我手里的藤蔓一下子松了。

我知道糟了——它发现了我，刚想转身，一团巨大的泥水花就从沼泽里炸了起来。我看到一对大螯闪电般朝我的脖子钳了过来。

"你爷爷！"我大骂一声，心说这是什么鬼东西，但是它离我实在太近了，根本避无可避，眼看那巨螯就要夹到我的脖子，就在这时候，我腰上的力量忽然一紧，整个人被藤蔓扯飞了出去，正好躲了过去。我刚想说"上帝保佑"，却发现腰上的力量变得极其霸道，回头一看，见我已经被扯到废墟附近，那兽面石雕就在我身后，张着巨口，而藤蔓已经掉入口中，口里能听到咆哮的水声。

我知道那牵拉我的树枝已经掉入井中了，心说：老天，你是不是在要我？我立即用手抓住一边的岩石，大吼一声定住身体，感觉腰几乎都要被拉断了。在这转念之间，身后水花飞炸，那东西又来了。我心里一慌，手立即松了，一下子通过兽口，眼前一黑，身后一空，就摔了下去。

那一瞬间，四周的声音都消失了，腰间的矿灯随着我打转的身体转动，划过四周的黑暗，我凌空翻了一圈，看到了被流水冲得满是沟壑的井壁和四周飞溅的泥水，但是下落并没有持续多少秒，我的后背就撞到了什么东西，整个人一震，几乎吐血。没等我缓过来，背后又是一空，我又翻了个圈，接着肩膀又是一撞——这井下竟然不是垂直的，好像有一个坡度，上面全是被水冲得圆润无比的台阶一样的凸起，我一路翻滚着摔了下去。

三四次之后我就完全晕了。直到我摔进水里，连喝了十几口泥水，才挣扎着探出水面，发现自己在一个狭窄的井道中，被裹在一股极其急促的水流中，速度极快地朝某个地方冲去。

四周一片漆黑，狭窄的感觉是水流的剧烈轰鸣告诉我的，四周一摸就能摸到井道壁，却什么也抓不住。好在我之前把矿灯系在腰间，但是这么急的水流中，只要你稍微一动，你的动向就完全混乱，甚至会被井壁上撞回来的乱流直接翻个头朝下，所以我也不敢轻举妄动，只能尽力维持自己的姿势。

没多长时间我就听到更加剧烈的水声从前方传来，那简直是水龙的怒吼，震耳欲聋，我心惊了一下，想说"肯定又是一个下坡"，但是转念之间身下已经一空，接着又摔了十几个跟头，发现自己摔进了一个空洞中。这时水流趋缓，可以控制自己的身形了。

我立即掏出矿灯，朝四周照去，发现这里是一个地下蓄水池，四周有巨大的水流从水池壁上的井道口冲下来，好像看大坝泄洪口的感觉，四周水花飞溅，声音震耳欲聋。我忽然感觉自己像是一只被冲下抽水马桶的蟑螂，现在从粪道被冲到了化粪池里。

我扑腾了几下，发现水流还是在缓慢地朝一个方向流动。我游过去，用矿灯照去，又看到了井壁上有一个兽头。水流还是流向兽口之内，不过这一只兽和上面的一只造型并不一样，显然这只是一个分流的蓄水池，用来蓄洪，防止井壁被冲刷得太厉害。而在那兽口四周，我看到了纵横交错的枯树枝几乎将其堵塞了，这些应该都是长年累月从沼泽外沿冲下来淤积在这里的。

拉着我的树枝也卡在了上面，上面还挂着一个什么东西，我仔细一照，发现竟然是胖子，他也被冲下来了。

从海南回来之后，我的游泳技术突飞猛进，在水里倒不觉得活动十分困难。我就扑腾了几下，往堆起来的枯树枝堆游去，游到边上爬了上去，只见胖子身上的藤蔓就卡在枝丫外盘根错节的枝节中，使得他没有沉到水下去。这里磅礴的水声已经远了很多，我的耳朵终于可以听见动静了。

我从枝丫下潜水过去，到了胖子那一边，就看到他的脸已经全部青了，气息微弱，脉搏几乎摸不到。我再次潜下去，抱住他的脚，架到枯树枝上，用肩膀去顶他的肚子，顶了几下他就吐了，一团泥水。然后我用肘部给他按摩胸口。胖子被水一呛，竟然有了反应，一阵咳嗽。

我心中一喜，有反应就是有门儿，立即用力再顶，却几下就没力气了，上来喘了口气，心说：这样不行，胖子如果不做人工呼吸就死透了，我必须把他整个人拖出水去，让他平躺在树枝上。

要想让胖子上去，我就必须先上去，于是我开始爬那些枯树枝堆。无奈在边缘的那些树枝并没有足够的支撑力，我只要上去，就会把枝丫整个儿压进水里，而且有侧翻的危险，枝丫侧翻，胖子会被压进水里，那等于是我杀了他，而且这里大部分是荆棘枝，动作稍微大点儿，就会撞到尖刺，疼得我眼泪都下来了，而里面的树枝都已经腐烂发软，根本无法受力。

在那几分钟里，我也不知道爬了多少下，全都在两到三步之间就踩断树枝滑了下来。最后我绝望地发现，以我个人的力量，在这个位置绝对爬不上去。这树枝堆看上去像山一样结实的地方，其实都极度脆弱，根本没法待。只有半米不到就可以出水，然而这半米似万丈鸿沟，我怎么也越不过去。

这种绝望感实在太强，要是我面前是个峭壁那也就算了，可是偏偏是这种树枝。我突然感觉好像老天在玩我。

我又爬了几下，手全破了，意识到蛮干肯定不行，于是架住胖子，用他的匕首割断藤蔓，把着树枝堆向边上挪，想找找这里的岩壁上有没有更容易爬的地方，最好是有可以搭手的地方。

这里没法逆流，我用力架着胖子绕过了突出的好比棱刺一样的树枝，忽然看到另一边的岩壁上，有一个干涸的井道口，可能是哪里被淤塞住了，并没有水冲出来，仔细一看，这种井道口还不少，但都是在很高的位置，只有这一个我能够得着。

我心中大喜，就靠了过来，先把胖子架在一边，然后自己抓住石头的缝隙往上爬，才爬到一半我就知道有门儿，不由得笑出了声，接着咬紧牙想一鼓作气。

就在这个时候，在边上的胖子忽然动了一下，说了一句话："没时间了！"

我吓了一跳，转头一看，却见胖子丝毫没有动，也没有任何的表情。我心中奇怪，揉了揉太阳穴，心说完蛋了，又开始幻听了。忽然，又一声清晰的人声从胖子身后发了出来。那声音道："没时间了。"

第三十六章 ● 第三夜：雾中人

这里除了远处水泄的隆隆声，几乎听不到任何其他的声音，这一声说话声极其突兀，我猝不及防，被吓了一身冷汗。

第一个反应就想到是不是三叔的人，心说：难道这里还有幸存者？

刚才的声音，能肯定是人在说话。我知道我不是幻听了。我之前没有期望过还能碰上一个活人，是人就让我稍微心安一点儿。我停止动作，探头往胖子身后看去，然而后面全是堆起的干枯树枝，交错杂乱，光线又差，什么也看不清楚。

应该是三叔的人。我有了一个念头，这林子里不可能有其他人，如果突然碰上一个人，最有可能的还是三叔的人。也许就是这个人刚才在叫我，他在我跌下泥潭之前就被水冲到这里来了。听刚才的话，似乎他在和别人对话，那可能还不止一个人。

"谁在那里？"我叫了一声，眯起眼睛使劲地看着那个方向。如果在这里碰见三叔的人，那真是老天保佑，可以知道三叔的下落和遭遇了。

然而等了一会儿，胖子身后却一片寂静，没有任何回音。那边树枝遮掩下的兽口也没有动静。

我立即警觉起来，心里出现了一种不祥的预感，于是就摸到边上一根长条的木棒，抄起来端着，然后慢慢地往那里靠去。才走了几步，我就听到从树枝堆的深处，又传来了一个幽幽的声音："小三爷？"

那声音非常怪异，说得极快，不过确实是一个人在说话，而且是在叫我的外号，我顿时放了心。那肯定是三叔的人，而且肯定还认识我。

我一下子就松了口气："是我！"立即过去，扒开树枝堆的空隙，边扒边问，"谁在里面？是不是被困住了？别担心，我马上来救你！"

"小三爷？"深处的人又问道。

"是我！是我！"我一边叫起来，一边把树枝堆扒出了一个洞，从树枝间的缝隙中探了头过去，去找深处的人。

等扒开了很深一段距离，什么人也没有看到，里面全是腐烂的树枝，那里边的人却不再说话了。我觉得奇怪，就用长沙话骂了一声，道："嬲你麻麻别的，到底谁在里面？你搞什么鬼，说句话告诉我你在哪个位置。"

叫了几声，还是没有回音，我感觉有点儿不对了。听那人的声音，不像是受了伤或者不能移动的样子，听到我这么说怎么样也应该过来了，怎么会叫了这么久还无动于衷？难道他听不清楚我在说什么，还是他也意识模糊？

想着我就忽然意识到，虽然我自己没有受到什么影响，但是刚才沼泽中全是黑气，这里也必然会有一些，这人也可能是被蛇咬了，如果中毒很深，肯定是神志不清的；就是没被咬，也可能因为刚才水流的关系撞坏了脑袋，听不清我说什么。

想着我就不叫了，咬紧牙关，猛往里挖去，想挖到他再说。要是对方确实也中毒了，那麻烦就大了，我一个人照顾两个可不成，不过又不能不管。

这片树枝堆有六七米高，看着不大，但是要在里面挖出一个洞找东西相当困难。我忍着剧痛，用手扒着那些树枝，花了两三分钟才挖通一个空间。我立即趴着探头过去，往那声音传出的地方看去。

我原以为会看到一个人靠在那里，然而，让我目瞪口呆的是，树枝堆内竟然什么都没有，根本就没有人，后面竟然就是兽口。

"怎么回事？"我骂了一声。话音未落，忽然，就从我挖出的树枝堆洞的边上，又传出了一声幽幽的、犹如鬼魅一样的声音。

"小三爷？"

那声音几乎就是在我耳朵边上叫起来的，我吓得头皮一麻，几乎从树枝堆上摔下去，猛转头一看，就发现在我挖出洞的一边，树枝交叉内的黑暗中，竟然和我一样趴着一个人，缝隙中露出了一对血红的眼睛，正死死地盯着我。

第三十七章 ● 第三夜·窥探

　　我身边没有照明的东西，树枝之内是封闭的空间，是一个死角，在这种光线下是很难看清里面的情况的。我盯着那血红的眼睛，只感觉喉咙发紧，一时间也忘了反应，直直地和他对视。

　　对视了几秒，我便发现不对，这眼睛的血红似乎不是一般的血丝弥漫，而是真的被"血"染红了，那血色甚至渗出了眼眶，而且那眼睛根本不眨，好像凝固了一般。

　　活人可以不动，但是绝对忍不住不眨眼睛，这是一个常识，我立即心中起疑。

　　我摸索身上，摸出几个火折子，拧掉防水的芦苇秆，打起来后小心翼翼地往那方孔中送。

　　靠近孔口，里面的情形就照了出来，我一看之下，人整个就惊了，从脑门到脚底一下子全凉了。

　　映入我眼帘的是一张狰狞的怪脸，已经有点儿发肿了，这甚至不能说是一张脸，因为他的下巴已经没了，整个脸的下半部分不知道被什么撕走了，血肉模糊，整条舌头都挂在外面。没有下巴，舌头直接掉出来，看上去奇长无比，好像一条腐烂的蛇。

这是一个死人！我一下子就想吐，好不容易忍住，感觉一阵毛骨悚然。

看此人的发型和装备，显然也是三叔的人，死了也不长时间，应该是被水冲进来卡在这堆树枝内的。但是，如果这是一个死人，那刚才叫我的是谁？

我立即再次看那尸体，这时候，火折子却烧完了，那狰狞的面孔重新隐入黑暗，我只看到那血红的眼睛还怨毒地瞪着我。

我身上的鸡皮疙瘩全都起来了。看了看四周，这是黑漆漆的地下水池，没有任何其他人在四周的样子，而且刚才我也没有听到任何人移动的动静。

冷汗涔涔地下来，我的脖子有点儿发硬，忽然意识到不妙：这里肯定发生了诡异的事情，我不能再留在这里了，不管怎么样，我必须带胖子立即离开。深吸一口气，我爬了回去，探身下去，抓住胖子的手往上拉。

胖子实在太沉了，加上他的衣服泡了水，简直如铅块，我只有一只脚能出力，拖了几下几乎纹丝不动，自己都反要滑下去。

我知道用手拉是没有办法了，看了看四周，看到胖子身上还系着我做的简易拖架，就把拖架的藤蔓绑在自己身上的藤蔓上，用木棍打了个套结，套在胖子的腋下，横过他的腋窝，做了个类似担架把手的东西，另一端撑在地上，然后用自己的体重加上力气，像黄河纤夫一样咬牙往上拉。

这是建筑学里的三角力学，当时老师教过我们怎么用一根棍子和一条绳子配合自己的体重做牵引吊具。

有我体重的帮助就好多了，我扯住藤蔓一点儿一点儿地往井道里挪，水里的胖子被我一点儿一点儿提起来，最后终于把大半个人抬出了水面。但是此时我腰间的藤蔓几乎把我折成双节棍了。

我找了一条比较粗的石头缝隙，将我备用的木棍卡进去，将腰间

第三夜：窥探

155

的藤蔓拉了过去，固定住胖子，然后再爬回水里，将胖子的双脚抬上来，拖过来到达安全区域，然后解开他身上的藤蔓拖架，看树枝堆中暂时没有异状，立即就给他做心肺复苏。

我没有受过专业训练，动作都是从连续剧里看来的，只记得如果心脏停止跳动，极限时间是八分钟，八分钟内救活的可能性很大。现在胖子还有微弱的脉搏，呼吸微弱，这应该是中毒症状，不知道心肺复苏是否有用。

搞了几下不得要领，也不知道对不对，只能硬着头皮做下去，又按了两三分钟，忽然胖子一声咳嗽，整个人抽搐了一下，又吐出了一团黄水，接着就深深地吸了一口气，胸部开始起伏起来。但只吸了一两口，他又翻起了白眼，呼吸又微弱了下去。

我看了看他脖子上的血孔，显然这毒蛇极其厉害，这一口咬得分量精确，胖子形同废人，就是不死，只要这体内的毒不去掉，怎么救胖子都没用。我脱掉自己的衣服，在水池里捞了点儿水备着，用匕首切开他的伤口，挤了一下放出黑血，接着一边继续给他按胸口，让他能坚持下去，一边琢磨该如何是好。

只按了两下，我忽然听到背后又传来一声阴恻恻的声音，同样是在那树枝堆之内。

情急之下，我没有听清楚说的是什么，但是听着耳熟，这一下子把我吓僵了。我猛地再次回过头，用矿灯去照方才我在树枝堆上挖出的洞。

隐约看到那血红的尸眼还是呆滞地看着我，冰冰凉凉，看着让人万分不舒服。而让我头皮一麻的是，我看到那尸体的舌头，竟然在动。

第
三
十
八
章
　
●
　
第
三
夜
：
毒
舌

　　我暗骂了一声，心说真是倒了血霉，难道这也诈尸了？

　　不过这个时候的我已经完全豁出去了，心说就算是诈尸，这新鲜粽子也没有下巴，它也咬不死我。正欲大战一场，忽然看到在那舌头下，探出了一个火红的蛇头，拳头大小，头上有一个巨大的鸡冠，那蛇头一扭动，整条蛇就从舌头下爬了出来，爬到树枝堆上。

　　我和胖子所在的井口，离那树枝堆也不到两三米，这蛇蜿蜒爬到树枝堆上之后，顺着树枝堆上横生的枝丫就慢慢爬了下来。蛇身颇长，足有一米多，比咬死阿宁的那条还要长点儿。

　　那蛇显然是躲在那树枝堆内的尸体里的，被我惊动了。

　　那蛇很快就顺着树枝堆爬上石壁。石壁很不平滑，它顺着石壁就如同壁虎一样悄无声息地向我们爬了过来。我一看糟糕，我根本没有时间来避开。情急之下，我悄悄从井口滑下去，缩进了水里。

　　我离树枝堆已经有两米多了，往上看去，只见那蛇被胖子吸引了注意力，边上就是胖子所在的井道口，它顺着石壁一路往下，到了井道口，立即发现井道里的胖子是个活人，停了下来，转动了几下头。

我的心马上吊了起来，心说：它该不是要咬胖子吧？这不太可能啊，胖子像死鱼一样躺着，如果不惊扰蛇，蛇不会主动去咬的，毕竟毒液是很宝贵的。

看着那蛇忽然又动了起来，爬到了井道内直奔胖子的头部，竟然盘到了胖子的头上，好像要往胖子嘴巴里钻。

我一看坏了，它又要进去给胖子补充蛋白质了，立即想找什么东西砸过去将它赶开，却发现在水里什么也摸不到，只好用手拍起水花，去打那蛇。

这真是个愚蠢的决定。如果是别的种类的蛇，可能一下子就被吓跑了，但我忘记了这蛇是有邪性的。那蛇被我拍水的声音一惊，一下子钻了出来，立即就发现了我。它直起蛇身，鸡冠直立，发出了一连串"咯咯咯咯"高亢的声音，似乎在威胁我。

我一看还以为有效果，继续拍水，还没等我拍起第二个水花，忽然那蛇一个收缩，接着竟然犹如离弦之箭一样飞起来，蹿出井道口，贴着水面一个非常优美的"8"字舞动，几乎不到一秒就冲到了我的面前。

我只看到红光一闪，条件反射就用手去挡，那蛇整个盘上了我的手臂和肩膀，只感觉竟然有手臂粗细，鳞片滑腻异常。那一刹那我几乎看到了它的毒牙，脑子立即嗡的一下，大骂一声就往外甩去。

那是疯了一样的动作，这一甩应该是用出了我全部的力气，蛇竟然真的给我甩出去了好几米，但是它沾到水就一个回旋，尾巴拍水后又弹了起来，贴着水面又来了。

我转头就逃，用尽全身的力气扑腾开来，往前一蹿就扎进水里，改变方向连游了好几下，钻进了树枝堆下的空隙躲了起来。

一直躲到实在憋不住气了，才从水里探出来。我努力压低剧烈的呼吸，往四周看，想看看是否骗过了那条蛇。

我心中想的是蛇始终是畜生，总不会人那一套谋划，这种简单的小计谋总能起点儿作用。

着实让我意外，我看了一圈，水面上没有那蛇的影子，似乎是没有追来。

我心里松了口气，心说：小样！小命算是捡回来了！我刚苦笑，嘴巴还没咧开，在我脑后，忽然又有人阴恻恻地冷笑了一声。

我已经经不起惊吓，立刻遍体生凉，回头一看，看到那条血红色的鸡冠蛇直立在我的脑后，怨毒的黄色蛇眼居高临下地看着我。

我一下子喉咙窒息，立即就想潜入水里，却看它鸡冠一抖，忽然发出了一个幽幽的声音："小三爷？"

第三十九章 · 第三夜：蛇声

　　听到这蛇说话，我先是愣了一下，接着就蒙了，几乎不敢相信自己的耳朵，定在那里，目瞪口呆。

　　这怎么可能？

　　对于鸡冠蛇的邪性我是早就有心理准备了，但是，它们再聪明，也不可能会说人话啊，可刚才那话清晰无比，我绝对不可能听错。

　　我随即感觉我肯定是幻听了，这是绝对不可能的事情，显然是我的神经太紧张了，出现了错乱。我咬牙继续往下潜去。

　　那蛇居高临下地看着我，看我往下沉，忽然扭了一下脖子，好像在打量我，然后突然俯了下来，挂到了我的面前，鸡冠一抖，又发出一声："小三爷？"

　　这一次更加清晰，而且那动作太像一个人在和我说话了，我的冷汗不停地冒出来，一下子也不敢动了，心说：这次真碰上蛇精了，真的是蛇在说话！

　　我的脑子里几乎是完全混乱，无数的念头在一秒内涌了上来，这是条神蛇？过了人语六级，研究生毕业的蛇？这鸡冠蛇难道真的有人性，或者干脆已经是有思维的蛇了？

一刹那，我忽然想起我们现在是在西王母的势力范围，那在古代这里就是仙境……蛇说话也不稀奇。

那蛇看着我的表情变化，大约也是十分感兴趣，又转了一下头，抖了一下鸡冠，道："小三爷？"

这一下我是有心理准备的，所以听得比前两声更清楚，我忽然意识到哪里不对：咦，这蛇说话怎么带着长沙口音？

难道，这是一条祖籍长沙的鸡冠蛇，到西王母国来支援西部建设来的？

那一刹那，我脑子里闪过一个非常离谱的念头，我突然想问它："你是不是湖南卫视派来的？"但是随即我脑子里灵光一闪，冷汗就下来了，逐渐意识到了是怎么回事。

如果这蛇真有过人的灵性，那它会说的也应该是西王母国当时的语言，但是这蛇现在说的竟然是普通话，而且是带长沙口音的，这显然太不寻常。普通话是20世纪50年代才开始推广的，长沙味儿的普通话更是20世纪70年代出生的人用的，这完全是现代的东西，这蛇就算有超人的智慧，它也不应该说出这种口音来。

那就只有一个可能性了，如果它不是在"说话"，那它必然是在"学话"。这蛇竟然和鹦鹉一样，学人说话！

我立刻冷静了下来，肯定是这样，想想这一路听到的声音，都只是在叫"小三爷"，没有第二句了，而且连语气都一样，显然这不是有意识的行为。这长沙口音的普通话，就是潘子的口音，而潘子就是喜欢"小三爷、小三爷"地叫我，这三个字他重复得最多，这蛇肯定一直跟着我们，所以就学会了。

不过，鹦鹉学会说话是人训练的，这蛇学我们说话就很怪了，这显然不会是单纯的好玩，它学这声音必然是有理由的。

想到这里我的冷汗就直冒，冷静下来想到了响尾蛇，响尾蛇是通过模拟水流的声音来吸引猎物的，这蛇说话，难道也是同样的目的？

我一想，老子不正是被它吸引过来的？这一次竟然上了蛇的当，真是丢人丢到家了。

那蛇打量着我，血红色三角蛇头几乎离我的鼻子就一个巴掌的距离，我都能闻到它身上一种辛辣的腥味，这些念头在我脑子里一闪而过，我没法继续思考了，心说不管怎样，我面前的还是一条剧毒蛇。

我缓缓地向后靠，想尽量远离，至少要远离到能有机会躲过它的攻击，然后想办法潜入水里。

然而，我稍微动一下，那蛇就又猛地靠近了一点儿，死死地盯着我的眼睛，似乎知道我的意图。我退了几下，它就靠近几分，又不攻击我，只是和我保持了一个巴掌的距离。那低垂的蛇头让我浑身僵硬，不敢有任何大的动作。

我觉得十分奇怪，它似乎只是想控制住我，然而这种行为本身就是十分古怪的，因为蛇是一种爬行动物，它所有的行为都应该是条件反射，它这么做没有任何的意义。它想干什么呢？

就在我纳闷又无计可施的时候，忽然感觉我的脚踝被什么碰了下，好像有什么东西从水底潜了过来。

第四十章 ● 第三夜：获救

　　我不敢低头，但很快四周的水里冒起了气泡，我往下瞄，就看到水下有一个白色的人状影子。

　　那影子几乎就在我的脚边，飘飘忽忽的，我看不清楚到底是人是鬼。不过看那白影的动作，我感觉应该是人的可能性多一点儿。

　　是谁呢？

　　一边的胖子肯定不可能苏醒，潘子还在神庙中，就算他们两个过来，也不可能这么白啊。

　　我此时一点儿办法也没有，只有一边戒备着那蛇，一边静观其变。

　　那气泡在我四周冒了一圈，我感到那人必然是抓住了水下的树根，我四周的树根晃动了一下，在水面上震起一片涟漪。

　　一下子那蛇就警惕了起来，转头看了看四周，显然弄不清楚四周怎么会震动。它迅速地看了一圈，什么都没有看到，立即将头昂起，直立起来，发出了一连串高亢得犹如鸡叫一样的声音。

　　霎时间我感觉那蛇的鸡冠更红了，整个蛇身鼓了起来，像是有血

要爆出来，这不知道是一种警告，还是在召集同伴。

与此同时，我就感觉脚踝给人抓了一下，正抓在我扭伤的地方，疼得我一龇牙，接着那人在我的小腿上画了起来，似乎在写字。

这是我小时候经常玩的把戏。我感觉他写了一个"准备"。这"准"字我感觉不清楚，但是"备"字很明显。我心中一安，知道下面肯定是个喘气的了，立即动了动脚，表示知道了，凝神静气，却不知道该准备些什么。

那蛇并不知道这水下的猫腻，叫了几声，看四周没什么反应，就慢慢软了下来。就在这个当口，我看到水下的影子突然浮了上来，还没等我意识到怎么回事，我面前的水就炸开了，一个雪白的人猛地从水里蹿了出来，以迅雷不及掩耳的速度一下子捏住了鸡冠蛇的脑袋。

我给那人一挤，脚下一滑就摔进了水里，没看到接下来的情况。我也不想看到，顺势往外一蹬，扑腾出去就向水池中央的方向游去，直游出三四米远才敢转身往回看。

只见那边水花一片，显然那蛇并不那么好对付，一时之间我不知道自己该逃跑、旁观还是过去帮忙。还在犹豫时，忽然一道红光从那水花团里炸了出来，一下子卷着树枝绕到树枝堆上，同时发出了一连串极其凄厉的声音。

那白色的人立即对我大叫道："快走！它在求救，等会儿就来不及了！"说着一下就潜入了水里。

话音未落，四周的井道之中已经传来此起彼伏的咯咯声，似乎有无数的蛇在我们四周。

我一下子慌了，忙追着那人在水里的影子就游，游了两下突然想到胖子，心说不能把他丢下，再探出头去看胖子，却发现井道里的胖子已经不见了。

这可要命了，只听得黑暗之中，大量的咯咯声越来越近，我转头两圈都看不到胖子在哪里，前面又大叫，想了几秒只能咬牙心头一叹，说"对不住了"，急忙追了过去。

那人游得极快，很快就在前面爬上另一个干涸的井道，一下子消失在了雾气里。我心中大急，心说：这人到底是谁啊，是来救我的还是来玩儿我的？跟着我也靠了边。这时候我已经完全不知道方向了，只是被那催命一样的咯咯声逼得浑身发毛，只想立即爬上去。

爬了一下才发现我根本够不到那个井道，我简直欲哭无泪，大叫了几声，用尽全身力气往上跳了几下，还是滑了下来，四周那咯咯之声已经聚集到了我背后。我用脑袋撞了几下树根，心里几乎绝望了。忽然，我的手被人紧紧地握住了，接着就有人用力将我往上拉去。

我被扯到井道内，立即就看到拉我的是一个戴着防毒面具的人，身后还有十六七个同样装扮的大汉，六七盏强光手电照得四周通亮。我正想问"你是谁"，那人就扯开了防毒面具，一张熟悉的老脸露了出来。

"三叔！"我一下子惊叫起来，可还没叫完，三叔一个巴掌就打了过来，几乎没把我打蒙了，随即就有人递上来一个防毒面具，他立即给我按在了脸上。

我被架起来，就看到三叔重新戴上防毒面具，一挥手，立即有人拧开一种黄色的烟幕弹，往水里丢去，其他人架着我，迅速往井道的深处撤了进去。

第
四
十
一
章

●

第
三
夜
：
入
口

　　我被三叔打得眼冒金星，倒也没什么脾气，自己搞成这个样子也实在不敢说什么，只得乖乖给人架着往深处退。在狭窄的井道中被拖拽着绕过几个弯，就到了一处分岔口，我被扯了上去，发现下面也是和刚才同样的干涸井道，但是更加宽，看来经历过坍塌，有巨石横亘在井道底部，上面有大量枯萎的树根。我抬头看了看上面，心说上面应该就是地面上的废墟，巨石上，我看到还有几个人在等着我们。

　　我走上去，一眼就看到被裹得严严实实的胖子混在里面，还是昏迷不醒，有人正在给他打针，心头巨石一放，暗叹一声"老天保佑"，看来在那白色的人救我的时候，另外有人救走了胖子。这王八蛋也算是命大了。

　　同时也看到那个浑身白色的人坐在朽木上，戴着防毒面具，缩在树根之间。那一身白色的皮肤在水里看着雪白，到上面来看却十分奇怪，好似发黄了一般，我仔细一看，发现那是一套看上去非常旧的潜水服。

　　再一看其他人，几乎也都穿着潜水服，不过都是新的，显然三叔的准备相当充分，在这里有潜水服会舒服很多。

那人没注意我，我想到刚才几乎没看到他的样貌，心说：这真是大恩人，要好好谢谢他。当我被人架到他面前的时候，我就想道谢，结果那人转过头来，我从防毒面具的镜片里，看到一副十分熟悉的黑眼镜。

我一下目瞪口呆，心说"竟然是他"，不由得"哎"了一声。

他抬头看到我，好像是笑了，向我点了点头。

我点头，刚想道谢，一边的三叔就走了过来。我被拖到三叔的面前。他蹲到了我的面前，打量了一下我，叹了口长气："你小子怎么这么不听话？"

我感觉有点儿尴尬，事情搞成这个样子，实在是始料不及，也不知道怎么说，想叫他，又被他做了个手势拦住了。他坐下来，也没责备我，只是立即轻声用长沙话问我："你别说话，我问你，潘子和那小哥呢？"

我立即就把刚才我们经历的事情说了一遍。三叔听了就"啧"了一声："想不到这死胖子那么机灵，这一次也中招了。"

"怎么了？"我听他这么一说，心里也不舒服。

"这里的蛇太邪门了，会学人话。它的鸡冠能模仿听到的声音，把你引过去，老子差点儿给它们玩儿死。"一边一个伙计道，"在这鬼地方，你听到什么声音都不能信。"

我看了看胖子，就问三叔："那家伙怎么样？没事吧？"

"已经给他打了血清，接下来只能听天由命了。"三叔看了看手表，对我道，"快把衣服脱了。"

"脱衣服？怎么了？"我心说干吗，他们已经自己动手了，我的上衣被扯掉，人被按在井壁上。衣服一脱下，我立即就听到一声轻呼："真有！"不知道是谁发出的。

我一下子蒙了，冷汗下来了。这是什么意思？我背上有什么东西？就想转头去看背，却被按住了。

"别，别动。"三叔轻声道，"就这么站着。"

我开始起鸡皮疙瘩，就去仔细感觉自己的背上，但是什么也感觉不到，那滋味难受得要命。

"我的背上是什么？"我问道。才说了一句，我就听到三叔又嘘

了一声："我的祖宗，这时候你就别好奇了，等会儿就知道了。"接着，我就听到了火折子的声音。

"搞什么？"我心里叫起来，心说：他难道想烧个"精忠报国"出来吗？

我感觉背后烫起来。还没来得及做好准备，忽然觉得背脊上有东西动，接着我们都听到一连串叫声从我背后发了出来。让我毛骨悚然的是，听着竟然像是婴儿的声音。

没等我细琢磨，三叔就下了狠手，我感到一团巨烫的东西在我背脊上连戳了几下，烫得我几乎跳起来，同时那诡异的叫声也尖锐起来，接着那在我背上动的东西就滑落下来，那感觉就好像一团泥鳅从背上掉下来。

"下来了，快走开！"不知道是谁轻叫了一声。我忙想挪步，但是脚不知道为什么软了，竟然没成功，踉跄了一下，回头一看，只见好几条铅笔粗细的白色的东西犹如肠子一样挂在我的脚踝上。我往后一缩脚，将它们踢掉，然而一刹那，那些东西都动了起来。我清晰地看到那小毒牙在它们嘴巴里张开，朝着我的小腿就咬了过来。

就在那一刹那，边上有人出手，只见黑光一闪，一块石头就砸了下来，把第一条砸死，接着乱石拍下，瞬间这些小蛇的脑袋全部被拍扁了，变成一团糨糊。

我抹掉脸上的冷汗，缩起脚来一看，就看到那是一条条扭曲得好比肠子一样的蛇，白花花的，就剩个身子，在不停地翻滚扭动。我感到背后的黏液顺着脊背滴落下来，于是坐倒在地上就干哕了起来。

三叔对着蛇又补了几刀，把它们砍成两截，才松了口气。他顺手把衣服递给我："擦干净穿上，把领口和裤管都扎紧了。"

"这……这……这是怎么回事？"我摸着后背道。那些都是一条条很小的鸡冠蛇，但是蛇不是红的，而是白色的，体形也非常小。

"这是刚孵出来的小蛇，皮都还没硬呢。你刚才在死人潭里待过，那里的泥下面其实全是这种小蛇，有东西经过肯定会附上，我们之前几乎每个人身上都有。"一个人道，"这蛇用牙齿咬住你的皮，你只会感觉痛一下，接着你的背就麻了，用皮鞭抽你都没感觉，然后它就慢慢往你皮里面钻，吸你的血，等它长大了，毒性大到把你毒死了，才从你皮里出来，这时候吸饱了血，皮就成红的了。"

我看着那蛇，心有余悸，心说：刚才是怎么到我背上去的，我怎么一点儿感觉也没有？

这么恶心的东西，钻入我的衣服怎么说也应该感到有点儿异样，不可能不知道。

一想，我刚才在水里总觉得脚踝在被什么东西咬，难道就是那个时候，这些蛇在偷偷爬上来？想着摸了摸自己的后背，全是黏液，恶心得要命。

我用衣服擦了擦。又有一批人从井道口退了回来，看到三叔就摇头，轻声说："三爷，那边也根本不通，没法出去，怎么办？"

三叔站了起来，想了想，叹了口气，点了点头，对他道："没办法了，这里不能再待下去了。我们得回去，只有明天再出来。"说着又骂了我一声，接着说，"让兄弟们出发。"

那人点头应声，就对四周的人打了个呼哨，那些人全都站了起来，立即背好了装备。

我也被人扶了起来。三叔看我似乎有话要说，就对我说："有什么话回到我们落脚的地方再说，这里太危险了。在井道里别说话，知道吗？"

我明白他的顾虑，点头表示知道了。他们立即出发，往井道深处退去。

一路跋涉，我完全不知道自己是在朝什么地方走，只知道四周的能见度极低，不时能听到四周的岔道深处传来一阵"咯咯咯咯"的声音，非常近，非常高亢。显然，这里是它们的地盘，我们的周围到处都有蛇。

我有点儿紧张，然而这里到底是人多，只要蛇一叫，就立即有人警戒那一个方向，这多少让我安心。看来人果然是需要安全感的。

也不知道走了多长时间，中间路过了两条有水的井道，我估计最少也有一个小时，我开始听到寂静的井道里出现了一种声音，很熟悉，而且是一点儿一点儿逐渐出现的。我想问，但是其他人一路都不说话，连咳嗽声都没有，我也就不好意思发出声音。

随着深入井道，温度逐渐降低，又走了一段距离之后，我们开始经过一些破坏严重的地方，上面还能看到干涸的青苔和藤蔓的痕迹，有些地方

第三夜：入口

169

还有活的树根，这是上面的树根盘绕在石头的缝隙里长到了下面。我敢肯定这一段路是靠近地面的，也许随便拿块石头一捅就能看到阳光了。

我们从吸附在井壁上的庞杂树根中爬过，依稀可见其中有一些已经腐烂得发黑的蛇蜕，这里应该是蛇活动的活跃区域。我想想都觉得可怕，这如此复杂的水下系统，估计都可以和古罗马比上一比，没想到竟然变成了一个巨大的蛇巢。

这种生物防御的技术，在西域算是高科技了，不知道当时这个国家为什么没有继续称霸下去，我感觉有可能是终于有一个国家发现了对付这些毒蛇的方法。

猫腰走了好久，一直到我有点儿头晕，我们才到达了目的地。我老远就看到了隐约的火光，逐渐走近，发现那是一个巨大的台阶似的蓄水池，由六到七个梯田一样相连的水池组成，四周能看到石柱、石梁，这好像是当时罗马浴场一样的地下建筑。爬下去后，又发现了四周的整片岩墙上有大量的石窟，石窟很深很大，好像一个个石头方洞，而且似乎都有通道和石头台阶相连，在石窟与石窟之间形成了一道一道的走廊。

于是又感觉也许是一座用于宗教活动的场所。不管怎么说，这里应该不是单纯的蓄水池，因为这里有人类活动的迹象。

火光就是来自石窟之中。我们过去，走上一条台阶，穿过几个石窟之间的通道，进入了一个比较宽敞的石窟，里面足有六七十平方米大。

我们进去就看到了帐篷、睡袋和大量的装备，凌乱地堆放在里面，有两个人坐在篝火边上，应该是看火的，背对着我们，似乎没有注意到我们回来。

一行人全部走得筋疲力尽，脚上简直没有一点儿力气了。

托着我的那人累得够呛，揉着肩膀就去踢了看火的那两人一脚，道："还不起来给小三爷让座，木头似的，杵着像什么话。"

我刚想说"不用这么客气"，那两人忽然就倒了下来，翻倒在地。我一看，不由得倒吸了一口凉气，这两人脸色发黑、双目圆睁，显然已经死了。

第四十二章 ● 第三夜：避难所

　　长途跋涉，我累得筋疲力尽，看到眼前的情形，都有点儿反应不过来，只是条件反射地往后退了几步，心力交瘁得似乎要晕过去了。

　　然而四周的人看到我的样子，都笑了起来，接着就有人将那两具尸体扶了起来。我这才发现，那两个原来是假人，是往潜水服里不知道塞了什么东西，而那两个脑袋是两个吹了气的黑色防水袋，上面贴了两片拍扁的口香糖，中间还粘了两粒石头当眼珠。因为防毒面具的镜片模糊，加上我神经敏感，乍一看还真像那么回事。

　　当下我自己也失笑。扶起假人的人把假人移到石门处，我就问边上的人："这是干什么？"

　　一个人就对我道："吓唬蛇用的。这里的蛇太精了，只要人一少就肯定出事，所以我们不敢留下人来看营地，不过好像它们还分不清楚真人假人，把这个堵在门口，晚上能睡得踏实点儿。"

　　听那人说话的语气，显然深受这种蛇的危害。接着有人拿出刚才的那种黄色的烟幕弹，丢进篝火里，一下子浓烟腾起，另外有人就用树枝拍打放在地上的装备。

"这是硫黄，用来驱蛇的。"那人继续道。

拍打了一遍，似乎没有什么动静，这些人才七倒八歪地坐了下来。

有人从一边的装备里又拿出几个用树枝扎起来的、简陋一点儿的假人，把自己的衣服脱掉，给假人披上，然后都堆到了门口和坍塌的口子上。

搞完之后，气氛才真正地缓和下来，"黑眼镜"往篝火里加了柴火，然后分出去几堆，这小小的遗迹之内的空间被照得通红，四周的人陆续摘掉了自己的防毒面具。有个人见我不摘，就示意我没关系，说这些蛇非常奇怪，绝对不靠近火，加上我们刚才查过了，基本上没事。

我只好也摘掉防毒面具，戴了六七个小时，脸都快融化了，一下子清爽多了，眼前的东西也清晰起来，我也得以看到三叔那些伙计的真面目。

一打量就知道潘子说得不错，除了两三个老面孔之外，这一次全是新鲜人，看来三叔的老伙计真的不多了。

我们纷纷打招呼，有一个刚才给我解释的人，告诉我他叫"拖把"，这批人都是他带来跟着三叔混的。

我听着他的语气有点儿不舒服的样子，不过又听不出来哪里有问题。

"黑眼镜"还是那副悠然自得的样子，乐呵呵地看看我，拿出东西在那里吃。很多人都脱了鞋烤脚，一下子整个地方全是酸脚气，我心说：就这味道，不用假人那些蛇也进不来啊。

正想着，三叔坐到了我的边上，递给我吃的东西。我们两相对望，我不由得苦笑。他道："笑个屁！你要不是我侄子，老子真想抽死你。"

我连和他扯皮的力气都没有，不过此时看三叔，却发现他一扫医院里的那种萎靡，整个人神采奕奕，似乎又恢复了往日那种枭雄的本色，不由得有些释然，道："你就是抽死我，我做鬼也会跟来。三叔，咱们明人就不说暗话了，你侄子我知道这事儿我脱不了干系，要换了是你，你能就这么算了？"

三叔应该已经知道我跟来的来龙去脉了，点起一支烟狠狠吸了一口，还是苦笑道："得，你三叔我算是认栽，你和你老爹一个德行，看上去软趴趴的，内里脾气倔得要命，我就不和你说什么了。反正你也来了，我现在也撵不回去。"

我粲然一笑，问他道："对了，你们是怎么回事，怎么会到我们前面去了？潘子不是说你们会在外面等信号的吗？"

"等不了了。你三叔知道文锦在这里等他，而且只有这么点儿时间，怎么可能还等你们的信号？"边上的"黑眼镜"笑道，又拍了拍三叔的肩膀，"三爷，您老爷子太长情了，咱在长沙唱K的时候可看不出来您有这种胸怀。"

三叔拍开他的手，瞪了他一眼，解释道："我当时听了那老太婆和我说，文锦在前面等我们，就意识到这可能是我这辈子见文锦的最后一个机会了，我无论如何也不能错过，否则，你三叔我这辈子真的算是白活了，所以我一点儿险都不能冒。说实话，你三叔我只要这一次能见到文锦，就是马上让我死也愿意了。"

我听了一激灵："等等，听老太婆说？"一下子意识到他指的是定主卓玛，心里一晕，心说不会吧，"这么说来，她……也……给你传口信啦？"

看着我莫名其妙的脸，"黑眼镜"就咯咯笑了，也不知道在笑什么。三叔点头，就把他和"黑眼镜"会合的情形和我说了一遍。

原来，三叔的进度比我们想象中快得多，潘子带着我们刚出发不到十个小时，三叔他们已经赶到了魔鬼城并得知了情况。就在他认为事情一切顺利的时候，当天晚上，定主卓玛竟然也找到了他，也和我与闷油瓶在当时遇到的一样，传达了文锦的口信。

三叔不像我们那么老实，他立即追问了定主卓玛更详细的信息。定主卓玛还是在和三叔玩神秘，但是三叔岂是那种好脾气的人？加上他一听到文锦还活着的消息立即就抓狂了，叫人把扎西和定主卓玛的儿媳妇放倒。具体过程三叔没和我说，显然是来了狠的，威胁了那老太婆。

道上混的做事情的方式真的和我想的很不一样，这事情我是做不

出来的。虽然我不赞同三叔的做法，然而这肯定是有效果的，那定主卓玛只好透露了文锦交代她口信的情况，并且把我和闷油瓶也得到口信的事情和三叔讲了。

"她说当年她和探险队分开之后的一个月，在格尔木重新碰到了文锦。当时的文锦似乎经历了一场大变，整个人非常憔悴，而且似乎在躲避什么人。她把文锦带到家里住了一晚，就在当天晚上，文锦把录像带交给了她，让她代为保管。"三叔道，"之后的十几年，她们之间没有任何联系，一直到几个月前，她忽然收到了文锦的信，让她把三盘录像带分别寄到三个地址，并告诉她，如果有收信人上门来询问，就传达那个口信。"

知道文锦在塔木陀后，三叔几乎疯了，立即起程找到了这片绿洲。因为我们的车胎爆了，最后几天进展缓慢，他们就是在这个时候超过了我们，进入绿洲之内，但是他们进的是和我们不同的入口。

之后他们连夜在雨林中行进，在那片废墟上扎了营地。当晚三叔带人出去寻找文锦，回来的时候，剩下的人全不见了，三叔就知道出事了。在第二天早上，他们发现了我们的信号烟，三叔就打起红烟让我们不要靠近，自己带人去四处寻找，一路就被那些蛇引诱着，最后也找到了那个泥潭，接着，他们就听到了兽口之下有人惊叫，于是立即进入救人，没想到，那些声音竟然是蛇发出来的。

之后的事情，就不用叙述了。

听完之后，我不禁哑然，这和我想象的情况差不多，我当初看到文锦的笔记前言，就有感觉其中肯定有三叔的份。不过证实了，却反而有点儿不太相信。

如此说来，定主卓玛对更深的事情也并不知情。她被阿宁他们找到，重新雇用做向导，完全是一个意外，否则，我们听到口信的地点，应该是她的家里。

我脑子里的线越来越清楚，一些碎片已经可以拼接起来了：文锦的笔记上所说的三个人，显然应该是我、闷油瓶和三叔。我之前以为阿宁收到了带子，之后也证实是给闷油瓶的。闷油瓶这一次和三叔合作，将带子送到了阿宁的手里，是为了让阿宁他们能够找到定主卓玛，并策划这次行动。

所有事情的矛头都直指裘德考这次行动的目的。这次，大家全是最后一搏，几乎用尽了心机。

想着，我忽然想到了什么，问三叔："三叔，既然你也收到了口信，那你不是也应该收到了一盘录像带？"

三叔抬眼看了看我，把烟头丢进篝火里，点了点头："对。"

果然！我心道。

"这盘录像带，应该是咱们在吉林的时候寄到杭州的。我不在的这段时间堆了一堆的东西，混在里面，我刚回去没发现，后来整理铺子的时候才看到。"他看着我说，"并不是我有意瞒着你。"

我点头，这我确实相信，这时候心里一冲动，就问三叔："三叔，你不觉得这事情奇怪吗？寄给你，或者寄给那小哥，这都说得过去，可是，文锦姨为什么要寄给我呢？你们谈恋爱的时候，我还很小，我实在想不通，这事情难道和我也有关系？"

而且，录像带中还有那样惊悚的内容。那个人真的是我吗，还是只是别人的恶作剧？

三叔看我表情变化，叹了一口气，道："不，其实，你文锦姨把东西寄给你，是有她的理由的。"

第四十三章 ● 第三夜：录像带

"什么理由？"在篝火的温暖下，我的疲惫逐渐地减轻，身上的伤痛袭来，整个人没有一处不疼，然而我并没有在意那些不适，注意力集中到了篝火边的三叔身上。

火光下的三叔显得阴沉，他又吐了一大口烟，才继续道："我说了你能相信吗？"

他看着我，我也哑然。显然，我是不可能信的。之前在医院，我发了誓，绝对相信他，但是我食言了，然而三叔也没有说实话，我们之间的博弈似乎进入了一个死循环。在这种情况下，三叔任何的解释都是徒劳的。

他沙哑地笑了笑，道："如果我要骗你，那是我有非骗你不可的理由，那必然会一直骗到最后一刻。我料准说了你也不会相信，与其浪费我的力气，还不如等我们找到她，你自己去问她吧。"

我长叹一口气，忽然感觉和眼前这个以前亲密的叔叔一下子产生了莫大的距离。我有点儿控制不住地道："三叔，我真不想这样，我也想回到以前您说一我绝不说二的时候，不过，现在我真的看不透您。咱们就不能再扯皮一回？您就让让您的大侄子。"

三叔看着我，又点起了一支烟，道："大侄子，这是最后一回了，我保证。我太累了。这一次，真的是最后一次了。"

我们两个人相视苦笑，两相无话。我心里非常难受，不知道是什么滋味，总感觉一个不可化解的死结在我心里堵着，而且不是麻绳，是钢筋的死结。

静了一会儿，三叔对我道："其实，我和你说过很多次了。这件事情里面的水太深，牵扯的秘密太多了，我自己都不清楚这到底是怎么一回事，所以，你三叔我其实还是挺能理解你的感受的。"

我心说：你理解个屁！你就算知道得再少，也肯定比我知道得多。我们两个在这件事情里，所处的位置是完全不同的，你是在事情的中心，而我现在怎么说也只是在外面看着，连进去的门都找不到。

不过多说无益，即使是这样，我也走到这一步了。我看了看外面黑漆漆一片的地下水池，不再去想这些事情。反正我已经跟着他了，除非他把我杀了，否则我一定要跟他到底。

喝了几口辣椒茶祛湿，我扭伤的地方开始发作。我一边揉着，一边转移话题："对了三叔，文锦姨寄给你的录像带，是什么内容？"

三叔站了起来，要我让开，从他的行李里，拿出了他的手提电脑："我没法来形容，你自己看吧。"

我自然是想看，但也想不到三叔会这么主动。他将手提电脑放在自己的背包上翻开。原来他将录像带里的内容转到了磁盘里面。

"我让一个伙计把录像带转成文件了，花了三百块钱。我自己看了很多遍，根本看不出什么来，你不要抱太大的希望。"说着，已经点开了文件，"快没电了，你将就着看吧。"

屏幕上跳出了播放器，我看了看四周的环境，忽然感觉这情形有点儿奇怪，这里是什么地方，我竟然还在看手提电脑，这时代，果然探险的性质也不同了。

三叔显然不想再看，电脑给了我就走开了，一边似乎是有人发现

第三夜：录像带

了什么，让他去看一下。"黑眼镜"就凑了过来，坐到我身后，好像准备看电影的姿态。

这人让我很不自在。我看了他一眼，他根本不在意。我看他，他也看看我。

我没办法，暗叹一声"这是什么人啊"，只得换了个舒服的姿势，点了播放，开始仔细地看屏幕。

播放之后，先是一片黑暗，接着扬声器里传出了非常嘈杂的声音，十分熟悉，又感觉不出是什么。听了一会儿，我才听出来，原来那是水的声音。

屏幕是黑色的，看不出哪怕一点儿的光影变化，但是扬声器里的水声告诉我，里面的内容正在播放当中，夹杂着远远的几声闷雷。可以想象，这卷录像带在拍摄的时候，应该是在湍急的水流旁边，或者附近有着小规模的瀑布，可能是镜头盖没有打开，或者遮了雨篷的关系，屏幕上什么也没有拍到。

水声一直持续，忽远忽近，应该是摄像机在运动当中。

大概播放到了五分钟的时候，我听到水声之外的声音，那是几个人的喘息声和踩在石头堆里的那种脚步声，很凌乱，而且很慢，听得出那是几个人蹒跚地走动。但是这几个声音只出现了一下就又消失了，接下来还是水声。

我有点儿意外。

第一盘带子我在吉林收到，里面是霍玲在格尔木那座诡秘的疗养院的地下室里梳头的情形。

第二盘带子是阿宁带来的，里面是一个相貌和我极度相似的人，在那座格尔木的疗养院的大堂里爬行。

我以为第三盘带子至少也应该是那疗养院的内容，然而，如今看上去，好像是在室外拍的。

我立即想起了我们来的时候那一场大雨之后，丛林里出现湍急溪流的情形。难道这里面录的是当年文锦的队伍进入峡谷时的情形？这可是重要信息。

继续听下去，接下来还是水的声音，忽远忽近，似乎是摄像机又开始运动。

我之前看的两盘带子都是这样，非常枯燥，所以我心里有数，并不心急，令我吃惊的是，一边的"黑眼镜"竟然也看得津津有味。

又耐心地听了大概二十分钟，水声才逐渐舒缓下来，从那种嘈杂的磅礴，慢慢变成了远远地在房屋里听到的那种水声，同时几个人喘息的声音再次出现。这一次清晰了很多，而且还夹带着鸣声，感觉是几个人找到了远离水的地方，这个地方还是一个比较封闭的空间。

然后，我们听到了整卷录像带里第一句人的声音，那是一个女人的声音，她似乎精疲力竭，喘着气道："这里是哪里？我们出去了没有？"

没有人回答她，四周是一片喘息声和东西放到地上的撞击声，屏幕上一直是黑色的，不免有些郁闷，但是听声音又不能快进，只得忍着集中精神。

那个女人说话之后很长一段时间，都是装备放到地上和咳嗽、叹气的声音，很久后才有另一个男人说话，也不是回答她，而是问另外一个人："还有烟吗？"

这声音很远，类似于背景音，如果不仔细听是听不懂的，让我印象深刻的是，这个人的声音，带着闽南口音。

同样没人回答他，我们也不知道他要到烟没有，但是接着我们听到了一声很响的金属落地的声音，然后是那个讨烟的男人说道："小心点儿！"

之后是沉默，好像是摄像机朝外面挪了挪，或是拿着摄像机的人又回到了湍急的水流附近，水声又大了起来，不过没几分钟，又恢复了。那个刚才讨烟的声音道："我们到底在往哪里走？"

没有人回答他，一切如旧，进度条一点儿一点儿地往后移，屏幕一直是黑色的。

我耐心地看着。时间一分一秒地过去，慢慢地，连我自己也感觉不耐烦起来。就在我实在忍不住，想去把进度条往后拉一点儿的时候，一边的"黑眼镜"把我的手按住了。

我奇怪，心说：他干吗？忽然，扬声器里传出了比较连贯的话语，那是一个西北口音极重的人说的话，他似乎被吓了一跳，叫道："听，有声音，那些东西又来了！"

接着是一片骚动，再接着就是那个闽南口音的人低声喝道："全都别发出声音！"

这些人似乎训练有素，那喝声一落，整个扬声器里突然一片寂静，所有人的声音瞬间消失在背景的水声中。这一静下来，我就听到那水声中，果然有了异样的声音，只是和水声混在一起，根本听不清楚。

我的神经一下子绷紧了，忙凑到扬声器的边上，只觉得那异样的声音自己肯定在哪里听到过。

果然，那声音由远及近。我越听越觉得似曾相识，听着听着，我的身体竟然不由自主地发起抖来，一股让我头皮发麻的恐惧感从我的毛孔里散发出来。

我想起这是什么声音了。

这是闷油瓶进那青铜巨门之前，那地下峡谷深处响起的号角声。

盗墓笔记

伍

谜海归巢

第一章 ● 集结号

　　我听得浑身冰凉：绝对不会错。这就是青铜门打开之前响起的号
角声。

　　当时的诡异经历，只有我和胖子亲眼看见，如今想起来也是历历
在目，再听了几遍就完全想了起来，确信无疑。

　　早先两盘带子的情形诡异非常，我已做好心理准备，神经已经足
以应付。稍微定了定神后，我就从毛骨悚然中摆脱了出来，心中不由
得长叹。

　　有可能这卷带子是文锦他们在长白山底青铜巨门那儿拍的，而且
听声音，他们有可能在往那地下峡谷的尽头走，甚至，他们已经在青
铜门之内了。

　　凭借几句对话，我几乎就能想象当时的情形：号角声响起，那些
马脸的怪物肯定出现了。这录像带里的人似乎非常忌讳这些东西，马
上闭声隐蔽。而且，听语气，他们应该遇到不止一回。

　　这又是一条线索的碎片，由此看来我和胖子遇到的事情应该不是

一个特例，那时候也绝对不会是我们的幻觉。不过，这碎片我暂时还不知道应该往哪里拼。

我继续听下去。号角声响了一段便逐渐平息下去，喇叭中全是水声，我期待着之后会发生什么，但是我发现，此时播放器的进度条已经接近尾声了，后面似乎没多少内容了。

我耐着性子听了下去，果然，几分钟后带子就结束了，屏幕上还是漆黑一片，什么都没有，确实如三叔说的，什么都看不出来。

我重新听了一遍，仔细地寻找其中新的线索，生怕有一丝遗漏，但是没有任何新的收获。我相信以三叔的性格，必然也研究得相当仔细，他说没有就肯定不会有了。

合上电脑我就头痛，看来，从这录像带里想找什么线索是不太可能的。想必文锦寄这些带子的时候，也没有想过看带子的人会怎么样，这些内容也许不是主要的。

一边的"黑眼镜"看我的样子，很无奈地笑笑，拍了拍我的肩膀，起身坐到我对面。

四周已经传来了鼾声，显然有人已经睡着了，剩下的人也只有偶尔的窃窃私语。篝火的温度、火光和柴火的啪啪声让我心里很放松，之前的那一段跋涉太累了，眼前的景象一时间我还无法习惯。

我本来也非常困顿，然而被这录像带一搞就精神了，想逼自己休息一下，却发现脑子不受控制地胡思乱想。这时候三叔满头污泥地走了回来，脸上带着一丝异样，身上竟然带着尿味儿，不知道刚才做了什么。

他看我已经合上了电脑，就问我怎么样。

我摇头说没头绪。确实是没头绪，光听声音，可以配上任何的画面，这带子对了解实情其实基本没帮助。

三叔早就料到，叹了口气也没说什么。我就问他怎么了，怎么搞成这样。

他道："有一个伙计发现了一些有趣的东西。"他指了指其中一个渠口。我一看，那里是他们选中用来撒尿的地方，难怪这么臭。三叔这德行，难道刚才钻进去了？

三叔一边嘀咕"太脏了"，一边踢了踢几个睡着的人，让他们爬起来准备绳子。

我走过去，发现这个渠口往下比较深的部分，因为废墟崩塌时候的巨大破坏，里边的砖石都扭曲了，水渠四壁石块全部移位，渠壁上塌出了很多的豁口，露出了后面的沙土。沙土层同样也裂开着一条非常宽的缝隙，因为几乎是垂直往下的，三叔的伙计们就临时把那儿当小便池。

这里的戈壁地质应该是沙土，因为我们所处的位置有点儿深度，土质应该比较坚硬，那条缝隙直接裂进沙土层里，可能是地震的时候造成的。一路过来经常能看到地震的痕迹，显然几千年来这里已经经历过好几次浩劫，有这样的痕迹并不奇怪。

三叔说的有意思的东西，应该就在里面，但是我什么都看不清楚——裂缝几乎就一个人宽，手电光照不进去。

那几个人身体素质显然极好，醒了之后只几秒钟就清醒了过来，三叔把事情一说，他们二话没说立即准备。我看他们的样子，似乎打算要下去。

我觉得非常不妥，这缝太窄了，就这么下去前胸贴后背都不行，还得缩起来，而且缝隙的内部非常不光滑，指不定到哪里就卡住了。

"原来这缝外面有一层沙泥，我对着滋尿，泥就冲垮了，这缝才露出来。"有一个伙计道。

"黑眼镜"捂住嘴巴，扇着尿臊气道："你最近火气挺大啊。"

"这不折腾这么久了，脑袋别在裤腰带上也不知道能熬到什么时候，火气能不大吗？"那伙计苦着脸。

三叔盯着那缝隙道："入这行就别这么多废话！钱好赚还轮得到你？收拾收拾，帮我提着绳子，我和瞎子下去看看。"

我立即拦住三叔："这种缝隙之中很可能会有蛇。那么狭窄的环境，遇到了蛇连逃也没办法逃。你干吗这么急？要不等到天亮？"

"你这书呆子，这里又照不到太阳，天亮了不还得打手电？一样。"三叔道，一边的伙计已经结好了绳子。三叔显然要自己下，把绳子系在了自己身上。

我越发感觉不妥当，道："可以让伙计先下去探探。你一把老骨头，这时候逞什么能？"

三叔很古怪地笑了，似乎很是无奈，先是拧开那种硫黄烟幕弹，往里面一扔，然后接过矿灯："你三叔我有分寸，下去就看一下，立即回来。"

接着，一边的"黑眼镜"已经穿上了紧身服，他做三叔的策应，拿着硫黄烟幕弹，和三叔拉着一根绳子而下。

我在上面看得提心吊胆。这渠井的口子并不狭窄，但是倾斜的角度很大，看着三叔和"黑眼镜"拉着绳子一点儿一点儿地溜下去，进入黑暗，越来越远，我总感觉要出事。

显然我多虑了，那距离似乎比我想象中要近，才几分钟他们已经到了那个地方。缝隙就在边上。

上面的人停止放绳子，这时候几个影子叠在一起，我们已经基本上看不清楚他们在干吗了，只看到手电光摇曳晃动，划过石壁产生的光影，让我产生恍如看到海底墓穴天道里的感觉。

他们停顿了一会儿，"黑眼镜"就往上打了信号。看到信号，那几个拉绳子的伙计都愣了一下。

我问他们是什么信号。一个人道："三爷说，他们还要继续往下。"

三叔在下面，我们不敢大声叫喊，所以也没法问原因和状况，而这批人自然是唯三叔马首是瞻，我也不能阻止，只能暗自骂娘，心里又痒痒起来。

显然三叔在下面有了新的进展，否则不可能做这么武断的决定。

绳子继续往下，看来他们并没有垂直，而是往沙土裂出的缝隙里爬了进去，两人进去得非常勉强，很快我们就看不到三叔的影子了，只看到有光从缝隙的最深处不时地闪出。

连拉绳子的人都开始冒冷汗了，一边没睡着的人全围了过来，气氛凝重起来。

在上面大概等待了一个小时，三叔才从下面发来信号。上面的人都等得快石化了，马上拉绳子。然而，"黑眼镜"被拉了上来，却不见三叔。

我心里咯噔一声，刚想说话，就听那满身散发着泥味和尿味的"黑眼镜"对我道："小三爷，三爷说，让你马上下去。"

第二章 · 深入

　　我的身体素质在这些人中是最差的，本来是打死都不应该动的。三叔知道这一点，但还是让我下去，显然不会是让我做体力活儿，肯定有他的理由。但是闻着渠井的味道，我实在是不想下去。

　　不过这是不可能的，所有人都看着我，一方面对这下面的情形非常好奇，另一方面"黑眼镜"也说得一点儿余地都没有。我无法拒绝，只好由"黑眼镜"护着，顺着裂缝降了下去。

　　大概是心理因素加强了我的错觉，下到下面之后，我立即闻到了一股浓烈的尿臊味，浓得让我无法呼吸，而且这渠道也没有我想象中好走，角度非常大，看来三叔那么平稳地降下去原来是用了死力气的。我滑了一下，身上立即沾上了大量混着尿液的烂泥和苔藓，不由得直皱眉。

　　在我上面的"黑眼镜"就笑道："不好意思，哥们儿，不过尿对皮肤好。"

　　四周很快就一片漆黑。因为这里太过狭窄，连头都没法抬，所以除了"黑眼镜"的手电，我什么也看不见。好在是下降，如果爬上去更累。

我看着他还是戴着黑眼镜，就忍不住问他道："你戴着那玩意儿能看得见吗？"

他朝我笑笑："戴比不戴看得清楚。"

我不知道他是什么意思，不过他不想解释，我也就不再问什么。

一路往下，很快就到了刚才上面看到的沙土裂缝的口子处，照了一下立即发现其中别有洞天，里面是一条只能一个人前胸贴后背横过去的缝隙，一进去就能发现缝隙虽然非常狭窄，但是极深，而且往上、下、前方都有延伸，看上去好像是一座巨大的山被劈成两半，而我爬进了劈出的刀缝里。

而且让我吃惊的是，缝隙壁上都是石窟上那种佛龛似的坑，就是把整块沙土的裂缝壁砸出了一个个凹陷来，每个凹陷里都是一团干泥茧，用烂泥黏在凹陷处，和四周的根须缠绕在一起。泥巴都开裂了，好像干透的肥皂。

往上下左右看，这种凹陷到处都是，一溜照去，缝隙深处只要有手电光照的地方都有。

我们挤进缝隙中，我摸了一下里面的沙土，发现硬得好比石头。这些应该是沙土沉积下的土质，非常潮湿，富含水分。再往里挤进去，我就下到一个泥茧的边上，正想去摸一下，但是"黑眼镜"喝了我一声，不让我碰，说："小心，不要碰这些泥茧。""这些茧里面是什么？"我问道。

"死人。"他照了照其中一只，那是一只已经破裂的泥茧，里面露出了白色的骨骼，"屈肢葬，这里可能是当时的先民修建的最原始的井道，没有石头，只有泥修平的一些山体裂缝，后来被当成墓穴使用了。"

"墓穴？这种地方？"我纳闷道。

"修这种工程肯定会死很多人。这些可能是从其他国家俘虏来的奴隶，死在这里，不可能运出去埋，只能就地掩埋，长城边上就有不少。""黑眼镜"道，"到了。"

我往下看去，这缝隙远没有到底，但是在缝隙一边的石壁上，巨石又开裂出了一条缝隙，有手电光在闪着，显然三叔就在里面。

"黑眼镜"往上打了信号，绳子停住，我们小心翼翼地攀爬下去，三叔就伸出手来把我拉了进去。

这一条缝隙十分狭窄，最要命的是特别矮，大概只有半人高，我只有猫着腰进去，脚疼得要命，一进去就坐倒在地上。接着"黑眼镜"也猫着腰进来了。

转目看四周，就发现这里裂缝的两边，全是细小的树根须和干泥包裹的泥茧，缩在凹陷中排列在两边，能听到废墟下水流的声音。再往里看，我发现这条缝隙是裂在另一条石头井道上的，显然地震使得这里的沙土层开裂，裂缝将相距很深的两条井道连接了起来，我们走了一条近路。

井道的里面一片狼藉，也是四处开裂，显然废墟倒塌的时候，形成了无数这种裂缝。

我就问三叔："为什么让我下来？"

"我来让你看个东西。"他道，示意我跟他走。我们在矮小的缝隙里蹲着走了几步，他用手电指着一边树根后的沙土壁。

我一开始看不清楚那里有什么，因为全是钻在沙土壁上的树根，凑近了看，才看到上面有人刻了一行字，好像是几个英文字母。我心里一惊，抓住三叔的手让他照得准点儿，仔细辨认，就"哎呀"了一声。

三叔道："你看看，这和你在长白山里看到的小哥留下的记号是不是一样的？"

我忙点头，这就是闷油瓶在长白山里刻的记号，心里想：难道闷油瓶刚刚来过这里？

"你是怎么发现的？"我问三叔。

他抹了抹脸上的泥，道："别管这些。你能肯定这是小哥的笔迹，不是其他人刻的类似的记号吗？"

我不明白他的意思，点了点头，表示可以肯定。他立即向"黑眼镜"招手："瞎子，告诉上面的人给老子全部下来，咱们找到入口了。"

"黑眼镜"应了，退了出去，就给上面打了信号。

我问三叔到底是怎么回事。三叔道："你仔细看看这个记号，感觉一下和长白山刻的有什么不同？"

"不同？"我一下子没理解三叔的意思，凑近去看，忽然发现这个记号颜色发灰。

记号是刻在沙土上的，这种沙土本来是不适合刻任何东西的，因为虽然坚硬，但是非常脆，力道用得小了，刻不出痕迹来；力道用得大了，可能整块沙土都会裂开来。这记号有点儿复杂，显然刻的时候十分小心，而这发灰的颜色，是沙土长年累月氧化的痕迹，记号之中的灰调和周围的沙土几乎一样，这就表示，这记号显然刻在这里有点儿年头了。

"不对。"我疑惑道，"这是个老记号？你让我再看看——"

三叔道："不用看了，既然笔迹是，那就没错了，这就是他刻的，不过不是这几天刻的，而是他上一次来这里时留下的。"

　　我摇头，脑子乱得犹如烧开的泥浆："我不明白什么叫他上一次
留下的。他来过这里？"

　　三叔摸着那几个符号，说："没错。我在这片废墟里，看到这个
记号不止一次了，到处都有。我就是跟着这些记号，以最快的速度穿
过了雨林，到达了你找到的那个营地。不过，我当时还不敢肯定这记
号就是这小哥留下的，现在证实笔迹一样，那就没错了，这小哥以前
肯定来过这里，而且还有点儿年头。"

　　"可是，这是怎么一回事？"我一时间失语，想问问题，却完全
不知道该怎么问。

　　我是认拓片的，对笔迹，特别是雕刻的笔迹有着极端敏感的认
识，所以我能肯定这符号确实是闷油瓶刻的。但是，这上面的石糜不
会骗人，这确实不是最近刻上去的。这么看来，唯一的解释确实是闷
油瓶来过这里。

　　是他失忆之前的事情吗？难道，他也在文锦和霍玲当年的考古队里？

不可能，他在西沙的时候就完全失去记忆了。

"我暂时也不清楚，不过我和你说过了，这个小哥不简单，显然他的过去深不可测，而且他做的每件事情都有理由。"三叔道，"不过，我猜我们只要跟着这个标记走，我们就能知道，他最后到达了哪里，也可能找到出去的路线。"

我感觉我的脑子无法思考，不过闷油瓶的过去我确实一无所知，他如果真的来过这里，时间上倒也完全对得上，这时却看到三叔说这些的时候，眼睛看着"黑眼镜"出去的方向。

我问他怎么了。他做了让我别说话的手势，看着"黑眼镜"出去了，才压低声音对我道："我真被你气死了，这次你实在不应该跟来。"

我看他突然转了话锋，又是这么轻声说话，好像在忌讳着"黑眼镜"，就愣了一下。

三叔继续急促道："你真是不会看风水！你三叔我已经今非昔比了，这次的伙计都是我临时从道上叫来的，这批人表面上叫我声'三爷'，其实根本不听我的，只能做个策应，还得防着他们反水。我一个人都应接不暇，你跟来不是找死？"

我一下子就明白了刚才三叔的表情为什么那么无奈，潘子和我说过这些情况，没想到事情严重到这种地步，立即也轻声道："我也没办法，你叫我……"

没说完，三叔立即给我使了个眼色，我回头一看，"黑眼镜"已经回来了。他问"黑眼镜"道："怎么样？"

"下来了，我让他们先把装备送下来。""黑眼镜"咧嘴笑，"他们问那个死胖子怎么办。要不把那个死胖子留在上面，找个人照顾？带着他走不现实……小三爷，你脸色不太好看啊。"

三叔刚才一说，我有点儿反应不过来，也许脸上就表现了出来，但我应变能力还是有的，立即道："这味道太难闻了。"

三叔想了想，道："不能留下来，绝对不能分散。告诉他们先全部下来，然后我们找个地方再想那个胖子的事情。"

"得。"他道，"那小三爷出来搭把手，这家伙算是个大部件。"

我点头道："我这边说完就来。"就看着"黑眼镜"出去了。

我和三叔对视了一眼，见三叔的表情也很异样，心说确实没有想到事情会到这种程度，看来三叔真的很不容易。

说实话，我对"黑眼镜"印象还不错，虽然这人好像有点儿癫，看来这江湖上的事情我懂得实在太少。

三叔继续轻声道："别和我争。这次跟来我真的没法照顾你了，你要自己小心。真被你气死了！要是咱们能出去，我肯定到你爹那里狠狠告你一状。"

我看他的表情知道他不是在开玩笑，就点头。他急促道："我长话短说，你记住，这批人都是长沙地头上的狠角色，也只有这些人才敢夹这种'喇嘛'。这'黑眼镜'是个旗人，名字我不清楚，道上都叫他黑瞎子，他是一伙。另外一伙就是那个叫'拖把'的带的人，这批人以前是散盗、亡命之徒，你要特别小心的就是这批人，不要当成我以前的伙计，也不要什么话都说。"

我继续点头。三叔看了看外面。这时候黑瞎子叫了几声，三叔就拍了我一下，让我自己注意。

我于是不再说话，跟着黑瞎子出去。这时，其实我还没完全反应过来，一边帮忙一边想了想，才真正意识到事情的麻烦程度，三叔要和我单独说话竟然要这样，显然这伙人已经心生戒备了，有可能是之前发生过一些事情了。

江湖上的事情我完全不懂，此时也不能多考虑，只得尽力装出和刚才无异的样子，静观其变了。

胖子是和"拖把"绑在一起下来的，两个人不好控制，拉进来之后，两个人身上的尿味浓得离谱，几乎让人作呕。接着，上面的人就一个一个下来了。

"拖把"倒还是很客气，骂了几声长沙话，对我还是点头笑，小三爷长，小三爷短，不过我听着感觉和刚才在上面大不相同，看着这些人，觉得表情都有点儿假，不知道是心理作用还是真的。

记号

　　我就装作完全听不出，但这就上了心了，也没心思去考虑闷油瓶的事情到底是怎么回事。

　　四五个小时后，所有人都下到了下层的井道，整理装备，找了两个人抬着胖子，我们开始顺着闷油瓶的记号，往井道的深处前进。

　　三叔给了我一把短头的双筒虎头猎枪，双管平式，这和我以前打飞碟的枪型号一样，只是轻了一点儿，一次两发，用的是铅霰弹。这应该是三叔能搞到的最高档的武器了。我们在七星鲁王宫也用这种东西，当时还是我从黑市里买的，一把好像要五千多块钱。

　　这东西打大型动物只能起一个阻碍和威慑的作用，但是要打那种鸡冠蛇应该相当便利，一次可以扫飞一大片。我心说潘子怎么就没带一把，还用他那种短步枪真是落伍了。

　　想到潘子我又很担心，不知道他现在怎么样了。在那个神庙中应该会比在这里安全，但是如果他再发起烧来，恐怕就真的凶多吉少了。如果有他在，三叔就不需要这么担心。

　　我提醒三叔之前看到的浮雕，这些坑道除了蓄水之外，就是饲养那些鸡冠毒蛇，我一路从雨林过来，并没有看到太多的鸡冠蛇，只是集中看到过几次，显然这些蛇的地盘，是在这些坑道里，我们要加倍小心。

　　三叔说这些蛇防不胜防，加倍小心都没用。

　　坑道高高低低，这里的环境，让我感觉和鲁王宫相当类似，难道当时的西周嵌道，根本就不是我们想的嵌道，而是排水的井道吗？

　　无法推测，因为山东那边雨量充足，不需要如此复杂的地下蓄水系统，否则碰到连月大雨，这些蓄的水可能会溢出来，这里应该只是单纯的相似而已。

　　行了不到五百步，井道就出现了分岔，三叔用矿灯照了照，一道朝上去，一道朝下去，朝上去的应该是上游的井道，水从上面下来，然后和这一条汇合往朝下的那道流去。我们在附近搜索，立刻就在下面井道上看到了闷油瓶的记号。

　　三叔掩饰不住兴奋的神情，但是我现在能看出他的兴奋有点儿假，我也不得不装作非常紧张的样子。他毫不犹豫，挥手继续前进。

在这种井道行进，是极度枯燥乏味的事情，四周全是石砖，没有任何浮雕和人文的东西，有的只是简陋的石头、矿灯的光斑、晃动的井壁，长时间都没有一点儿变化。

第一段足足走了三个小时，一个又一个的岔口，看到闷油瓶留下的许多记号，过程很枯燥，不多赘述。途经很多的蓄水池，唯一让我感到有点儿意思的是，我发现随着我们高度的降低，这些蓄水池一个比一个大，而且，四周没有任何的声音，似乎这里根本就没有蛇。

这多少有些出乎我们的意料，也可以说有一些庆幸，不过，我总觉得不太对劲，这种安静下好像隐藏着什么。

长话短说，一直走到晚上都平安无事，我们紧绷的神经终于松弛了下来。我们当天只能在井道中一字排开地休息，点了好几堆火。吃饭的时候，胖子第一次醒了过来。

三叔给他打了针巩固一下，又给他吃了东西。我问他到底发生了什么事情，他还是没力气说话，只说了几句，很快又睡着了。

但是我心已经宽了，这中蛇毒不是重伤，如果他能醒过来，说明他已经没有什么大碍了。果然，到了第二天早上，他醒来的时候，脸色已经有所恢复，虽然还不能走动，但是被人搀扶着能站起来了，看着四周，就有气无力地问我怎么回事。

我道："这一次你可得谢我了。难得老子不抛弃、不放弃，差点儿把我折腾死，才把你救下来。你这一次新生得怎么感谢我？"

胖子这人能折腾，就找人要了烟抽，一脸萎样道："胖爷我都救你多少次了，你就救我一次还来这套。我和你说，这一次扯平都不算。"然后问我这是什么地方。

我把后来的情况大概一说，他听了也没做什么表示，我就问他闷油瓶最后和他怎么了。

他道他们追着追着就跑散了，那小哥是什么速度，他根本撵不上。后来就听到蛇的声音，他和我的想法一样，以为三叔的人还活着，但是没我那么莽撞，偷偷摸了过去，结果一撩开草丛，就被蛇咬了。

记号

195

这和我琢磨的差不离。他道："那小哥恐怕也得中招。那些蛇太邪门了，老天保佑他比我们两个机灵。"

三叔看到胖子还是挺开心的，递给他烟，我想大概因为胖子总算是个自己人。不过胖子看到三叔就很郁闷，道："三爷，你看你这个'喇嘛'夹的。你回去得给我加钱，否则我可不干。"

说完，其他几个人也附和他，一通说笑，看上去气氛一点儿问题也没有，似乎谁也没注意到三叔笑容的苦涩。

胖子复原得很快，我让他多喝水，他第一次的尿都是黑的，慢慢地，尿开始清起来。他的体质确实好，脸色也越来越红润，等我们要出发的时候，他已经可以站起来自己行动了。

我搀着他继续出发，还是和昨天一样，一点儿一点儿地深入，一个蓄水池一个蓄水池地下去。我们发现其实这蓄水系统应该是一个网兜状的，越往下结构越简单，但是井道和蓄水池体积越大。

最后我们在第六个蓄水池里停了下来，这个蓄水池已经大到不成样子，在水池的中央竟然立了一根三人才能合抱的石柱防止倒塌。整个蓄水池都是干涸的，目测面积足有半个足球场那么大。

胖子已经不需要我搀扶，不过体力还是没完全恢复，坐下就直喘，一身的虚汗。

我们停下来倒不是因为休息，在井道中行进比起雨林行军简直像在风和日丽的沙滩上漫步，一点儿也不疲倦。只是到了这个蓄水池，我们发现里面长满了干枯的树根，几乎把整个蓄水池都覆盖了，那些分流的井道口全部被遮盖在树根之中了，上面长满了奇形怪状的菌类，找不到继续前进的道路。

我倒奇怪，我们现在已经深入地面以下了，为什么这些树根会长到这里来，世界上有根系这么长的树吗？

那个"拖把"看了看，道："这些不是树根，都是菌丝。这个蓄水池看来是种香菇的好地方。"说着，让手下人去砍掉这些菌丝，寻找闷油瓶留下的记号。

我凑近去看，发现这些菌丝和树根很像，但是很软，而且上面长满了黑毛，紧贴在井壁上，看上去好像很难吃。

找着找着，有人就惊叫了一声，翻倒在地，我们立即端枪朝他瞄去，就看到他砍掉了一片菌丝之后，菌丝后面的井壁上出现了一张石雕的人脸。

我一看就知道这是什么东西了，立即报以报复性的大笑，来报复他们嘲笑我被假人吓到。他们莫名其妙地看着我。我捡起地上的碎石丢了过去，当下组成人脸的飞蛾被惊飞了起来。

那人一看，长出了一口气，所有人都笑起来。

这些蛾子可能是偶然飞进井道来的，这里可能也有蛇蜕来吸引它们。我对他们道："小心一点儿，附近可能有蛇。"自己就到飞蛾聚集成脸的地方去翻找，果然在树根密集处，看到了一大片白色麻袋一样的东西。不过让我吃惊的是，这片白花花的蛇蜕不是很多，但好像是一个整体。

我用猎枪把蛇蜕挑了起来，发现那是一条大蛇，足有水桶那么粗，能看到蛇蜕上长着双层的鳞片。

三叔过来一摸，一手的黏液，他的脸就白了，叫道："把枪都给老子端起来，这玩意儿是新鲜的，这皮是刚蜕下来的！"催促寻找井道口的人快点儿，这地方不能久待。

我马上也过去帮忙，用刀去砍菌丝，把菌丝砍掉后扯掉，然后用矿灯去照井道口。按照我们的经验，闷油瓶会把记号刻在那个地方附近。

忙活了半天，竟然没有找到，人都有点儿急躁起来。稍微矮点儿的井道口几乎都找了，只剩下蓄水池顶上的一些。我心说，这一次该不是刻在上面吧，上面没有坡度，几乎是垂直的，必须攀着井壁的缝隙爬上去。

这里有个瘦瘦的小个子身手最好，义不容辞地爬了上去。我们用手电帮他照明，看他一边单手抓住巨石的缝隙，一边用砍刀砍掉菌丝，然后像攀岩运动员一样抓住缝隙，扭动身子吊过去。

我心说要我像他这样我可做不到，等一下找到了，我怎么进去啊。

他探了几个井道口，道"在这里"，我们才松一口气。三叔让他立即结好绳子，我们开始陆续地爬上去。才爬上去三四个，忽然，上面那小个子又叫了声："三爷，不对，这里也有，记号不止一个。"

记号

第四章 ● 三选一

就在这时候，我们都看到红光一闪，接着那人整个就不见了，速度极快。我们一下子都愣住了，他好像是被什么东西拖进去的。

没等我们反应过来，那道井口里就传来了一声惨叫，接着，他就摔了出来，还没摔到地上，从坑道中猛地射出一条巨蟒的上半身，凌空一下把他缠绕住。

这是一条刚蜕完皮的巨蟒。我原以为会看到一条金褐色的大蛇，然而看到的是血红色的，顿时就明白了：这果然是同一种蛇！

身边已经开火了，在狭窄的空间中，猎枪的声音几乎把我的耳朵炸聋。

刚蜕完皮的巨蟒，鳞片还不坚硬，立即被打得皮开肉绽，无奈铅弹的威力太小，剧痛的蟒蛇暴怒，把那人往井壁上一拍，那人就摔了下来。接着它沿着蓄水池壁旋风一样盘绕了下来，巨大的身躯一扫，扫飞了好几个人。

三叔的伙计大惊失色，几个人撒腿就跑。三叔大骂："稳住！别跑！"

但是这批人真的完全不听他的，好几个人都钻进了坑道里，四散而逃。

三叔气得大骂。我拉着他一边开枪，一边也往坑道里退。

本来如果所有人都齐心，对着蟒蛇来几个齐射，就算是龙王爷也被打烂了，但是人就是在这种关头会乱，没法判断形势。

我们退得最慢，巨蟒一下子就冲了过来。我连开两枪，无奈巨蟒的头闪得太快，没有打中要害。我最后一次打飞碟是什么时候已经忘记了，要连射这么快速移动的物体我已经生疏了。

一边"黑眼镜"已经把三叔拖进了坑道，三叔对我大叫，让我快上去。我立即转身，但是人才扑进去一半，忽然就头皮一麻，我的视线越过三叔的肩膀，看到这个坑道的深处，涌动着一大团黑影，正迅速地爬过来。

"后面！"我立即警告。

他们猛回头，手电一照，我们就看到有十几条碗口粗细的鸡冠蛇，犹如血红色的潮水一样涌来，看样子这里的枪响惊动了它们。

"黑眼镜"立即回头开了一枪，将最前头的一拨扫飞，我身后的劲风也到了，三叔大叫"抬手"，我忙抬手，他的枪从我的胳肢窝里伸出去，一声巨响，把身后的巨蟒震飞，背后又传来"黑眼镜"开枪的声音，他竟然还带着笑："太多了，顶不住了！"

我心想这人真是个疯子，转身就见很多的井道口中，都开始爬出红色的鸡冠蛇，一坨一坨。我一边装弹一边让开，让三叔爬出来，同时寻找没有鸡冠蛇爬出的井道口，再去找胖子，却发现胖子已经不见了，不由得大骂他没义气，竟然跑得这么快。

一个一个看过去，好不容易找到一个井口，立即爬了进去，对三叔大叫，三叔和"黑眼镜"一边开枪一边挪过来，但是已经来不及了，鸡冠蛇速度奇快，几乎是腾空飞了过来，已经从我所在的井口爬了上来，发出高亢的咯咯声。我一枪把它们轰成肉泥，但是井道口瞬间又被蛇围满了。

三叔叫我自己快走，他会想办法，说着和"黑眼镜"朝另外一个没有蛇的口子退去。我大骂一声，再开一枪，就往后狂跑。

我一边跑一边装子弹，发现只剩下六颗了，这种子弹又大又重，我刚才为了方便就没多带。我这性格真让人头痛，一到关键时候总掉链子。

那些蛇的速度之快，我之前已经领教过了，知道跑的时候完全不能分心，否则根本就没有生还的机会，于是咬紧牙开始狂奔，脑子就想着"淤泥！哪里有泥"。

一连冲过好几个岔口，我看到了井道上的裂缝，里面同样是沙土，我停了一秒钟，马上挤了进去。里面空间比之前看到的那条要大，我一眼就看到了大量屯起来的泥茧骸骨。

有救了，我心说，立即掏出水壶，听着外面窸窸窣窣的声音不断靠近，立即将水全倒在一只泥茧上，把人骨身上的泥和稀了，抓起来就往身上草草涂了一遍，搞完后，把那死人往裂缝的口子上一推，大概堵住，自己缩进那个凹陷里，闭上眼睛装成死人。

瞬间那些蛇就到了，盘绕着我丢在地上的矿灯和水壶开始咬起来。有一些蛇没有发现我在缝隙里，就继续朝前飞快地爬去，但是有几条停了下来，似乎发现了这裂缝里的异样，朝里面张望。

我心说真邪门，这些蛇果然有智商，就见几条蛇小心翼翼地爬了进来，开始盘绕上那些泥茧，似乎在寻找我的去向，我身上就爬上来好几条。

我闭上眼睛，屏住呼吸，感觉心都要从喉咙里跳出来了。

那几秒钟，我感觉像一年那么长。忽然，我感到后脖子有一丝凉意，浑身就出了冷汗，一下子想起来，完了，刚才太急了，后脖子忘记涂泥了。

我小心翼翼地睁开眼睛，果然看到一条红得发黑的鸡冠蛇盘在我的肩膀上，正饶有兴趣地想盘到我的后面。

完了，我心道，这下子我也得成胖子那样了。

就在那蛇慢慢朝我的后脖子凑过来的时候，忽然，我身边的骸骨中，发出了一声奇怪的声音，那蛇立即就扬起头，看向那里。

几乎就在同时，一件令我更加惊悚的事情发生了，我身边的那具骸骨忽然动了，手一把就按在了我的后脖子上，把我没有涂泥的地方遮住了。

我头皮麻了起来，用眼睛一瞄，发现不对，那不是骸骨的手，而是一只涂满泥的人手，仔细一看，发现我身边的死人后面，还躲着一个浑身是泥的人。

是谁呢？我看不清楚，我心说原来不止我一个人知道淤泥的事情。

我心里完全不知道是什么滋味，高兴也高兴不起来，只觉得气氛诡异无比。

那鸡冠蛇看向那里，看了半天也不得要领，再回来找我的后脖子，却看不到了。它显得十分疑惑，发出了几声咕咕声，在我后脖子附近一直找。我就感觉那蛇芯子好几次碰到我的脖子，但它就是发现不了。

我一直不敢动，就这么定在那里十几分钟，那些鸡冠蛇才忽然被外面什么动静吸引，全都迅速追了出去。这一条也爬了出去。

它们消失之后很长时间我还是不敢动，怕它们突然回来，直到捂住我后脖子的手动了一下，才好像是一个信号，我浑身都软了，一下子瘫倒下来。

刚想回头看那人是谁，忽然听到一个女声轻声道："不准转过来。"

我愣了一下，还是转了过去，身边的人一把就把我的眼睛捂住了。我的手下意识地一摸，摸到一个人的锁骨，那人竟然没穿衣服。接着我的手就被拍了一下，听到那女声道："闭上眼睛，不准看，把上衣脱下来。"

我一顿，还没反应过来，上衣已经被剥了下来，窸窸窣窣一阵折腾，那人似乎在穿我的衣服。

等捂住我眼睛的手拿开，我看到一个女人坐在我的面前，身材很娇小，穿着我的衣服好像穿着大衣一样，再看她的脸，我一下子就认了出来。

"陈……文锦……阿姨！"

在我面前的，竟然就是文锦！

我看着惊讶得说不出话来，语无伦次地问了一句："你没被逮住？"

文锦整理着衣服，看着我扑哧一声笑了："什么逮？你当我是什么？"俨然和之前被我们追捕时的神情完全不同了。说完，她用涂满泥的骸骨将这个泥井道口堵住了，然后用水壶挖起泥把缝隙全封上，我才看到，这捆着骸骨的材料，竟然是她的衣服和胸罩。

做完后她才回来看着我笑起来，摸了摸我的头发："你也长大了。"

我看着她，几乎无法反应，想说什么，但是脑子里一片空白。

这有点儿太过梦幻了，以前我只在照片里见过她，现在她竟然在对我笑，而且笑得这么好看。

她看着我，见我这么看着她，就问道："怎么，你反应不过来吗？"

我点头，心说：怎么可能反应得过来？这应该是一个满脸皱纹的中年妇女，二十多年前在一座诡异的海底古墓中失踪，这么多年间一直做着一些极端隐秘的事情，牵动着无数人的神经，制造了无数的谜，现在却就这样站在我的面前，满脸淤泥但是不失俏皮地看着我，那眼睛、那皮肤，显然比我还要嫩上几分，叫我如何反应？

她笑着说："我看到你长这么大了的时候，我也反应不过来。想想已经二十多年了，当时你还尿床，我还给你洗过尿布，你那时候长得好玩儿，比现在可可爱多了。"

一说到小时候，我立即就朝那缝隙口看去。想想，我忽然觉得无比奇妙，三叔想方设法找文锦，但就在十几米外，我不知道他的生死状况，却在这里看到了文锦，还说上了话。要是三叔再快一步跟着我，他和文锦已经见面了。

"你也可爱多了……"我口不择言，抓了抓头，"文锦……姨，这，好久没见了……我实在不知道该怎么反应。我现在是不是应该大哭一场？对了，我有好多话要问你……我们很想你……到底发生了什么——唉，我在说什么？"

看着我语无伦次，文锦就做了个"轻声"的手势，听了听外面，轻声笑了，道："谁说好久没见了？前不久我们不是还一起喝过茶吗？"

"喝茶？"我愣了一下，心说之前见的时候，她在沼泽里啊，当时没见她端着茶杯。

只见文锦把自己的头发往头上盘绕了一下，做了一个藏族的发型，然后用袖子擦掉脸上的泥，我一看，顿时惊呆了："你！你！你是定主卓玛的那个媳妇儿！"

第五章 ● 真相

　　我简直不敢相信自己的眼睛，拍了拍脑袋："原来你一直跟着我们！那口信，那定主卓玛和我们说的话——难道——"

　　"不错，那都是我临时让她和你们说的。情急之下，我没有别的办法。那些事情说来话长了。"文锦说着，爬到缝隙里头，双手合十，做了个手势，放到嘴边当成一个口器，发出了一连串"咯咯咯"声。

　　我奇怪她在干什么，难道在和那些蛇打招呼？就听到缝隙的深处也传来了"咯咯咯咯"的回音。不一会儿，就有人从里面挤了出来，我一看，那人竟然是闷油瓶。

　　他挤到我们边上，看了看文锦，又看了看我。我目瞪口呆地看着他们两个。"这是怎么回事？"我忽然感到一些不妙，"该死，难道这是个局？你们该不是一伙的吧？"

　　这两个人同样不会衰老，而且同属于一支考古队，同样深陷在这件事情当中，我忽然想到我一个朋友说的，闷油瓶肯定不是一个人，

难道被他说中了？

闷油瓶摇头不语，我就看向文锦。文锦道："没你说得那么恶心，我和他可清白着呢。"

我皱眉，真心真意地想给他们磕头，道："大哥，大姐，你们放过我吧，到底是怎么回事？"

文锦对我道："在这件事情上没有什么复杂的，其实当时在那村子里卓玛找你们的时候，他已经认出我来了，不过他没有拆穿我。我在峡谷口子上找到你们的时候，他追了过来，当时我们就已经碰面了。这接下来的事情，确实算是合谋，但也是为了谨慎。"

我看向闷油瓶，他就点了点头。

我怒起来："太过分了！你为什么不说？"

他看着我："我已经暗示过你了，我以为你已经知道了。"

"胡扯！我那个样子哪里像知道了？！"我几乎跳起来，马上就意识到了为什么闷油瓶一直心神不宁，天哪，他一直在担心文锦的安危。

一边的闷油瓶立即对我做了一个"轻声"的动作，我才意识过来，立即压低声音道："你丫太不够义气了！"

"不，他这么做是对的，否则，我会落在你们那个女领队手里，她也不是省油的灯。"文锦道，"而且当时，我也不知道你们之中哪个有问题，我需要找一个人帮我检查。"

这大概就是为什么闷油瓶回来之后开始检查我们有没有戴面具的原因。原来事事都是有缘由的。

"那些录像带呢？"我问道，"这整件事情，到底是怎么回事？"

话音刚落，外面传来一声惨叫和几声枪响。

闷油瓶喷了一声，道："他们这么开枪，会把所有的蛇都引过来的。"

文锦听了听外面，转过头来拍了拍我的头，好像一个大姐姐一样对我道："这是一个计划，说来话长了，长到你无法想象。这些事情我都会告诉你的，但是现在不是时候，我们先离开这里。"说着就指了一个方向。

我叹了一口气，但是知道她说的是对的，于是点头。三个人都站了起来，迅速往泥道的深处退去。

一边走我就一边问她："你们有什么打算？不去和我三叔会合吗？"

"我们没有时间了。"文锦道，"你没有感到，四周的水声已经越来越少了？"

这我倒没注意。在这种地方，谁还有精力注意这些。文锦道："这里的地下水路极其复杂，但是在有水的时候，它其实并不是一个迷宫，你至少知道是不是在往地面上走，只要逆着任何一道水流往上，你肯定能找到一个地面上的入水口。而顺着水流走，你也肯定可以找到这个地下水路的终点——最大的那个地下蓄水湖泊。但是，一旦水消失了，你就永远不可能走出去。现在雨已经停了，沼泽的水位会逐渐降低，再过一两天，水就会完全干涸，到时候我们就会被困在这里。这就是我让定主卓玛告诉你们，如果不及时赶到就要再等十几年的原因。不过你们这次运气好，今年的雨量特别大，把整个沼泽都淹没了，否则现在已经晚了。关于你三叔吴三省，和我们的目的地相同，只要他没有出意外，我们肯定会碰上。"

我一听，在理，立即点头："那我们现在是往上还是往下？"

文锦指了指下方："最大的秘密已经近在咫尺了，你打算就这么放弃吗？"

近在咫尺？我心说我才不信呢。文锦看了看表，道："现在已经快天亮了，那些蛇大部分都在夜晚到地面上活动，天亮之后会全部下来，到时候我们行走更麻烦。在天亮前，我们得找一个地方躲起来，到时候你有什么就问吧，我都会告诉你，现在还是专心走路。"

文锦说这话的时候，几乎没有什么严厉的言辞，但是她的眼神和分析问题的语气，让我感到自然而然地服帖，她似乎天生就有一种领袖的气质。难怪当年她是西沙的领队，连三叔都要忌讳。

我不再去烦她，三个人立即加快了脚步，顺着坑道一路往下，很快就到了另一个坑道。

真相

205

这里已经很深了，坑道显然没有上面那么错综复杂，岔路很少，加上我们身上有淤泥掩护，走得非常顺利，到早上六七点钟时，我们已经走了相当长的距离。这里的井道连淤泥都没有了，只有天然的岩洞，很难看到人工开凿的迹象，显然这里几乎不会有人来。

我们能听到岩石中传来扑腾的水声，显然所有井道的水都在四周汇集了，整个西王母城的蓄水系统的终点应该非常近了。

此时地面上的晨曦应该已经退去，虽然附近还没有任何蛇的声音，但是我们都知道这些蛇数量惊人，一旦归巢很可能会出现在任何地方，按照文锦的经验，此时还是躲起来为好。

怎么躲就是经验了。她让闷油瓶脱掉衣服，用水壶里的水和泥抹上，将通道的两端用碎石头堆起来，然后将衣服撕碎了塞在缝隙里。

"这样，在蛇看起来，这里的通道就是被封闭的。"文锦道，"我这些天都是这么过来的。"

我喝了几口水，感觉这么薄弱的屏障不会有用，要是碰上那种巨蛇，不是放个屁就倒？

此时点了很小的篝火，也只是稍微暖和一下身子。这里潮气逼人，而且阴冷得厉害，没有火没法休息。

缓了片刻，我才逐渐放松下来，心里有些忐忑。文锦递给我吃的，看我的表情就知道我忍不住想问问题，让我想问什么就问什么。

我早就在琢磨了，立即振奋起来，想问她，却发现脑子里很混乱，要问的问题实在是太多了，反倒问不出来。

"没关系，你可以一个一个问，我早就料到会有这样的情形了。"文锦笑吟吟地看着我。

我理了理脑子里的问题，想想哪一个是最主要的。想了片刻，我发现无论从哪里开始问、无论问什么，都有可能导致混乱，我心里的谜题太多，大的、小的，无数个，必须有一个系统的提问方式，于是道："我们还是按照时间来问，如何？"

她点头："没问题。"

我就问她："第一个问题，我最想知道的，可能有点儿贪心，你能告诉我西沙到底是怎么回事吗？"

文锦看了我一下，表情很惊讶："你这个问题太大了。西沙发生了很多的事情，你到底指的是哪件？"

我道："就是你在古墓里失踪之后，到底发生了什么事情。"

文锦静了静，好像没有想到我会一开始就问这个，想了想，忽然叹了口气，道："你竟然想知道这件事情……看来你确实已经知道了不少。这件事情，很难说清楚，你三叔是怎么告诉你的？"

我把三叔之前在医院里和我说的，大致和她说了一遍，然后对她道："他说没有跟你们进入那机关内，所以之后的事情他不知道。你们在古墓里失踪之后，他一直在找你们，但是找了这么多年，一直都没有找到。他还说他一定要找到你们。"

文锦听完，怪怪地笑了笑，顿了顿，才道："这个问题我本来想最后告诉你，因为这里面有一个很关键的前提你必须明白，但是这个前提，我就这么说出来，你是不会相信的。我不知道你现在有没有做好知道事实真相的准备。"

我道："早死早超生，你就是告诉我三叔其实是个女的，我是他生的，我也能信。你就说吧，这两年下来，我已经什么都能信了。"

文锦看上去还是有点儿顾虑，想了想，又问："对这件事情，你自己有什么判断吗？"

我摇头："我什么判断都没有。"

文锦看了看闷油瓶，似乎在和他做一个交流，但是后者没有什么反应。她定了定神，弄了弄头发，似乎是下了一个什么决心，就从背包里掏出一个笔记本。

这是一个新的笔记本，是现代的款式，应该是最近才买的。果然，她还是保持着写笔记的习惯。她翻开笔记本，从里面掏出了一张发黄的老照片。我一看，这张照片再熟悉不过，就是三叔和他们一起出海前拍的那张合影，我不知道看了多少遍，里面每个人的位置，我都能背出来，所以只看了一眼就递了回去，道："我已经看过这张照片了。"

真
相

文锦道："其实，所有的秘密都在这张照片里面。但是这个秘密普通人很难发现，西沙所有的事情都起源于此。秘密其实不复杂，但如果我直接告诉你，你肯定无法接受，我先来告诉你，这张照片中隐藏了什么。"

这时候，我脑子里突地闪过一个念头，难道之前和那批朋友喝酒的时候，他们说的第十一人的事情是真的，这张照片中还藏着那十人之外的一个神秘人？文锦想告诉我这些？

看她的样子，又不像是这么简单，我就不知道她是什么用意了。

文锦把照片重新给我，让我把照片上能念出来的人的名字和位置，都对应一下指给她看。

我看了看，道："我只认识和这件事情比较有关系的几个人，其他人我能知道名字，却不知道是哪一个。"

文锦说："没关系，你念就可以了。"

我首先看到了最吸引我注意力的闷油瓶，道："这就是小哥。"文锦点头，然后指了指一边的一个女孩子。"这就是你。"文锦又点头。"然后，这是三叔。"我指着三叔道。我看了一下文锦，等她点头后继续说下去，但是这一次她一动不动，而是直直地看着我。

我愣了一下：她这是什么意思？文锦把照片拿了过去："你为什么会觉得这个人是你三叔？"

第六章 ● 颠覆

我道："这……这是三叔年轻时候的样子啊。我看过他以前的黑白照片，和这个很像啊！"

文锦就笑道："这个世界上并不是只有照片才会相似，两个有血缘关系的人也可能会相似。"

"啊？"我愣了一下，忽然领悟到了什么，"等等，你这是什么意思？你难道想告诉我，这个人不是我三叔？那他是谁？"

说完，我忽然一惊，以前的碎片一下子在我面前聚拢成了一张脸。

血缘关系！相似容貌！

我恍然大悟："不可能，不可能！"我几乎吼了起来。闷油瓶立即把我按住。我已经没法控制我的声音了，破声道："我的天，我的天！难道这个人是——解连环？"

文锦点头。我毛骨悚然，所有的汗毛都竖了起来，无数的线头开始在我的大脑里结合起来。我的天，我好像明白是怎么一回事了。

"照片的解析度不高，看错是正常的，特别是在你三叔那样说的情况下。"文锦道，"谁都会那样认为。"

"那我的三叔呢？"

文锦道："你三叔当时确实也和我们在一起，但是，他并不在这张照片里，而在这张照片之外。"她立起了照片，指了指照片的前方。

我一看文锦的手势，忽然就明白了，感觉所有的血都冲到头顶：这……这……这是怎么回事？那是照相机的位置。

也就是说，当时三叔在给他们拍照，那——那第十一个人不是别人，竟然是三叔自己？

"可是这不对啊，说不通。这样的出发合影，为什么会让三叔去拍？你们可以让其他比较不重要的人拍啊，比如说解连环就是混进来的，他反而站在这么主要的位置上，而三叔只能拍照？"我问道。

文锦长出了一口气："你还是有悟性的，你应该感到这里的问题了。在你三叔跟你说的版本里，有一些东西，出现了根本性的问题，而且是在最初的时候。"她顿了顿，"我告诉你，其实当时，来托关系找我加入考古队的，不是解连环，而是你的三叔吴三省。"

"啊？"我一下子反应不过来了。

"你仔细考虑一下，你三叔和你说的那些事情，虽然非常顺遂，逻辑上却全是一些很小的破绽。裘德考作为一个经验这么丰富的走私大头，怎么会选择一个没有任何下地经验的解连环，来执行他的计划？他当时在长沙，通过关系能找到的最出色的，也是对海外走私最有兴趣的人，就应该是你的三叔，只有你的三叔会有这种魄力和这种背景这么黑的老狐狸合作。所以，当时与裘德考合作的人，不是解连环，而是你三叔。而裘德考选择吴三省还有另外一个好处，就是我和他当时是男女朋友，可以非常方便地打入考古队，所以，这才是最符合逻辑的。"

我点头，忽然想到三叔也提过这么一句，我当时以为他是在和我抱怨，原来他是在这上面和我玩圈子。

"而当时的解连环，确实是在我的考古队里工作，他是当时学考古的大学生，因为家族的关系，他的父亲把他安排到了我的学校里。这个人并不像你三叔说的那么没用，虽然有一些少爷脾气，但是天分极高，'连环'二字是他父亲在他三岁的时候给他改的名，因为他当时已经可以靠自己的能力解开'九连环'。这个人沉默内向，但是心思非常缜密，成绩也非常好。他进入大学，完全是自己的意愿。"她顿了顿，"你明白了吧，你的三叔，把一切都说反了。"

我一下子无法处理这么复杂的事情，就摆了摆手，心里理了一下：当时裴德考找到了三叔，说了西沙的事情，于是三叔设计加入考古队，去西沙寻找古墓，而解连环和这件事情根本没关系。

"可是，他为什么要反着说？这没有任何理由，他是这样的人我早就知道了。难道他为了保持在我心里的地位，就处心积虑地撒了这么大的谎？这不符合他的性格啊！"

"为什么这么干？你到现在还没明白吗？他把一切都说反了，但是西沙出发之前的事情，并不是一切，他真正想掩饰的，是后面的事情。"

我仔细地回忆三叔说过的整个过程，忽然如掉入了万丈冰渊，浑身的血都冻了起来：一切都说反了，那么，最可怕的就不是这些旁枝末节，而是出事当晚发生的事情！

那么，就不是解连环下水被三叔发现，而是三叔偷偷下水被解连环发现。

解连环可能威胁三叔必须将他带入古墓，否则就告诉文锦一切，三叔之后将他带入古墓，接着就应该是解连环在古墓中触动机关。

一切都毫无破绽地合理起来，所有的事情开始符合人物的资历和性格。

最后的关头，三叔告诉我的版本是，他将解连环留在古墓中，然后他逃了出来，那么，最让我无法想象的局面就产生了。

如果是完全相反，要这一切继续合理下去，那从古墓中出来的，就应该是解连环，而三叔被打昏，留在了古墓里，那么，死在海底的，竟然是三叔自己！

那我现在的三叔又是谁呢？天哪，我不敢再想象下去了。

文锦看着我的表情，才道："你现在终于明白了，你所谓的三叔，根本就不是吴三省，这也是你的三叔绝对不会和你说实话的原因，因为从最开始，一切就已经错了，他在海底已经和别人调了包。"

"可是……可是这怎么可能呢？为什么我的家里人都没有发现？"

"那是因为你三叔这个人性格乖张，十几岁就离群独居，和你家里人几乎很少见面，只要稍微化装一下，对你三叔的品性有一些了解，就可以蒙混过去。我想你也感觉到了，你现在的三叔，和你小时候记忆里的三叔，是完全不同的。"

我的衣服全都湿透了。一个人分别了五六年后突然出现，他的性情或者相貌有变化，别人都是可以接受的，我也感觉到现在的三叔比起以前，秉性要平和得多，他年轻时候简直是无法无天的一个人。

文锦说完之后，我整个人已经完全无法思考，或者说，心中如此多的谜题，如此多的推测，必须要重新想一下，这实在太混乱了。

"可是，三——解连环，他为什么要那么做？他为什么要和我三叔调换身份？"

"这是一个无比复杂的情况，首先可能是因为档案。他从海底古墓回来之后，我们全都消失了，如果他好好地出现在单位里，那他的问题就相当严重，别人会查他，他的背景在长沙太特殊了，一查株连太多，可能会形成巨大的麻烦。而吴三省当时是编外的，档案中没有他的名字，也就没有人知道他和这件事情有关系，所以他们解家权衡利弊，可能选择了这样的办法。同时，他也可以拿到吴三省所有的产业，对当时家道中落的解家也有极大的好处。可是，这一场戏一旦唱起来，就无法结束了。你知道你家的二叔，小时候在长沙就是出了名的刺儿头，绝对招惹不得，要是让他发现弟弟被害死并且调包了，必然会来对付解家，以吴狗爷和你奶奶家的势力，这将是一场腥风血雨。"文锦道，"我一直在暗中注意这件事情，想通过某种方式把这件事情通知你的家里，但是解连环之后表现出来的能力让我极度害怕。这人心思极其缜密，我感觉如果贸然出来说这件事情，反而可能会被反咬一口，所以我只能一直潜伏。"

我捂住脸，心中开始抗拒，感觉这一切肯定不会是真的，道："那么，你们在西沙海底最后到底发生了什么呢？为什么你们会突然消失？还有，为什么古墓的顶上有血字说'吴三省害我'？如果是解连环害了三叔，那么应该是写相反的意思才对！不对，不对，这说不通，你肯定也在骗我！"

文锦看着我，似乎有点儿心疼地抓住我的手，柔声道："小邪，你和他生活了这么多年，我知道你不可能相信这些，所以，我也想过不把这些说出来，但是你对这个谜实在太执着了，即使我现在不说，我想他也不可能瞒下去太久，因为事情到现在这个地步，漏洞已经太多了，他除了不停地骗你，已经没有任何办法来蒙混过关。你现在这个时候再选择不信，已经太晚了。"

我心说我不是不信，而是已经信了，否则心里不会这么不舒服。镇定了一下，我问道："我知道，你继续说吧。我只是发泄一下，有点儿难受。"

文锦把我的手放到她的小手心，拍了拍，我顿时感到一种温暖传递过来。她继续道："接下来的事情，你可能更加无法相信。"

三叔忽然溺毙，被发现的时候，手握着蛇眉铜鱼，显然心怀鬼胎，最后恶果上身。文锦悲恸欲绝，但是后来情况紧急，她不得不继续主持工作，带着人下到海底。

这之后的过程，和"三叔"——也就是解连环之后和我说的基本符合，他大概是因为害怕真正的三叔在海底古墓中留下什么关于他的线索，于是假装身体不适，等他们开始勘探古墓之后，偷偷跟在后面，最后却被阻隔在了奇门遁甲之外。

文锦他们对他来说，就此消失在了古墓中，再也没有出现，所以才会促成了他假扮三叔、交换身份的想法。在被人救起之后，别人问他的名字，他对当时救他的渔夫就使用了"吴三省"这个名字，否则

颠覆

213

之后肯定会露马脚，这显然是经过了深思熟虑的。文锦说解连环心思缜密，确实不假。

而文锦他们一路深入，最后到达了放置云顶天宫烫样的那座殿内，却被一个酷似三叔的人迷晕了，这又是怎么回事呢？

文锦道："说出来，你可能更加无法相信。"我心说已经到这种地步了，其实已经没有什么所谓信不信了，让她不用顾及我的感受。

文锦道："当时迷晕我们的人，并不是酷似你三叔的人，恰恰就是你的三叔。"

东一个三叔，西一个三叔的，真假三叔我有点儿搞不清楚了，就对她道："我们不如用本名来说。你的意思是，迷晕你们的，确实就是吴三省。但是他的尸体不是被发现了吗？"

"我们弄错了。我们在海里发现的尸体，并不是吴三省，那应该就是裘德考第一批雇用的人中的一个。这批人失败了，但是带出了古墓详细的地图，所以裘德考才能提供如此好的资料。那具尸体的脸已经被礁石撞烂，而且已经泡肿，加上他身上的潜水服，和吴三省从裘德考那里得到的潜水服是一个样子，我们才认定他就是吴三省。其实当时我也有点儿怀疑，但是我没有认这种尸体的经验，而且那潜水服款式很奇特，这个说服力太大了。"

"那么，按照小哥当时回忆起来的，你们第一次看到他的时候，他先是装成女人，而后又躲着你们，逃进了镜子后的洞里，迷晕了你们。他为什么要这么做呢？"

"因为他以为解连环已经把一切都告诉了我。"文锦道，"他以为我是进来找他兴师问罪的。如果单是我一个人还好说，可是考古队所有的人都下来了，显然他认为他的事情已经完全暴露了，这在当时是极其严重的犯罪。那么，我作为领队，不可能在这么多人面前偏袒他，他必须自己采取措施又不连累我，于是他决定迷晕我们，然后再作打算。"

"这样，就发生了最后的那一幕。"我接着道，"这确实说得通。可是，那些血字是怎么回事？"

"那些血字是你的问题，是你自己理解错了。"文锦道，"你想想，那些字到底是怎么排列的？"

我心说：这也可能会理解错？那么明白，我就用手蘸了点儿水壶里的水，在一边的石壁上，按照记忆把那些字写了下来。

吴害解
三我连
省死环
不
瞑
目

一看我就愣了，顿时明白是怎么回事了："天哪，我把顺序搞反了！"

做拓本做得太久了，拓本上一切是反的，所有的竖排文章我都反着看，都是习惯从左往右读，但这是两边都可以读的，而且意思完全相反。

我心里骂了一声，三叔的文化水平果然不高，假道学，旁门左道精通，写起文章来根本不用脑子，这种血书简直让人吐血。

"现在你不怀疑了吧？"文锦道。

我尴尬地点头："接着呢？"

她脸色就变了，道："之后的事情，我到现在还无法理解。因为，等我们醒过来的时候，我们已经不在海底墓穴中了，而是在一间地下室里，一间很古旧的，好像五六十年代三防洞一样的地下室，里面有一具黑色的石棺。我们能看到地下室的出口，但是出口被封死了，我们怎么也打不开，而且看手表上的日期，已经是我们昏迷之后一个多星期了。"

"那是在格尔木的那个疗养院？"我道。

她点头，顿了顿，道："我们少了几个人，起灵已经不在了，另外几个都被困在了那里，而且，我们发现我们被人监视着。"

颠覆

215

第七章 ● 囚禁

文锦被三叔迷晕之后的记忆，一片空白，他们醒过来的时候，已
经在格尔木的疗养院里。

听到这里我已经非常迷糊了。这也太玄了，显然有人在他们昏迷
的时候把他们绑架了过来，关在那里。

按照文锦的说法推测下去，三叔迷晕他们之后，会把文锦弄醒，
然后解释一下，再商量对策。但是文锦没有醒来，显然当时他们昏迷
之后，又出现了变故。

"吴三省不在你们当中？"

文锦摇头。我道："那倒奇怪了，是谁绑架了你们？"

"是'它'。"她幽幽道。

我一直对这个很疑惑，于是问文锦："'它'到底是什么？"

文锦说的话多了，喝了一口水，缓缓摇头道："我无法来形容，
这是我们在研究整件事情的时候发现的。怎么说呢，'它'可以说是
一种'力量'。"

"'力量'？"我皱起眉头。

"我们生还之后，在那间黑屋子里，对整件事情进行了从头到尾的推测，但是，有很多的环节，我们都无法连接起来。最后，我们就发现，在整件事情当中，在很多地方，可以发现少了一人。"文锦把头发拢到耳后，"也就是说，这件事若要发生，光这么几个人肯定是不够的，但是这件事情发生了，好似有一个隐形的人，在填补这些环节。而且，我们越研究就越发现，这个人肯定存在，但是到现在为止，他一点儿马脚也没有露出来，简直就好像是没有形状的，他只存在于逻辑上。"

她正色道："我们就把这个人，称呼为'它'。也就是说，除了裴德考、解连环以及我们之外，还有一股势力，在插手这件事情。这股势力埋藏得最深，几乎没有露过面，但是它的力量却实实在在地推动着事情的进程，这让我毛骨悚然。"

我听着也有点儿发凉，就问道："你能举个例子吗？"

文锦道："战国帛书的解码方式，真的是裴德考解开的吗？他一个老外能解开这么复杂的东西，可能吗？而且，他是从哪里知道海底古墓的存在的？如果没有人告诉他这些信息，他就不会来中国，不会去收买你三叔，也不会到现在还在执着于一个谁也不知道的目标。这就是第一个逻辑的缺口。还有——"

文锦坐直了身子，挺胸拢起自己的头发，我看到她是瓜子脸。

"我们所有的人，好像都违背了衰老的规律，这么多年过去了，我们一直没有老。"她的姿势真好看，我看得几乎呆住了。她却立即放下来，甩了甩头，道："在我们昏迷之后，肯定有人对我们的身体做了什么手脚。"

我道："那这是好事。这种事情，很多人都梦想着出现呢！"

文锦凄凉地摇头道："梦想？你还记不记得你在格尔木地下室里碰到的那东西？"

我心说：我怎么可能会忘记？便点了点头。

"那就是我们最终的样子。"文锦道，"你看到的那个，她就是霍玲。"

我一个激灵："什么？那怪物是霍玲？"我突然感到一阵恶心。

文锦道："她从塔木陀回来之后，就开始变了，变成了一只妖怪。"

"这……"

"这种保持青春的效果是有副作用的。"她看着我，伸出了她的手，让我去闻。我一下子就闻到了一股淡淡的非常熟悉的香味——禁婆的味道。"到了一定的时候，我们就会开始变化，而我的体内，这种变化已经开始了，不久之后，我就会变得和你看到的妖怪一模一样。"

"这怎么可能？"我看着文锦，摇头表示无法理解。文锦身上的香味，确实就是禁婆的味道没错，但是要说她很快就会变成禁婆，这也太不可思议了。

"你没法接受，我也不怪你。"文锦幽幽地叹了口气，"当初我们发现这一点的时候，也无法相信。"

我还是摇头，这时候完全无法思考，只觉得一切都乱得离谱。如果之前我所整理出来的东西全都是事件的碎片，那文锦给我的这些信息好比一只大锤，将这些碎片全都敲成了粉末，现在连任何拼接的可能都没有了。

"那个'它'对你们做了手脚，使得你们无法变老，却会使你们变成那种……那种……怪物？"

文锦点头："按照我的经验，从身体内部开始变化，到完全变成那东西，只有半年时间，我们称为'尸化'。第一个尸化的，是一个女孩，当时我们看着她一点儿一点儿变成那种样子，实在太恐怖了。这种感觉就好像，你的身体省略了'死亡'这个步骤，直接从'活人'变成了'尸体'。"

"可这到底是怎么产生的呢？"我问，"有没有办法可以治？"

文锦摇头："'尸化'发生的时间完全没有规律，唯一的信号就是这种气味，我们推测这种奇怪的变化，可能和西沙下的那个古墓有关。当时第一个想法，是否这是一种古老的疾病，一直被封闭在这座古墓中，我们受到了传染，后来研究了之后发现不是。但是，这种现象肯定和汪藏海有关。"

"这就是你们研究汪藏海的原因？"

她默默地点了点头。

他们在格尔木的地下室里被困了相当长的时间，逃出去的过程相当复杂，文锦虽然也对我简要地叙述了，但这是另外一个故事，这里就不长篇赘述了。

逃出之后，一开始他们遭到了一群陌生人的追捕。他们无路可去，经过了一番颠沛流离，他们重新潜到了疗养院，却发现人去楼空，疗养院里所有的东西都被搬空了，他们什么资料都没有发现，根本不知道到底是谁囚禁了他们，又是出于什么目的。为了逃避这股莫名的力量，他们决定反思维而行，选择了这个被废弃的疗养院作为藏身之所，一边调查汪藏海的历史，一边躲避那批人的追查。

之后便有了后面的事情。

说到这里，我就问她："那么，你们认为，在这个鬼地方，有什么办法可以治疗这种'尸化'？"

"我们根据大量的细节推测，汪藏海追查的是战国帛书中记载的一种关于成仙的技术，但是显然，他从古籍中复活的这种技术并不成熟，我们可能成为这种不成熟的东西的实验品，虽然我们可以永葆青春，但是效果很不稳定，最终都会变成怪物。"文锦道，"汪藏海这一生追求的必然是完善这种技术的方法，我想这里是他的最后一站，战国帛书中的记载来自这里，那么这里是最有可能的地方。但是在这件事情上，我和霍玲发生了分歧，那一次她自己带人进入了这里，而我选择了等待。我一开始以为她死了，没想到过了几个月她竟然回来了。显然她没有成功，当时她的尸化已经开始，她开始健忘，开始情绪失控，新陈代谢越来越快，最后还是变成了那个样子。整支考古队只剩下了我一个人，等待着未知的命运。

"我本来想一直隐藏下去，但是在一个月前，我终于闻到了我身上发出的味道，知道最后的宿命到来了，我必须把这一切做一个了结，跟你的三叔、裘德考背后的那个'它'。"

"可是，这些和我有什么关系？"我想起来，问道，"为什么你要寄录像带给我？"

"寄录像带给你的，不是我。"文锦正色道，"这又是一个缺失的环节。我看到你出现在队伍中时，相当惊讶，所以让定主卓玛把你也叫上了。从你的出现，我就推断出'它'已经渗入了我的计划中，所以我向你们提出了警告。'它'把本来我要发给裘德考的那盘带子，寄给了你。"

"'它'为什么要这么做？"

"我不清楚，也许'它'并不希望裘德考成行，'它'希望有一支由起灵、解连环和你组成的比较单纯的队伍。我也只能这么推测。不过，这一次解连环用了非常厉害的计谋，阴差阳错地使得我的计划还是成行了。'它'一定也在判断，我到底是这么多人中的哪一个。"

我揉了揉脸，感觉思路稍微清晰了，问道："那你到尸化，还有多少时间？我们还来得及吗？"

她握着我的手道："你别担心我。已经到了这里，我接受命运的一切安排，不管是好是坏。反正，这里就是我的终点，也是起灵的终点，更是解连环的终点，你要考虑的是你自己。"

我看着他们，心说：你们都不出去了，这怎么可以？这时，就听到我们做的屏障外，忽然有人轻轻地敲了敲石头，一人咳嗽道："里面是不是有人？"

我立即警觉起来，闷油瓶靠过去。我道："小心，可能是蛇，这里的蛇会说人话！"

外面那声音立即道："是不是太天真？"

闷油瓶让我放心，蛇不会和你对话，说着，撤掉屏障，我立即就看到一张满是淤泥的脸，原来是胖子。再一看，他后面还有好几个人，都是三叔的伙计，其中还有那个"黑眼镜"。

胖子一脸的淤泥，道："你果然在这儿。咦，小哥，你也在？

哎，逮住了？"

我心说，你别发出那么多象声词了。胖子问我是怎么回事，我说我这里事情真是长了，还是问他们怎么了，怎么找到我们的，我三叔呢？

胖子"哎"了一声，道："我们看到有一条缝隙里塞着个奶罩，我靠，这真是塔木陀奇景，我们撞了进去就发现了里面的缝隙和淤泥，我教他们保护自己，不过你三叔没赶上，被咬了，第一时间打了血清，在我们后面。我们听到有说话声就来看看，还以为是那些蛇。"

虽说文锦说三叔是解连环假扮的，但是一到情急之处，我还是丝毫没有感觉他是假的。

我回头看了一眼文锦，心说你打算怎么办。文锦朝我点了点头："走，去看看。"

后面几个伙计都不认识文锦，问我这女的是谁。

我道："这是三爷的相好。"胖子立即道："叫大姐头。"

那几个人也吓蒙了，还真听胖子话，立即叫。文锦瞟了我一眼，让我少废话。

他们就在不远处的一个蓄水池里。这个蓄水池更大，而且几乎没有什么岔口，同样长满了树根一样的菌丝。这一次，人起码少了一半，全都面如土色。文锦教他们堵住唯一的口子。我觉得奇怪，难道这个蓄水池已经是这个蓄水系统的终点了？

我去看三叔，看到他的脖子和胳膊上都有血孔，脸色发青，神志有点儿模糊。

"咬死了三个人后才咬的他，毒液干了，但还是烈。"照顾他的人道。

三叔微微睁开了眼睛。我发现他颤抖了一下，应该是看到了文锦，又看了看我，什么话也说不出来。

我心中发酸，看着他的脸，根本无法想象他会是解连环。我懂事之后都是和他相处的，即使他本身是解连环，我脑海里大部分对三叔的印象都是来自他，这一切也没法改变。

文锦走了过来，坐到他的边上，看着他，也不说话，两个人就这么看着。三叔忽然吃力地朝她伸出了手。

文锦握了上去，轻声道："小邪都知道了，你不用瞒了，我们都不怪你。"

他动了动嘴巴。我看到他的眼泪一下子泉涌而出，看了看我，看了看文锦，竭力想说话。

文锦也有些动容，凑了过去，耳朵贴着他的嘴巴，听完后紧紧握住他的手："我知道了，你归队了，这不是你的错。"

他看向我，我也握住他的手，不知道应该说什么。这里的事情发生得太快了，昨天我还在和他聊天，三叔长，三叔短，现在竟然成了这个样子，想着不由得就叫了一声："三叔。"

听到我叫他"三叔"，他忽然激动起来，动了一下，慢慢失去了知觉。我以为他不行了，立即叫人。旁边那人过来看了看，道："放心，只是昏过去了。"

我长出一口气，这时候就听到背后有人叫："这里有道石门！"

我们过去看，三叔的几个伙计，发现在这个蓄水池的底部有一块石板，上面有两个铁环。

他们吆喝着，用力去拉铁环，将石板抬了起来，发现下面压着一个洞。

"黑眼镜"和闷油瓶下去探路，不久便返回。"黑眼镜"说下面别有洞天，不是人工开凿的，像是一个溶洞，四周有很多的石门，好像是在开凿这里的蓄水系统时被发现利用了起来。里面空气清新，没有蛇的踪迹，好像还能通到其他地方去。

我们来时的道路上可能布满了蛇，从原路返回至少也要等到天黑，也许这下面有路可以出去，胖子说要不下去看看。

一听好像没有蛇，这里的人都要下去，我对他们说情况还不明了，不要一窝蜂地全都下去，现在我们待的地方还是比较安全的，下面可能有机关陷阱，到时候比蛇咬还惨。

这么一说又没人肯下去，最后还是我们几个决定先下去看看，其他的人都是乌合之众，下去也帮不上什么忙，就留下来照顾伤者，等我们回来。

闷油瓶和"黑眼镜"再次下去，接着是我和胖子，紧跟着是文锦。

下面是一个环形的巨大岩洞，用矿灯照一圈，可以看到很多的石门。胖子甩下绳子就往一边走去，道："哟嗬，真的是别有洞天！"

第九章 ● 记号的终点

　　我赶紧把胖子拉住，转头看了看文锦，她正和一个伙计忙着解开从绳梯上送下来的装备，没有注意到胖子的举动。

　　我就问那伙计："你下来干什么？不去照顾我三叔？"

　　他咧开嘴巴笑道："三爷有人照顾，我下来看看有什么可以帮忙的。"

　　我看他的表情，感觉有点儿不对，心说不妙，这批王八羔子是一群乌合之众，乌合之众最擅长的就是有危险作鸟兽散，有好处就窝里反，这家伙的表情似乎有什么企图。

　　很快，又有三个人爬了下来，看着这巨大的环形墓室，他们的眼睛里都冒出火来了。三叔在临行前骗过他们，说这里如何如何肥斗，一路过来被吓破了胆，但是一看到墓室就什么都忘了，虽然全是新手散盗，但是盗墓贼就是盗墓贼，对古墓的贪念比我们更甚。文锦从绳梯上爬下来，看到这样的情况，也面有不善，对我轻声说："让他们去吧！这些人都是亡命之徒，对你'三叔'只是表面客气，冲的只是财物。他们都有武器，和他们闹翻了对我们非常不利，反正要是有摸到的东西，就给他们，我们现在也不能阻止他们。"

我一想也是，"三叔"现在行动不便，就算他能威慑这些人，现在也没办法。我一个小三爷，到了这批人嘴巴里，叫起来就没有一点儿尊重的感觉，完全成了调侃，一点儿也奈何不了他们。想想以前我在长沙风光的样子，确实都是沾了我"三叔"的光。

我心里有点儿郁闷，如今反而是我们受制于人，我预感到这些人可能会坏我们的大事。

胖子对这些人非常敏感，已经紧张了起来，握紧手里的猎枪，对我们使眼色，让我们走快点儿，摆脱他们。

一路过来这么多危险，到了最后我发现最大的威胁竟然来自自己人，这真是莫大的讽刺。而且这些人要财也就罢了，如果心黑点儿，甚至可能要了我们的命。对他们来说，这辈子也没富贵过，什么道义、什么积德都是屁话，这实在是一个巨大的后顾之忧。

闷油瓶也带着装备，顺着绳梯下来，我们不再理会那些人，开始摸索着向前走。"非"字形的甬道很快就到底了，我们面前出现了一个溶洞，甬道的尽头有阶梯，顺着溶洞的壁盘旋而下。

矿灯在这里就不够用了，"三叔"他们有着大量备用装备，胖子立即打起了照明弹。

"三叔"装备了好几种照明弹，胖子用的是低空照明弹，这种是洞穴专用的，射程不远，火球飞入黑暗中不久就绽放开来，洞穴被照得雪亮。胖子又打了两发，把四周的死角也照亮。这有点儿奢侈，不过我们从来就没有装备这么充足过，反正也到了最后的关头，不用白不用。

胖子丢下弹壳，还要装弹打一发，文锦把他按住："家底再厚也不是你这么用的，而且已经够亮了，再亮反而看不见了，小心把我们眼睛烧坏。"

胖子这才作罢。我们等最闪的那一阶段过去，光线收缩，四周的情形才清晰地显现出来。

这确实是塔木陀城底最深的地方了，岩洞也不是天然形成的，而是被人开挖出来的，上面还有很高，看不清楚岩洞的顶部，却能看到岩洞的四周如体育场的座位一样被人修成了一阶一阶的，每一阶上面全是黑色的一具具造型臃肿的雕像，密密麻麻，一圈又一圈，没有一处是空的。

这些雕像因为是黑色的，仍旧看不清楚细节，我感觉在这里从没见过。难道是秘密雕像，或是皇族特有的图腾，外人不能看见，也不得拥有？

我想起了云顶天宫的藏尸阁，也是这样的格局，就感觉这些雕像也许不是石头的，可能是特殊处理过的尸体。这里或许是皇族的藏尸洞，地位不高的皇族就葬在这里自然阴干。

照明弹越落越低，底下有人工活动的痕迹。我看到有一只石头圆盘放在最下面，四周是好几十只造型奇特、大小不一的青铜器皿，一切都十分简陋。看四壁山岩，再没有明显可以继续前进的地方，我们确实已经走到了路途的尽头，所有的谜团，应该在这个地方可以解开。

胖子看得惊叹不已，说这里有多深，实在说不出来，王母族不如被称呼为鼹鼠族好了，真是太嗜好挖洞了，竟然在皇城底下挖出这么深的一个地方，目的何在呢？

文锦说："这里可能是王母国的圣地，西王母的皇族进行秘密活动的场所。他们可能在这里举行某些极度机密的仪式，或者进行某种宗教的修炼。"

胖子道："这个圣地太破烂了，实在让人失望，这些王母族人也是缺心眼。这些青铜器是什么，还有这些石雕，雕的是……我的天！小三爷，你看这些石雕都是什么东西？"

胖子一惊一乍的，我被他吓了一跳。此时照明弹落到了地上，还在燃烧，但是照明范围已经大幅度减小。我举起矿灯去照，仔细一看，几乎大叫出来，原来这些围在洞穴壁上的"石雕"，根本不是石雕，而是成排的玉俑！

我不住地倒吸冷气，七星鲁王宫里的记忆如潮水一般涌了出来，同时闷油瓶也发出了一声呻吟，显然是受到了极大的刺激，眉头紧锁起来。

果然，这几个地点都是有联系的。这里竟然会出现如此多的玉俑，难道每具里面，都有一个活尸吗？

胖子胆子大，立即扒着墙壁趴到一处阶梯上。我怕他闯祸，一把把他拉住，对他道："要到下面去看最底层，不需要费力气。"

我们收敛心神，快速顺着石头台阶往下。到了最后一阶，胖子跳上去，来到一具玉俑前，用矿灯一照，就照出了里面的尸体，是完全干化的干尸，因为缝隙太细，看不清楚细节，一具一具照过来，每具玉俑内都有。

"看来，大姐头说得没错，这里真的可能是他们修炼的地方。"胖子道，"这批干巴巴的东西，难道就是中国神话里西王母座下的众仙？这也差得太远了吧？"

"不过这些玉俑和鲁王宫里的有点儿不同。"我道，"鲁王宫里的玉俑，里面的尸体还是活的，这些好像都已经成干尸了。"

"那是因为时间。这个岩洞应该是在西王母国鼎盛的时候挖掘的，那应该是在五千年前。经历了如此长的岁月，再有水分的东西也被风干了。"

胖子用手去抚摸黑色的玉俑外壳，闷油瓶抓住他的手，让他小心。我道："这东西少碰为妙。小哥当时不是说过，如果时间不对，玉俑脱壳后就非同小可。"

胖子郁闷道："我就是摸摸，让我留点儿回忆行不？"

我说你别身体一好就忘了伤痛，心里明白说了也没用，就不再理他。一边的文锦已经被其他的东西吸引，往全是青铜器皿的地方走去。

我跟了上去，惊讶地发现这些青铜器巨大无比，站在下面看，比我还高，而且造型奇特，我一只也叫不出来名称。不过，每只青铜器显然都有自己的作用，我看到上面惊人的腐朽，使用的痕迹明显，显然这里不是一个用来摆设的地方。如果这个洞窟是当年的西王母族用来修炼或者进行宗教仪式的地方，那这些东西应该和修炼及宗教仪式也有关系。

这时候就听文锦喃喃道："天哪，这里是西王母的炼丹室，竟然真的存在。"

第十章 • 炼丹室

　　我朝她看去，见她已经走到了最中心那巨大石磨一样的石盘边上。我们也靠过去，就看到那是一只石头星盘，上面全是星罗棋布的小点，代表着天上的繁星，而每个小点，都是由一颗墨绿色的丑陋小石头表示的。

　　这就是"三叔"以前给我看的丹药，这里竟然有这么多。

　　"这是什么？长生不老药吗？"身后传来一个陌生的声音，伴随着一声口哨。我们回头一看，原来那个"拖把"带着几个伙计已经尾随我们而来。

　　我立即觉得头大，摇头道："这是吃了立即会挂的剧毒。绝对不能动这些丹药，剧毒无比。"

　　"当然不会去吃它喽，只是看看不成吗？"

　　"不成。"我道，"这里什么都不能碰。"

　　那几个人很有兴趣，听我这么说，悻悻然就嘀咕了几句。一个人就点起了烟，道："你算什么东西！这么多规矩。"言语中已经没有之前的客气了。

我假装没听见。这时候四周燃烧着的照明弹逐个熄灭了，胖子又打起了两个，抬头看了一下，忽然大呼小叫起来。

我们全都抬头看去，只见照明弹在最高处，就照出在这个山洞的顶上，有好几条铁链悬挂着什么东西，十几条铁链呈发散的形状，犹如一张蜘蛛网，一边镶嵌在石头里，一边连在那个东西上，那东西黑漆漆的，好像是一只巨大的黑球。

照明弹随即落下，山洞上方又陷入了黑暗之中。

"那是什么玩意儿？"旁边有人惊讶地自言自语。

"这是悬空炉。"文锦惊道，"天哪，这个洞，肯定就是大风水万山龙母的穴眼。这是炼丹的最高境界，丹炉不着地，尽收整条龙脉的精华。"

胖子换上高空信号弹，道："看个清楚。"又是一发，这一次照明弹竟然打在了那黑球边缘，炸起来，一下子看得无比清晰。只见上面果然是一只雕花的青铜球状器皿，比这里任何一只青铜器都要大三倍以上，从下面看上去，和那些铁链连在一起，犹如伺伏在蜘蛛网中心的巨大狼蛛。

文锦立即让胖子不要再发射了，说丹炉之内不知道会不会有易燃的东西，等一下引起爆炸，我们等于被轰炸机轰炸，这里的人一个也别想活。

胖子叹气道："可惜没法上去看看，不然也许长生不老药就在上面。咱们吃个一打，也直接上月亮上去。不知道嫦娥最近混得怎么样。"

我拍了一下胖子，叹气道："你终于露出马脚了，天蓬元帅，难怪我看你的体形这么面熟。"

胖子刚想抗议，忽然听到一边的文锦喝了一声："你们干什么？"

我们立即回头，就看到那几个下来的人在那石盘边上，一个人按住了文锦，不让她过来阻止，另一个人戴着手套，就去拿石盘上的丹药，还道："不要紧张，大姐头，老子也是行家里手，可不比你那几个相好差。"

我大惊失色，大骂一声："你们几个混账，想找死吗？"立即就有人掏出了枪来对准我们。身边的闷油瓶和胖子马上护住我，让我不要激动。那举枪的人就对胖子努了努嘴巴："把枪丢掉。"胖子骂了一声，把枪丢在地上。

那拿丹药的人笑起来："小三爷，你还真以为你是爷啊？时代变了，现在人不讲辈分了。"

说着，他就挖出了一颗丹药，用手电照着，仔细去看。我身边闷油瓶的脸色却变了，我听到他轻叫了一声："完了！"

话音未落，那石盘忽然失去了平衡，朝一边歪了一下，接着，四周一片寂静。

那几个人也吓了一跳，所有人都不敢动了，全都定在了那里，等待着事态的变化。

等了一会儿，什么都没发生，我们面面相觑。胖子道："这石头没放稳当？"

闷油瓶的脸色却更加苍白，他不去看那石磨盘，而是把目光投向了四周的玉俑。接着，我们就清晰地听到玉俑之中"哗啦"一声，立即循声看去，发现一具玉俑身上的俑片竟然散了开来，似乎是穿着俑片的金丝一下子被抽离了，俑片立刻没了形状，散落下来，露出了里面的古尸。那是一具狰狞无比的马脸古尸，完全干化了，但我一看那脸，就发现和我在云顶天宫看到的一模一样！

接着，这具古尸四面的四具古尸身上的俑片也一下子脱落了，接着，好像多米诺骨牌一样，一具接着一具，"哗啦、哗啦"声连绵不绝，越来越响，越来越多，整个洞穴的玉俑全部开始散架，露出了里面干枯的古尸。

我顿时目瞪口呆，听说玉俑脱落之后，尸体立即尸变，这事情就大发了，想着立即大叫："快退出去！"

还没说完，就听到洞口处一连串机关锁动的声音，来时的石门闸已经落下，封住了我们的去路。

第十一章 ● 机关

这石盘之下设置了一个平衡陷阱，所有的星图星点上的丹药重量都是经过精确计算的，拿的顺序必须严格地遵守，按照固定的顺序去取丹药，才不会触动机关，否则平衡立即被破坏，机关倾倒牵拉机括，引起连锁反应，四周的玉俑立即脱落，血尸尸变。

这里可以说是王母族最重要的圣地，如果这里被侵入，相当于皇族最核心的机密有暴露的危险，所以设置了如此可怕的机关，完全是为了同归于尽。

我们现在的处境可以说是极端绝望，来时的洞口现在已经封住了，所有人都被困在岩洞底部的这片区域内。

三叔的那几个伙计已经吓瘫了，不要说他们，就是胖子和闷油瓶也失了血色。这种阵势可能连我爷爷都没见识过，他的笔记上也没写要是碰上一千只粽子同时尸变，应该怎么来管理和运营。不知道倒斗这行有没有EMBA读。

当下，在干尸群中，突然发出了一连串"咯咯咯咯"的声音，接着又是一处，很快到处都是这种声音。同时我看到这些干尸身上的干皮不停地脱落，似乎真的要起尸了。

那"拖把"看向我们，大吼了一声："你们在干什么，还不想想办法？怎么办？"

胖子骂了一声，捡起地上的枪，道："怎么办？咱们现在可以比比看谁活得久一点儿。"

"你放屁！老子可不想死，快给我想办法，不然我毙了你。"那人把枪指过来。

胖子检查了一下子弹："你可以投降看看，不过可能不管用。这里这么深，上帝要过来可能也没那么容易。"说完就朝血尸靠过去，抬手开枪，把最近的几具干尸打得趔趄了一下。那干尸身上的干皮被轰掉，我们就看到了里面青紫色的尸皮，子弹打上去只能打出一个豁口来。

我看得出胖子已经释然了，虽然还是感到恐惧，但是他心里已经接受了死亡。

他连开了三枪，那些伙计才反应过来，立即帮忙，先下手为强，能活一分钟是一分钟。

胖子一边换子弹一边走到我身边，掏出信号弹给我，对我道："保持照明，不要射上面，射到它们脸上去！"

"上面？"我抬头看了看头顶，忽然有了灵感，想起了爷爷笔记里刚开始讲述的故事。他是怎么说的？

爷爷当时第一个反应就是，这血尸不会上树！

不会上树，那就更不会上墙了，攀岩就更不会了，我想到这里，立即对他们道："我们得想办法上去！到悬空炉上边去，他们既然能把炉子修得这么高，而且四周没有阶梯，那肯定有其他办法可以上。"

顿时大家都感觉有了一线生机，所有人立即行动了起来。胖子大叫："不要乱，有枪的做好防守争取时间，没枪的去找！"

我立刻冲向边上的一个青铜器，这些东西都有一人高，爬上去之后看得清楚。

但是上去一看，我一下子就发现不对，要是有任何可以上去的办法，我们之前肯定可以看到了，而且我知道一般古人的设计理念是人不动而形动，这个悬空炉可能不是修在上面的，而是被吊上去的，任何的操作都要在下面进行。那样我们是不可能上去的，因为这炉子下来之后我们没有力气把它再拉上去。

不过我站在这个青铜器上，发现我们不一定要爬得这么高，只要爬到那血尸够不到的地方就行了，那这青铜器足够了。

想到这里我立即大叫，几个人马上反应过来，都往我站的青铜器上爬。

很快所有人都爬了上来。阶梯上，更多的血尸开始站了起来。我一看，发现不对：这些尸体非常魁梧，这高度还不够，但是没有更高的青铜器了。

居高临下的射击，只能暂时缓住几只血尸的靠近。矿灯照出去，我们就看到好几只怪脸已经离我们很近了，而矿灯没照到的地方更是不能想象。

就在我们几乎绝望之际，胖子大叫："伙计们，要拼命了！"说着抖出了几根雷管，叫道，"我冲过去，一路扔炸药，炸出一条血路来，你们在四周掩护，我们就往前冲。"

我一看大叫："这玩意儿你从哪儿弄来的？"

"上回我不是说过，没炸药我再也不下斗了。"胖子大叫道，"老子的私藏。"

我一看，虽然这方法等于自杀，但是总算也有一线生机，大吼了一声："拼了！"

胖子大叫道："只有四根雷管，距离这么远，所有人必须跟上，有一秒落下就救不了了！"

说着拔掉引信，甩出了第一根雷管。我看着冒烟的雷管甩入尸群，立即一蹲，顿时一声巨响，冲击波把几具血尸都掀了起来。我们低头让过炸飞的碎石和碎片，青铜炉被打得坑坑洼洼，当当作响，抬头一看，果然前面炸出了一个口子。

胖子跳下去，立即丢出第二根雷管，大叫："冲啊！"

我们立即跳下青铜炉，那一瞬间，爆炸又起。这一下没有青铜炉作掩护，碎石头如子弹一样朝我们飞来。我们几个立即给掀飞，但是也顾不得剧痛，胖子跳起来又是一根雷管甩出去，有枪的人朝向四周，立即开枪把拥过来的血尸打下去。

我们继续不要命地往前跑。简直和战争片一样，又是一记爆炸，我们扑倒在地，等气浪飞过，再次狂奔，所有人的耳朵都被震得嗡嗡响。

胖子大吼一声："最后一根了，冲啊！"

说着雷管甩出，就往石门处扔去。这一根一定要炸开石门，否则我们就白干了。

我们一边死命往前冲，一边猫腰等气浪冲来。可是几乎冲到了，那雷管却没有爆炸。冲在前面的胖子，立马停下来，回头大叫："不好意思，判断失误！臭弹！"

身边的血尸立即围了过来，空气中充满了火药和血尸特有的那种辛辣的气味。我们围起来，围了一个圈。我大叫："用枪，打那根雷管！"

胖子道："被挡住了，看不见！"

只见闷油瓶猛地跳了起来，踩着胖子的肩膀，用力一蹬，就飞了起来，双膝凌空一压，一下卡住一具血尸的脑袋，用力一拧，就把它的脑袋拧了下来，然后用力一脚把无头血尸踢进尸堆里。那无头血尸翻倒在尸群里，被后面的尸群托住成了一个斜坡。他一脚踩上去，把那些血尸全部踹倒，露出了后面的雷管。

胖子动作非常快，甩手就是一枪，那雷管顿时就爆炸了。我们此时离雷管十分近，这一下就中了实招，所有人都被炸飞了出去。

我头晕目眩，爬起来就呕吐，咬牙不让自己晕过去，站起来一看，只见石门竟然没破，上面被炸出了大口子，仔细一看，才发现石门里面竟然镶着青铜！

完了！我爬起来，看着四周的血尸，心说彻底完了，还没站稳，身后突然一声暮鼓晨钟般的巨响，整个洞穴都震了起来，把我们全部震翻在地，四周的古尸也大面积地翻倒。我回头一看，只见刚才看到的巨大的悬空炉因为炸药引起震动，悬挂的铁链终于断裂，从洞穴顶上掉了下来，狠狠地摔进洞穴底部。巨大的重量竟然把洞穴底部砸出了一个大洞，炉身深深嵌了进去——这洞穴底部好似还有空间。

丹炉的蜂鸣声让我耳内发麻，一边的尸群围绕过来，我们有好几个人都站不起来。闷油瓶大叫："退回去！我来引开它们。"

我们看来路因为一路炸过来，血尸还没有完全聚集起来，只得重新退回去。闷油瓶对胖子大叫："刀！"

胖子一边开枪，一边甩出一把匕首，闷油瓶凌空接住，一刀划开自己的手心，对着那些血尸一伸，那些血尸顿时好像被他吸引一样，全都转向了他。他离开我们，就往上走。那些血尸不知道为什么，立即就跟了过去。

我们就趁着这一间隙，迅速往底部退去。我大叫："你怎么办？"

闷油瓶没理我，胖子拉着我就往后退。等我们退到底部，闷油瓶已经淹没在血尸群里，连影子也看不到了。那"拖把"道："兄弟，够义气！"

我抢过他的枪大骂："够义气个屁！"就想冲回去，心说怎么可能让他牺牲掉！胖子将我拉住，对着那边大叫："小哥，我们到了！"

忽然，我看到闷油瓶从血尸群里翻了出去，犹如天神一般，踩着一边几乎垂直的岩壁竟然蹬了上去，然后一纵跳出了包围圈，借着冲击力就地一滚，就翻到了一处血尸稀疏的地方，接着就看见他几乎是猫腰贴着地面在跳，从血尸之间迅速穿过，瞬间就退到丹炉边上。

三叔的几个伙计都看呆了。闷油瓶翻过来之后，对我们道："这些血尸还没有见血，关节还硬，不像在鲁王宫那只是浸在血里的，否则我们一个也跑不了。别发呆，看看哪里可以跑。"

我们这才反应过来，看到丹炉深陷入底下的空洞中，四周全是裂缝，通往地下，下面果然还有空间，入口应该是被那石盘压住了，我们没有发现。

此时没有选择，我们趴到丹炉上，手挂住它身上的纹路就往下攀爬。

这底下是一个只有半人高的夹层，蹲着都抬不起头来，下面全是碎石。我们下去之后，立即摸起石头，将那缝隙堵住，直到堵到一点儿缝隙也看不见，我们才松了一口气，全部瘫倒在地。我的耳朵几乎听不到声音了，只觉得天旋地转。

文锦立即撕下衣服给闷油瓶止血。

胖子用手电观察四周，发现这只是一个很小的石腔，而且同样是人工凿出来的，只有六七平方米，丹炉砸在里面就显得更加狭小，根本不能活动开手脚。

"现在怎么办？那些东西会不会散开？"有一个伙计问。

"一般情况下，有太阳就能把它们晒倒，不过这里是没什么指望了，我们得另想出路。"胖子拿着手电乱照。忽然，我们看到一边的岩石上刻着什么，一看，是闷油瓶用的那种文字，却不是记号，而是一句话。

所有人全都凑过去，胖子喜道："小哥，你看这个，是不是表示还有路下去？"

闷油瓶猫腰过来看了一下，脸色就一变。我们问他这是什么意思，他摇头，但是我看他的表情，显然是看懂了。

刻记号的地方是一块山壁，胖子摸了摸，找不出破绽。闷油瓶过来，用他奇长的手指顺着山壁上的纹路摸了一把，就拿起一块石头，开始砸，连砸两下，忽然，那石头如粉糜一样裂了。他一撞，就撞出一个只能容纳一人、匍匐着才能勉强通过的洞。

"这里怎么会有盗洞？"胖子惊讶道。

"不是盗洞，这是用来设计机关用的管道，我们上面的机关就是在这里联动。"闷油瓶道，已经打头钻了进去。

我们互相看了看，陆续跟上，匍匐进去之后不到十米，转向突然

236

垂直向下，我们在里面没法掉头，只得头朝下爬，爬得脑充血快晕过去了，忽然听到了水声。

有水，那就是和渠道相通了，当下立即加速，很快到了尽头，就发现一石块挡住了去路。闷油瓶用力撞了几下，把石头撞出去，石头滚下去，下面传来了水声。

我们探头出去，发现外面是一条宽阔的水道，水流平缓，而且并不深，看着只到腰部，水流清澈，能看到水道底部的石板。

闷油瓶打头，几个人陆续下去，一入水就发现水下一阵骚动，无数的虫子被我们惊扰得散了开来，几个人吓得差点儿开枪。

我也吓了一跳，见这水道里全是一种没有壳的肉色小虫子，浑身透明，平时伏在水底几乎看不到，好像没有什么攻击性，我们一动，它们就四散而逃。

全都下到水道之后，几个人照了照水道的两边，只见水道的上游是一道铁闸，闸外堆满了从上游冲下来的树枝杂物，下游一片幽暗，不知道通向哪里。

我们来到铁闸处摇动了片刻，发现无法撼动，十分结实。

"这里是什么地方？""三叔"的一个伙计问。

"这里的水渠这么深，水流量这么大，可能是通往最下方蓄水湖的主渠道了。"文锦道。话音未落，忽然有人叫起来。我们转头望去，只见下游的水道中间，竟然立着一个人面怪鸟的雕像，有两米多高，出现在这里非常突兀。

我们走过去，看到雕像和我在雨林中看到的几乎一样，正想仔细看，只见闷油瓶吸了口凉气，忽然绕过雕像，往下游走去。我们几个互相使了一下眼色，立即跟了上去。

第十二章 • 近了

一路走过，那些没有壳的肉色小虫被我们惊扰，纷纷潜入水底，不知去向。

胖子弯下腰探入水中，想去抓上几只，被我拦住。这水下情况未明，我们过多的惊扰恐怕会引来麻烦，能不折腾就不折腾。而且这些虫子我从没见过，可能是一些特殊的品种，全世界可能就只有这里生存着，价值连城，被他弄死几只太可惜了。

胖子骂道："你看这密密麻麻的，我看这水里没十万也有八千的，抓几只带回去有什么关系？这一趟已经基本上白来了，你也不让我弄个纪念品当念想。"

我说："这肉乎乎的东西，看着就恶心，你怎么下得去手？别琢磨这些旁门左道的东西了，咱们赶紧过去是真的。"

这么多虫子在这儿，就没人想休息，我们继续顺着这条水道往深处去，寻找尽头的地下蓄水湖。这里水流平稳，前面也没有巨大的水声，显然没有大的断崖，我们可以从容向前。

我们继续前行，越走水越凉，能感到一股寒气在水中蔓延，身上都起了鸡皮疙瘩。我们在水道的两边看到了无数那种肉色的虫子，大部分都趴在水线上下地方的石壁上，密密麻麻，我看着就头皮发麻，水中更多，不时感到有东西撞到我的脚上。

水道越来越宽，道顶越来越高，呈现一个喇叭状的开口，我知道快到了，立即加快了脚步。走了不到一百米，头顶上一黑，我们就出了水道，周围的空间一下子变得空灵而有回音，凭感觉就知道来到了一个大地方，脚下是一片浅滩往前漫延，矿灯的光柱划过，就看到一片宽阔而平静的水面。

矿灯有弱光和强光选项，为了省电，我们一般都选择弱光，这样能持续使用一百八十个小时以上，但是照射距离只有二十多米。现在弱光显然无法达到要求了，几个人纷纷打开强光，使用百米照明的LED灯泡，去照头顶和四周。

在强光下，这里的大概面目才显露出来，能看到这是一个巨大的地下水洞，但不是喀斯特地貌，而是那种火山岩洞穴。远处洞的深处有大量从洞顶垂下来的巨型石柱插入湖中，犹如神庙的巨大廊柱。洞顶只有两三层楼高，整个地方乍一看就像淹没在海里的波塞冬神庙大殿，气氛形象至极，不得不说是大自然的鬼斧神工。

水道出口的两边是巨型岩壁，呈现火山岩的特征。有岩层的出现，说明我们已经越过了沙土层，到达戈壁地质深处的地下山脉之中，这些岩壁肯定是昆仑山深入地下的部分。

回头看水道口子，感觉是人工开凿出来的。西王母在当时那个年代，能挖掘到这么深的地方，不能不说他们的文明有着极度发达的工程能力。

这里应该就是整个西王母古城地下蓄水系统的终点——一个天然的小型地下湖了。因为矿灯光线的照射距离有限，我们无法得知这片蓄水湖到底有多大、中心有多深。也许往湖的中心走，湖底可以深到我们无法想象的地步，但是看不到开阔的湖面，也难说有什么被震撼的心情。观察了片刻，胖子就问接下来应该怎么办。

近了

没有什么新的办法，还是要寻找闷油瓶的记号。之前的记号就是指向这里，再往前就是地下湖的湖心，之后的引路记号不可能刻在水底，我感觉应该会在这些石柱上。

我们分头去寻找，蹚水往湖的深处走，照射那些石柱。

走了几步我发现，偶有深下去水淹到脖子的地方，但是走几步又上来了，显然水底坑坑洼洼，湖水平均深度变化不大。很快黑瞎子就打了个呼哨，我们走过去，发现在一根石柱子上，果然有清晰的记号，刻得端端正正。

文锦看着闷油瓶，问道："这里的水流基本上平了，没有继续往下走的迹象，我看这里是整个蓄水工程最低的位置了，我们要找的地方肯定就在前方。到这地步了，你还不能想起什么来吗？"

闷油瓶摇头不语，只是看着他刻下的痕迹，眼神中看不出一丝的波澜。

胖子就说，西王母古城可以说处在一处秘境之中，在全盛时期这片绿洲湖水环绕，外面是无数魔鬼城形成的保护层，绿洲内又终年大雾，只有下大雨的时候才能看见。西王母城的居民信奉残酷的蛇崇拜和神秘主义，使得这个沙漠中的政权如同鬼魅，晦涩难窥。而这古城之下犹如迷宫一般的蓄水系统又错综复杂至极。我们现在几乎耗尽了心力才到达这项防御工程的最底层，要是西王母有什么东西要藏的，应该就是在这个地方了。什么都别说，顺着这些记号继续走，应该就能到达目的地。

我觉得有点儿不妥。这一路过来，到了后一段几乎太过顺利，在水道中看到的人面怪鸟的雕塑让人无法不在意。已经可以肯定这些人面怪鸟的图腾应该就是西王母国的先民警告外来人的标识，从峡谷外围一路深入，每看到一次，遇到的怪事就险恶一分。这一次又看到人面怪鸟图腾，说明这蓄水湖必然不会是一个平和之地。现在我们其实都累得只剩半条命，一旦出事，恐怕这次一个也逃不脱。

我问文锦："接下来采取何种策略？我们是休息一下，还是先派人探路？"

文锦道："已经到了这里，如这个胖子说的，没有理由退缩或者放弃，这是我命里注定要走的路。但是我们没有必要所有人都过去，后面不知道是什么情况。你们在这里休息，我一个人过去就行了。如果我两个小时内不回来，你们可以顺着湖岸寻找其他的出口，再想办法出去，千万不要过来了。"

闷油瓶在一边淡然道："我也去。"他压根儿没有看我们，只是看着湖深处的黑暗，似乎完全没有考虑什么危险。

我想了一下，我也必须过去，不说待在这里有多少机会能出去，来路已经被困死了，我们历尽千辛万苦到了这里，不就是为了这一刻吗？而且以我的体质，能够到达这里可以说有很多人为我做出了牺牲，包括生死不明的潘子和枉死的阿宁。如果我再没有出息地缩着，当初就不应该来这里。既然是我自己要来的，那么我也应该走完。

胖子就咧嘴："我靠！你们这不是逼我也去吗？和这批菜鸟在一起，还不如和你们在一起安全。"

这一来，三叔的几个伙计也不干了，都要跟去。他们确实都没什么经验，搞点儿小偷小摸可以，把他们留在这里他们肯定不干，而且他们也怕我们通过这种方式结党，偷偷甩下他们跑掉，所以决计要跟在我们后面。为首的那个叫"拖把"的道："你们想得美！要么留一个下来，要么咱们一起去，别想甩掉我们。"

黑瞎子一直没说话，自个儿在那儿似笑非笑，看这情形就过来手搭到我的肩膀上，也不知道是什么意思，可能是他也加入，或者是让我留下。

我看着这批人就觉得恶心。这些人实在是累赘，跟着我们不知道会出什么事情，我们还得防着他们。要是我留下，不给他们折磨死才怪。

胖子道："小吴就算了，你还有大好的年华，跟着这些爷们儿，也许还有条活路。你三叔不是说吗，这是条不归路，这路由我陪着大姐头和小哥走一趟，来年还多一个人给我们上香。"

我骂道："你少来这套！到了这份儿上，横竖都差不离，反正我

近了

是去定了。"

我这话是实话。其实到了现在这种地步，谁有信心说一定能出得去？搞不好我们来的那条路就是唯一的通道，这里就是地下岩山中一个完全封闭的水洞，我们会被困死在这里。这也未尝不是好事，那就让这些谜团在这里画上一个句号吧。

想到这个我就反调侃胖子，拍拍他的肩膀："倒是你，要是有个三长两短，家里的大奶、二奶抢你那点儿压箱底的明器肯定抢破了头，还是你留下合算。"

胖子道："你胖爷我是出了名的亮马桥销金客，万花丛中过，不留一点红，钱袋里的银子不放过夜，睡过的女人第二天就不认识，哪有什么大奶、二奶？算起来这辈子爱过的女人无数，用过的钱也够本，少有人能活到胖爷我一半潇洒，这一次若是不走运，我也值了。"

我道："这么说你倒是最适合给人家陪葬，了无牵挂。"

胖子说："你这话说得也不对，陪人家送死也要看人。咱们这几个人真叫缘分，你要去，冲着你的面子我也得护着你啊。"说着拉枪上栓，就问那几个伙计要子弹，说他们几个脓包，子弹都放他那里能救命，否则就浪费了。

我"呸"了一口。一边的文锦拔出匕首，甩了下头发，试了试刀锋，对我道："好了，别贫了。既然都要去，那就抓紧时间吧。"

既然要走就不再犹豫，我们抓紧时间各自喝了几口烧酒，把队伍拉开，顺着闷油瓶留记号的方向，开始蹚水而行。大概是人多的关系，看着前方深邃的黑暗，我倒不是感觉特别害怕，只是心中有种难以形容的忐忑。

之后是一段几乎没有任何对话的过程，我们分了几个人，每人都警惕着队伍四周的一个方向，特别注意水面的涟漪，耳边只有我们的蹚水声。这一路走得不快也不慢，逐渐远离了来时的入口。

好在这里的水清澈得离谱，用矿灯对着水底直射，我们能清晰地看到水下只有高低不平的碎石，并没有什么特别的东西，扫过水面也能大概看到水下的情形。

想着以往的经历，我们并不敢放松哪怕一点儿注意力。我看着四周水面的时候，已经察觉到一个奇怪的地方，这让我十分在意。

走了一段，文锦就提了出来："这里没有那种虫子。"

胖子点头道："可能是因为水温。这里的水可真凉。话说，这里的水有很大一部分可能从这个洞形成的时候就囤积在这里了，过了保质期上万年了，大家千万别喝，可能会拉肚子。"

我道："这种水叫'老水'，自然沉淀，富含矿物质。会不会有可能这些水含有有毒的矿物，所以那些虫子不敢游入？"

胖子听了啧了一声："不会吧？难怪我觉得屁股里有点儿痒。你们有没有什么特别的感觉？"

没人接话，走在最前面的闷油瓶回头看了我们一眼，我们也只好闭嘴。到了这份儿上，讨论这些完全没有意义。殿后的黑瞎子只是笑。这两个人一个黑一个白，一个冷面一个傻笑，简直好像黑白无常一样，让人无语。

我们继续走，深入了蓄水湖的内部，四周全是平静的水面，湖水还是没有变深的迹象，但是我们发现水下开始出现一个一个半个篮球场大小的黑斑，这说明在湖底开始出现起伏很大的深坑。每个黑斑都极深，矿灯照不到底部，似乎下面连着什么地方。

这种黑斑，隔三岔五就会出现一个，形状也不规则。水底全是细碎的石头，这些洞就像是被什么东西挖出来的。我们开始感觉有点儿不妥，竭力避开这些深坑。

这么走着，不久我们便找到了第二个刻有记号的石柱。

一行人停下来休息，有人打了个喷嚏。这里的水实在是冷，但是我知道这不是最难受的，这些水怎么说也没到冰点，还在人可以忍受的范围内，所以并没有怎么抱怨。

那个记号，指向了另外一个方向，而且，符号也不同了，似乎变换了什么意思。

文锦看向闷油瓶，还没开口问，闷油瓶就回答了："这是最后一

近了

个，我们就要到了。"

最后一个——应该是最后一个记号的意思，这说明下一站就是目的地了。

我们心中一震，后面就有人下意识地举枪了，二话不说，顺着记号马上动身。我心中也不知道是什么感觉，既兴奋，又害怕，又感到不祥的气氛，同时还有一种事到临头的紧张。

可就在绕过石柱走不到两三步的时候，我的脚下一阵刺痛，不知道踩到了什么东西。

我小时候在长沙，经常和三叔在溪涧中游泳，所以凭着脚底的感觉，我立即就知道脚底肯定破了，而且还比较严重。

我马上停下，让胖子帮我照一下，说着抬脚去看。胖子的矿灯划过水面，照到我的脚下，我发现脚后跟被划了一大道口子，显然水下有什么尖锐的东西，就低头去找，这一看，却发现这里的水底，有不寻常之处。

第十三章 ● 终点

在齐腰深的水下，矿灯光清晰地照出了水底，我原本以为我脚下踩的还是那些细碎的石头，然而不知道什么时候不同了。在我们脚下的碎石中，出现了一些形状奇怪的片状石片，我探手下去，摸上来一片，发现竟然是我们在魔鬼城挖出的古沉船上看到的那种陶罐的碎片。

这些陶片被埋在碎石中，只露出一小部分，必须要仔细看才能和细碎的石头分开来，显然，到了这里，出现了古人活动的痕迹。看数量，好像不少，都隐在碎石的下面。

所有人开始用脚拨弄那些碎石头，很快更多的碎片露了出来。胖子把矿灯举高，把我们站的地方照了一个遍，我们得以更加清晰地看到水底的情形。

在这里的碎石下面，混杂着大量的陶罐碎片，埋得并不深，从我们站的地方一直往湖底的远处延伸，看不到尽头，而且越往闷油瓶留的记号所指的方向，这些陶片越密集，看得出这是被什么力量从那边冲过来的。

胖子挖得深了，发现碎石下的深处还有不少，以这样的规模，根本无法统计原先到底有多少罐子被埋在这里。水中这些陶罐的碎片棱角十分尖锐，好像一把刀片，在碎片之中还混杂着人的头骨，已经腐朽得满是孔洞，基本上不完整了，有些甚至还粘着一些头发，让人不寒而栗。

这样的场面，看上去很像我在西沙附近看到的海捞瓷铺满海底的场景，当时也是整片海底都是瓷器。但是瓷器是埋在白色的海沙里，显得古老而神秘，而这些丑陋的罐子是在碎石中，加上里面的人骨和头发，只让人感觉恶心。

看着那些头骨，我们都有点儿起鸡皮疙瘩。"这些是什么鬼东西？"胖子咋舌道。

我和他们说过在雅丹"魔鬼城"挖掘沉船之后发生的事情，但是他们并不清楚详情，于是我向他们解释这些就是当时发现的陶罐。按照乌老四的说法和浮雕的显示，这应该是一种给蛇的祭品。

"难道这后面也是艘沉船？"胖子一边晃动矿灯一边道。

我摇头，估计不可能是船，一来，不可能有沉船会沉在这么深的地下，除非这个湖有水道通往外界；二来，这些罐子属于那些蛇的祭品，应该是放在和祭祀活动有关的场所。我想这里肯定和西王母的宗教有关系。数量这么多，看来这种罐子在当时并不是罕见之物。

乌老四认为这是祭品的说法我还是比较赞同的，不过知道这个也没有什么意义，我脑海里又响起当时乌老四的惨叫声，不由得感觉脚底如针刺一般。

想起在魔鬼城里的经历，我还是有点儿后怕，不过这里应该不会出事。看这些罐子的破损程度，里面的虫子必然早就不在了，人骨也都腐烂了，一碰就碎。这些东西被水泡了上千年，没有成尘埃已经不错了。而且陶罐是吸水的，如果有密封的陶罐，在水里埋了这么久，水早就一点儿一点儿透进去，里面肯定被水充满了，虫子也应该被淹死了。

"这么多祭品，会不会这后面就是西王母的坟墓所在？"三叔的一个伙计问道。

我想了想，不能说没有这个可能，但这也是完全无根据的猜测，心说最好是不要。

胖子道："管它是什么，咱们得小心点儿，别踩到那些陶片。不知道这些骨头有没有毒？小吴，你还是快点洗洗，小心伤口感染，等下要截肢可就惨了。而且既然这些是献给蛇的祭品，那这里就可能会有那种'野鸡脖子'，我们一定要小心。"

"谢谢你的关心。"我没好气地瞪了他一眼。他丝毫不在意，又奇怪道："说来奇怪，说到那些蛇，好像进了这里之后就没看到过了，那些'挂腊肠'都到哪儿去了？"

扎破我脚的，不知道是这些头骨的骨片，还是被我踩碎的陶片，反正随便哪一样都不是好东西。

这时黑瞎子潜入水里，从里面挖出了半块头骨，后脑勺已经没了，可以看到脑腔里面灰色的胶质，像蜂巢一样的组织，这应该就是那些尸鳖王的杰作。为何这头颅之中会有尸鳖王，完全不可考证，不过看这意思，似乎这些陶罐泥封着人头就是为了饲养这种恐怖的虫子，这倒有点儿像现代人养蜂。如果乌老四的推断是正确的，这种行为可能起源于西王母时期某些诡秘的习俗。不知道他们从哪里抓来这种在人脑子里筑巢的虫子？

我们在碎片中继续往前，特别注意着水下，以免被陶片划伤。情形越来越分明，越往里走，脚下的陶罐碎片越多。这样踩着走了不到一公里，我们来到了一片完全由陶罐碎片堆积成的浅滩上。

整块区域都是陶罐的碎片，大大小小，颜色大部分是暗红色和陶黄色的，而在这些陶罐碎片下面，可以看到埋着不少看似完整的鬼头罐，看着好像水底之下还垒了好几层。

我们无法得知碎片下面埋了几层这种东西，不过这场面已经够让人毛骨悚然的了。怕踩破鬼头罐，我们不敢再贸然挺进，于是停下来找路。

终点

胖子对这些破烂不感兴趣，三叔的那几个伙计也不敢碰，都喝着烧酒驱寒。黑瞎子却很有兴趣，一次又一次地潜水下去，仔细看这些鬼头罐，胖子就不耐烦道："'四眼'，死人你瞧得还少吗？捞那玩意儿干吗？"

我们找了一圈，四周都是这样。这片区域很大，我们要想通过，要么原路返回，从边上想办法绕过去，要么就硬着头皮从这些锋利的骨头和陶片上踩过去。

正犹豫呢，我看到文锦看着脚下，若有所思，就问她想到了什么。她忽然道："会不会我们已经到了？"

"到了？什么意思？"我奇怪，随即就明白了，"你是说，这里就是我们的目的地？"

她点头："看样子我们已经到达了一个堆积祭品的地方，这种地方一般就是祭祀的场所。走了也有一段距离，你说有没有可能这个地方就是我们的目的地？"

我看着脚下和四周，感觉不太可能，至少心里无法接受。这算什么地方？这里除了这些鬼头罐什么都没有，那我们千辛万苦到这里来干什么？要看这些罐子，我在魔鬼城早看得仔仔细细了。

我看向闷油瓶，他还是没有发话，文锦就掏出荧光棒，折了几根让它们亮起来，甩入四周的水里，把四周照亮。其他人看着，也开始有样学样，打起荧光棒丢了出去，很快，四周的水底亮起了幽绿色的荧光。

我们开始寻找水底任何可疑之处。绿光下的水面鬼魅异常，这一次看得十分仔细，却还是没有我们想发现的任何异样，除了陶片还是陶片。

我们有一些沮丧。我看着水底心说，如果这地方就是目的地，那么唯一的可能性就是有什么东西被埋在这些陶罐下面了。但这应该是不可能的事。这里来过这么多人，如果东西在这下面，肯定已经被挖出来了。显然，这里不是终点，我们还得继续搜索。

最可恨的是，我们完全不知道目的地是什么样子，闷油瓶又什么都记不起来。

我踢了几脚水，来驱散我的寒冷和紧张。就在这个时候，我忽然看到自己的倒影被水波扭曲成了诡异的样子，接着，我看到了我的脸和我的下半身重叠在了一起，而倒映出来的其他区域，是一片漆黑。

我顿时激灵了一下，忽然意识到了什么，抬起头看我们的正上方，发现不知道从什么时候起，我们头顶高了很多，看上去一片漆黑。

我拿矿灯往上方照去，灯光照入黑暗之中，看不到顶。这矿灯的弱光照射距离有二十多米，这里的洞顶竟然超过了这个范围。我调节矿灯的照明强度到强光挡，矿灯射出一道白炽的光柱。

四周的人都被我突然拧亮的矿灯吸引了注意力，我没有理会，将矿灯照向洞顶。

那一刹那，我愣住了。我看到，在我们头顶上的洞顶岩石中，镶嵌着一块巨大的无法言喻的物体。

这块东西巨大无比，凸出洞顶的部分呈现球状，完全无法估计其直径，几乎盖住了我们整个视野。看质地似乎也是岩石，但是颜色与四周的石柱和洞顶完全不同。奇异的是，这块石头的表面全是柏油桶大小的孔，成千上万，密密麻麻，看上去无比丑陋，犹如被蛀空的莲藕一般。

其他人也顺着我的灯光抬头看去，一下子没人说话，所有人都僵住了，气氛凝重。

"什么玩意儿？"胖子嘀咕了一句。

文锦喃喃道："天哪，这……这是一块天石。"

终
点

第十四章 · 天石

天石是古代人对陨石的一种称呼，古代人见陨石由天而降，便称呼其为天石。天石的种类有很多，经常被用作雕刻的材料，最名贵的一种叫天心石。

这确实只可能是陨石，否则无法解释我们看到的现象，人力是不可能在岩层中镶嵌进去如此巨大的一块圆石的。可是这陨石太大了，嵌入岩石中的部分还有多少？简直无法想象。

其他人逐渐反应过来，纷纷拧亮了矿灯往洞顶四周照去，试图寻找陨石和洞顶交接的边缘，发现陨石直径有五六百米，算上岩石内部的大小，估计能有近一公里的直径。

那些孔洞让这颗陨石看起来丑陋无比，好比一只已经腐烂的巨大的蜂巢。不知为什么，我总感觉这玩意儿像我们看到的那种丹药。那些孔洞之中漆黑一片，用灯光去照，完全看不出里面的情形，不知道是怎么形成的。看着无数黑漆漆的洞口在你头顶，犹如细小的眼睛，我忽然有一种强烈的被注视的感觉，浑身不舒服。

文锦道："这里肯定就是我们的目的地了。这一定是西王母最终的秘密，汪藏海要找的可能就是这东西……"

"他要这东西干吗？这陨石有什么用？"我无法理解。

文锦也摇头："我还不清楚，可能和这些孔有关。怎么会有这么多？"

我看着那些窟窿，背脊也发凉："会不会是人工挖出来的？难道这陨石里面有东西？"

黑瞎子忽然道："不，这应该是天然的。很多陨石都是蜂窝状的，只不过这些洞的蜂窝难看了一点儿。"

他突然一本正经地说话，让我很不习惯。"三叔"的一个伙计道："你们有没有听说过一种未经证实的说法，柴达木盆地、塔里木盆地都是由一颗分裂的小行星撞击而成的？这玩意儿也许就是当时的一块陨石碎片，塔木陀这片绿洲就是陨石撞击的陨石眼。西王母人在这个陨石眼里修建了西王母城，并且在修建地下蓄水池的时候发现了这颗深入地层的陨石，我猜想这东西肯定是西王母神权的象征。"

这是这个伙计第二次说话。我从来没有注意过他，看了他一眼，记不起他叫什么名字，正想问他那个说法的具体内容，却被胖子吸引了注意力。

胖子又无组织无纪律，不知道什么时候和闷油瓶一起走得非常远，离我们有四五百米，照出的地方我们看不到，那里似乎有什么东西，他吆喝我们去看。我们蹚水过去，到了他们的那个位置，才看到了陨石和洞顶的交接处。这里的情形简直犹如地狱，大量的石柱从上面垂挂下来，变成了一大片怪异的巨大的石瀑布，坡度很缓，能徒步而上，而且大得离谱，简直就是一座小山。

这不是溶洞地貌。这些石瀑布形状狰狞，无比丑陋，犹如粘在一起的无数巨大妖怪的触手。这应该是陨石撞击后的高温熔化岩石形成的奇景，我简直无法用语言来形容。

在其中一条最宽最大的石瀑布上，我们看到了简陋的石阶，石阶的两边放着青铜的灯器，石阶的最上端，就是石瀑布和洞顶连接的

天石

251

部分，已经断裂了，断口被修整成了一个石台。我回头看了一下四周的情况，就明白那一定是祭祀的神台。在那个台上，可以无限接近陨石，又可以一览祭祀的全景。

最关键的是那祭祀平台上，能看到放着一个石头的王座，有好几个角，看不清样子，但是个头极大。在王座上，可以看到坐着一个人。

我吸了一口凉气，心说：那是谁？难道是西王母？这么久了她还在这里看守着她的圣地？

第十五章 · 等待

　　我们远远地看着那个王座上的人影，不是很分明。是否是西王母的尸身呢？这种事情我经历得多了，感觉这地方邪气冲天，于是立即让人准备黑驴蹄子。

　　胖子说："不可能是西王母。死后要么埋了，要么躺在棺材里，哪有坐着的道理？我看可能是石头人。"

　　文锦道："绝对不可能是石头人，这里不兴人俑，我们一路过来，没有看到过一个人俑。这里如此隐秘，是西王母的圣地，这个人影在这里肯定非同小可，要千万小心。"

　　胖子道："可惜潘子的枪毁了，否则这个距离，老子一枪打它的脑袋，是人是鬼一下子就试出来了。"

　　我心说，是鬼你也打不死，是人你就成杀人犯了。

　　不过无论如何，我们必须过去，因为那个地方是唯一可以接近陨石的地方。我们召集人过来，朝着石阶蹚水而去。

　　这里肯定不会有机关，因为根本没有修建机关的条件，石阶都是非常简陋地砸出来的。两边本来可能是用来照明的青铜灯座，现在完全锈成了摆设，胖子想弄一个放进背包，结果一碰就碎。慢慢踏上石阶，脱离出水，觉得身子重得像灌了铅一样。休整了片刻，我们才揣着黑驴蹄子，小心翼翼地猫腰走上神台。人多胆子大，几乎没什么犹豫，矿灯光攒动着往那人影照去，果然就看到王座上坐着一个人。

走近看，发现那是一具端坐在王座上的女尸。

这具女尸戴着非常烦琐的头冠，如果不是发髻，无法分辨出男女，身上穿着金丝裙袍，缀满了玉片。整具女尸端坐静定，栩栩如生。

女尸的脸发青，仔细一看，才发现那是尸脸上覆盖了一层类似于石灰的青色胶质，然后仔细雕塑出来的效果。女尸浑身上下没有露出一丝皮肉来，也不知道衣服中的尸体保存得如何。这么看上去，好像庙里的泥塑菩萨，在矿灯光下显得无比阴森。

在女尸的身后还站着两个守卫，穿着西域的铠甲。这两具尸体显然没有女尸保存得这么好，能看到脸上的石灰已经脱壳，露出了里面腐烂殆尽的骸骨。因为盔甲是黑色的，好似和玉俑同样的材料，刚才我们没有看到。

三具古尸都笔直地或立或坐，显然经过了特殊的处理。

"这会不会是西王母？"胖子轻声问。

我点头："看这架势差不离。想不到她还真的在这里。一定是古人将她的尸体处理之后安放在这里的。"

胖子看见那些玉片，一下子就两眼放光了，道："总算给胖爷我看到些好东西了，原来这娘儿们都穿在身上呢。娘儿们就是娘儿们，临死也舍不得这点儿基业。"我一听，立刻在他没动之前把他抓住。

闷油瓶让我们不要靠近，他指着王座四周地面雕刻的花纹，是一只大头小身的人面怪鸟，花纹呈一个圆盘将王座围在中心。他用奇长的手指摸着圆盘的边缘，道："有细小的缝隙，可能也有平衡机关，不要靠近她。"

我们松了口气，这才想起抬头看，只见陨石的表面几乎就在我们天灵盖上面，跳一下就能碰到。在我们头顶的上方就有几个深深的孔洞，照进去，发现那些洞口直通到陨石的内部，深不见底，而孔壁非常光滑，确实不可能是人工开凿的。

汪藏海找这东西干什么呢？如果按照文锦所说的，他是来寻找长生之法的诀窍的，那么这陨石和长生又有什么关系呢？

我抬头仔细去看，看着看着，就发现一个奇怪的现象。

这陨石的材质，怎么这么像玉俑？这种颜色、这种光泽，似乎是同一种材料——我跳起来摸了一把，发现陨石温润，一点儿也不凉手，竟然真的像是玉石。

乖乖，我心说，这该不会是一块"陨玉"吧？

这个世界上有一种宝石叫作"陨玉"，是一种特殊的陨石，因为材质手感和玉石十分相似，所以被当成玉石，在古代极其珍贵。不过，这陨石的颜色比陨玉的颜色要深上许多，会不会是一块含有特殊成分的罕见陨玉？而那些玉俑就是用这种陨玉做的？

如果是真的，这玩意儿可值老钱了。这么大一块，就是按斤卖我们也发大财了。

我把我的想法一说，众人都感觉很有道理。

"看来，那些血尸的形成，和这块陨石有着相当深的关系。"文锦道，"而古代的西王母发现了这种力量，就用陨石来制作那些玉俑。"

我一下子发散开去，就想到一件事情："你们说，从汉代开始流行的金缕玉衣，传说可以防止尸体千年不腐烂，然而现在考古发现的金缕玉衣连玉石都烂了，显然这种传说是不科学的。那么这种传说是从哪儿来的呢？最开始，会不会是因为那些方士查阅了某些古籍，查到了对金缕玉衣千年护尸的描写，却不知道这个玉和普通的玉是不同的？"

"难道是战国帛书？"胖子道，"你是说，汉代的金缕玉衣是模仿战国帛书上写的玉俑来制作的？"

"有这个可能。"我点头道，"然后，汪藏海就发现了这个破

等
待

绽，所以他开始寻找古籍上制作这种玉俑的真实材料。"

我顿时觉得脑子里的事情变清晰了。

"如果真是这样，那么汪藏海这么多的盗墓活动，都是在寻找这块陨玉？最后他终于发现了陨玉的所在地，于是带着人来到这里？"

"不对。"文锦并没有我这么兴奋，"按照你这么说，他既然到了这里，应该已经得手了，可是我们在海底墓里没有看到玉俑。玉俑应该不是汪藏海的目标。"

"那他的目标是什么？"我道。我觉得我的想法十分合理。

文锦看着那些陨石上的孔洞，对我们道："不知道，不过，我有一种感觉，这个目标，就在这些洞的里面。"

文锦的语气很玄乎，我们都被她说得愣了一下，心里有点儿发毛，抬头看那些洞：里面会是什么呢？

她看了一会儿，忽然开始抽背包里的绳子，对我道："我要进去看看。"

我一听，这怎么行？想阻止，却被闷油瓶拦住了。我和他对视了一下，就意识到他是什么意思：我们有选择，但是文锦别无选择，说什么都没有意义。

我长叹了一声，有一种无力感。人只有在无法帮助自己想帮的人的时候，才会觉得自己渺小。我总以为这种无奈只在电视剧里才有，没想到现实中也会碰上，感觉真的不好受。

文锦动作很利索，立即开始准备，让闷油瓶去帮她连接绳子，自己用矿灯照那些洞口，准备选择一个进去。

我本想找个人替她，随后发现不太可能，虽然这一个个洞都有柏油桶大小，但是孔洞的角度几乎垂直，进去必须用膝盖或者脚掌蹬着孔壁往上。我们几个男人都太高了，进去之后腿无法完全弯曲，几乎都不能用力。胖子就更不用说了，如果里面孔洞直径变小，他都可能被卡住。只有文锦身材娇小，可以勉强用上力气。

我有些担心，但是看到文锦身手矫健的样子，也知道这种担心是无意义的。一边的文锦在腰上系上绳套，被胖子托到了肩膀上，探身进入孔洞之内，然后用力一蹬胖子，人就进去了。

我叫道"小心点儿"，她应了一声，低头看了我一眼。我发现她的脸有些奇怪，有一种说不出的感觉，随即她对我笑了一下，就开始往深处爬去。

我们一边放绳子，一边看着她逐渐往上深入孔洞，动作十分缓慢，显然十分吃力，直到看着她的矿灯光消失，整整过了半个小时，估计进入的距离还不到五十米。

看着整个过程，我觉得毛骨悚然，这就是爬盗洞的感觉，但是这孔洞到达最深处起码也有两三百米的距离，这种好像爬进别人食道的滋味绝对不会好受，更何况爬到中途的时候，会出现前后够不着的情况。

又抬头看了洞口十几分钟，脖子就吃不消了，我不忍再看，就和三叔那几个伙计一样，坐下来休息，然后脱掉衣服，用烧酒抹在身上驱寒。绳子一直在往里面放，隔十几米，胖子就和里面的文锦确认一下，打几个信号。

气氛很凝重，我们都不说话，也不知道说什么好，一方面身后的女尸让人毛骨悚然，另一方面又担心文锦的安危。

等了大概有一个小时，忽然听到胖子"咦"了一声，我立即站起来问怎么回事，他道："大姐头没回应了。"

我们凑过去，看到胖子拉扯着绳子，拉了几下，绳子被扯下来一些，没有人把绳子拉回去。

我神经一紧，心说：是不是出事了？示意胖子再试一下。

胖子又拉了一下，绳子还是被拉了下来。他的眉头就皱了起来："不好，绳子很轻，好像那头没系着人。"

闷油瓶一听，脸色一变，立刻对胖子道："把她拉出来！"

胖子马上用力，飞快地拉动绳子。我看到他拉的力气就发现不对，完全不需要用力了，绳子犹如流水一样被他拉了出来，一直拉到垂直段，绳子就结成一团，整个儿从孔洞里掉了出来，全部打在我身上，把我缠绕在了里面。

我挣脱绳子，拿起尾端一看，发现没有割裂的痕迹，绳子是被她自己解开的。我们面面相觑，我心里忽然有了一种十分糟糕的感觉：文锦自己解开了绳子？

闷油瓶脸色凝重，一把按住胖子的肩膀，整个人借力，踩着胖子的背，接着一跳，就钻进了那个洞里，动作之快，根本拦不住。胖子大叫："绳子！带上绳子！"他也不理，几下就往上缩了进去。

我一看他不带绳子不行啊，立即对胖子叫道："蹲一下！"胖子大怒："都当老子是马夫啊！"

我不去管他，贴着他的身子就歪歪扭扭地爬了上去。他托了我一把，我用力一蹬腿，也蹿了上去，无奈力气不够，屏住呼吸撑住孔壁想把脚也提上来，结果没几秒就滑了下去，直接摔在胖子身上。再来了一次还是那样，我明白以自己的体质肯定进不去了。

我站起来揉着摔痛的地方，抬头就看到闷油瓶艰难地在洞里前进。他太高了，膝盖无法着力，只能用小步上，十分消耗体力。我突然产生了一种错觉：这陨石会不会是活的？这些孔洞就是它进食的陷阱，闷油瓶在自投罗网？

但是随即我就意识到这不可能，再想脑子里就一片混乱，无法思考了。我就这么抬头看着闷油瓶爬上去，也不知道过了多久，闷油瓶也完全消失在了孔洞的深处。

我再也坐不下来，一直坚持站在洞口往上看，希望能看到有灯光返回，然后他们两个都安全地回来。

时间一分一秒地过去，我心急如焚地等着，从焦虑等到冷静，从冷静等到麻木，从麻木等到脑子里一片空白。

十个小时之后，还是什么都没有发生，闷油瓶没有回来，文锦也没有回来，孔洞里没有一点儿声音。这两个人，好像被这些孔洞带去了另外一个世界。

第十六章 ● 继续等待

　　我们在这里什么都没有做，足足等了三天时间。这三天里，我唯一注意的地方，就是他们消失的那个洞口。这是一种多么漫长而又焦虑的过程，我想只有亲身经历过的人才能体会。

　　其间，我曾经不止一次地想进入那个洞口，但都以失败告终。这实在不是普通人可以攀爬的通道，我最高的一次只爬上去十米，已经完全力竭，小腿抖得如筛糠。

　　这批人中，三叔的那批伙计必然不敢深入，唯一有可能进去的是黑瞎子，但是他始终没有表现出那个意思，我想他大概是觉得进去也没有把握能出来。营地里气氛沉闷，那个"拖把"好几次都催着离开，说这两个人可能已经死在里面了，既然我们不可能进去，那么还是省点儿力气和干粮为出去做准备。

　　我无法接受千辛万苦来到这里却是这个结果，几乎听不进去这些话，脑子里只想着这里面到底发生了什么事情。

　　文锦解开了绳子，她是故意的。想起她临走前的笑容，我感觉她可能早就计划好了。这么说她知道在里面会遇到什么情况，知道会有这种"不出来的情况"发生。

文锦一路过来，话都说得很有宿命感。她这几年来的生活简直无法形容，有这种想法是有可能的。也许她在里面发现并没有解决她"尸化"的办法，所以万念俱灰，选择了结束自己的生命。但是闷油瓶呢？他为什么不出来？这就说不通了。我能肯定这里面一定发生了一些什么。

会是什么呢？简直没有任何的方向去想。他们是否迷路了？我想这里面的孔道蜿蜒曲折，形成了无尽的迷宫，进去之后就无法出来，但是这又无法解释文锦为什么要解开绳子。

我脑子里满是让我无比焦虑的念头，休息的时候眼前就看到一个深洞，闭上眼睛也是深洞。

之后的情形，我实在不愿记述下来。

第四天，"拖把"这批人就开始不停地发牢骚。我心情非常糟糕，几次要和他们打起来，但是那个洞里还是没有任何动静。我甚至一度怀疑，是否文锦和闷油瓶压根儿就没有存在过，这一切都是我的臆想。

不安和焦虑越来越重，我的心里开始承认"拖把"他们说的可能是正确的，但是我的情感又让我必须和他们争吵。这让我几乎崩溃。

到了第六天，"拖把"终于带着人走了，在他们看来，这事情已经没有任何疑问了，闷油瓶和文锦就算没死，再过几天也死定了。本来他们希望依靠我们的经验带他们出去，但是现在这种情况他们显然不肯虚耗下去。黑瞎子拍了拍我，意思是让我也走，但是我拒绝了。他叹着气跟着离开，只剩下了我和胖子两个人。

他们带走的还有大量的食物，我知道肯定超过平均的分量，但是我实在懒得和他们争吵了。

胖子其实也劝过我，但是他知道我的脾气，我经历了这一切，到了这里，就算没有一个完美的句号，也应该有一个残缺的休止符了，但是这样戛然而止，我忽然发现自己蠢得要命。我来这里到底是干什么？难道就是这样，一切都结束了？我绝对无法接受。

胖子没有办法，只好陪我，我们两个人就这么互相看着、等着。我忽然想起一出荒诞剧叫《等待戈多》，不由得就想哭，心说，我的荒诞剧竟然还是悲剧。

这样的日子一共持续了几天，我也记不清了，不过不会太久，因为我们的干粮并不多。

"拖把"他们离开之后，我心里其实已经绝望了，甚至说只差一点儿我就会崩溃了，我已经完全无法思考我在这儿干什么，每天能做的事情就是去看那个洞口。按照胖子的说法，就是一个疯子的行径。

那一天，我睡醒后浑浑噩噩地起来，胖子要守夜，但是也睡着了，在那里打呼噜。这几天倒是睡舒坦了，我身上的伤口都愈合了。

我没有任何的动力去叫醒他。我走到那个孔洞下方，不知道多少次往上望去，还是什么都没有。我几乎是呆滞地看了十几分钟，然后就去吃早饭。

我和胖子的干粮已经所剩无几了，我找出昨天吃剩下的半截饼干接着吃。吃着吃着，我忽然听到一种奇怪的声音，好像是唱歌，又好像是梦呓。

我以为是胖子在说梦话，压根儿没在意，几口将饼干吃完，想去叫醒他。就在这个时候，我忽然一个激灵，我看到，在我和胖子之间，竟然躺着一个人。

我瞬间从恍惚的状态中挣脱出来，仔细一看，发现那竟然是闷油瓶。

他明显瘦了一圈，披着毯子缩在那里，没有任何的动作。

他是什么时候回来的？在我们睡觉的时候？

一开始我以为我在做梦，随即就发现不是。我几乎疯癫了，立即冲过去，拉住他的毯子，大叫道："你个浑蛋，你上哪儿去了？"

我一把把他拉了起来，就想去掐他，可我看到他的脸，突然发现不对劲。他的表情很怪，和他平时的样子完全不同，而且目光呆滞，浑身发抖，嘴唇在不停地颤动，好像中了邪一样。

继续等待

　　我心中咯噔了一声，立即将胖子踹醒，然后把闷油瓶扶起来，按住他的脖子叫他的名字。可是他没有任何反应，似乎根本听不到我们的声音，甚至连眼珠都不会转动。

　　我心中涌起了极度不祥的预感。胖子过来看了看，问我怎么回事，我说我怎么知道。他按住闷油瓶的太阳穴，看了看他的表情，咋舌道："我靠，不会吧，难道小哥傻了？"

　　"不可能，你别胡说！"我道，又叫了几声，"别装，我知道你在装，你骗不了我！"就见他一边发抖，一边无神地缩在那里，嘴里不时地念着什么。

　　我贴近他的嘴唇去听，就听到他在不停地、急促地念着一句话：

　　"没有时间了。"

第十七章 ● 离开

闷油瓶躺在那里，胖子给他打了一针镇静剂，之后他便睡着了。

我看着他的样子，心中觉得非常堵，难受得要命。

他一定是在我们睡觉的时候，从那个洞里出来的，可是他怎么会变成这样？

我看着头顶的陨石，青黑的表面丑陋如常，没有任何变化，无数的孔洞好比眼睛，看得我一阵窒息。

这到底是怎么回事？

我郁闷得要死，心说这简直是在耍我。

"没有时间了"又是什么意思呢？听上去像是有一件事情马上就要发生了，而且什么措施都已经没有时间去做了。难道这里会发生什么事？

四周安静得犹如宇宙，没有矿灯去照射，看不到任何东西，这里如果正在发生什么变化，我们也无法得知。

"他肯定受了极大的刺激。"胖子叹气道，"对外界的一切都没有反应，听也听不见，看也看不见。他的感觉全部给关闭了，和我的一个朋友一样，医生说，这就像他的脑子停在最后经历的那一刹那，卡住了。"

我沉默不语，闷油瓶是一个怎样的人我不了解，但是他的心理承受能力方面，我还是可以打包票的，这种人的心理素质已经达到了一种境界，要想让他受到极大的刺激是非常困难的。

这陨石之内发生的事情，肯定恐怖得超出了我能理解的范围。

可是，我实在无法想象，像他这么冷静的人，会被什么东西给吓得崩溃。我能肯定一定不是什么怪物，实体的恐惧连我都可以克服，就算里面有再可怕的怪物，也不能将他吓成这样。他见到的，一定是极端诡异的情况。

这时候我又想到文锦：她现在在哪里？难道她也疯了，出不来了？

如果是这样，那我必须进去，就算摔一千次也要爬进去把她带出来，绝对不能把她留在陨石里。

想着，我就有点儿起鸡皮疙瘩。我站起来，走到洞口，打起手电就往上照。这几乎已经是一个习惯性的动作了，这几天都不知道做多少次了。我随意地往洞里闪了一下，接着就走了回来。

才走了几步，我忽然一愣，发现不对，这一次，洞里不是黑的，那洞里有个东西！

一下子我头皮就麻了，立即回去一照，果然发现在洞穴的深处，出现了什么东西。

我心里叫了起来，立即叫胖子过来，然后打开强光，往上一照，就看到孔洞二三十米的深处，有一张苍白的脸，正在往外窥探。

我一喜，以为是文锦，可再一看，我一下子浑身就凉了。这张白脸面无表情，眼睛深凹进眼窝中，脸色冷若冰霜，表情极度阴森。让我毛骨悚然的是，那竟然是一张我从来没见过的面孔。

这人是谁？我的冷汗瞬间湿透背脊。

胖子看我脸色不对，过来一看，也僵住了，立即就去端枪。我一把拉住他，矿灯光一晃，再一看，那脸就消失了，尽头还是一片漆黑。

我和胖子面面相觑，两个人的冷汗都像下雨一样，隔了良久我才问道："你刚才也看到了吧？"

他点头。我发现他脸色都吓青了，似乎被吓得够呛。

这事情已经超出我的理解范围了。这陨石中竟然会有一个陌生人，这怎么可能？难道这里面住着人，原来西王母的先民还活在里面？

这太离谱了！我又想到文锦，心里"哎呀"了一声：难道文锦开始尸化了，刚才那张就是她变异中的面孔？

我看向胖子，想问他刚才有没有看出一点儿和文锦相似的地方，却看到胖子还是脸色发青，直盯着那洞，还没有缓过来。

胖子不是如此胆小之人，我心生异样，问他怎么了。他转头问我："你没认出来？"

"认出来？"我愣了一下，"你认识这个人？"

胖子指了指我们身后，我转头一看，就看到那具坐在王座上的女尸。胖子把矿灯照向那具女尸的脸，光线一闪，因为阴影效果，那女尸的面孔突然一阵狰狞。

我看得分明，一下子就明白了，顿时觉得寒气透心而过，几乎没晕过去。

我的天！刚才我们看到的脸，竟然和这具女尸外面雕刻的样子有些相似！

这是怎么回事？我们刚才看到的脸——是西王母？

这具尸体难道真是具尸壳子？真正的西王母，还活在这巨大的石头中心？

不可能，这怎么可能呢？几千年的人怎么可能还活着？就算没老死，在这里也饿死了。

"是幻觉？"我忽然怀疑自己的感官大概是精神太过疲惫了，"我们被这陨石搞得神经错乱了。也许刚才那脸就是文锦，只不过因为光线的问题，看起来像这女尸。"

　　胖子顿了顿："那她为什么不出来？"

　　我哑然。胖子道："很少有两个人会一起看错。"

　　这一下两个人如坐针毡。这地方待不下去了，胖子对我道："小吴，这地方越来越邪门了，你打算什么时候走？"

　　"怎么了？文锦还没出来呢。"我看着他的脸色道，"你吓成这样，不像你啊。"

　　"这是一方面，最重要的是，没吃的了。本来我今天也想和你说，如果你明天不走，我就是打晕了你也必须带你走。再等下去，我们就会饿死在这里。我们吃的东西已经剩得不多了。"

　　我道："不是还能撑几天吗？"

　　胖子道："我算过，剩下的东西，我们省着吃能吃两天，勉强够我们一路顺利地找到口子出去，但是现在多了一个小哥，我们就没有别的办法了。就算能安全到达地面，我们也必须挨饿穿过雨林。现在水已经下去得差不多，沼泽肯定已经露了出来，穿过去一定是极其艰苦的过程。你如果再坚持等下去，明天我们就要开始挨饿，饿上两天，你就不会有力气再出去，我们就等于死在了这里。"

　　我看了看那个孔洞，摇头道："不行，我们不能丢下她不管。"

　　胖子拍了拍我，道："我知道你这个人心软，我早就想好了，我们把能吃的东西都留下来，挨饿出去，到了外面，如果能回到那个营地，我们还有补充。实话告诉你，在每个休息的地方，我临走都埋了一包压缩饼干。只要走对路，我们还是能出去。我看大姐头够呛，与其等她出来看到我们饿晕了，不如这个办法好，而且这陨石里面这么邪门，我看——"

　　我知道胖子想说什么，摆了摆手，发现胖子虽然慢条斯理地这么说，但是他说出来的话斩钉截铁，几乎没有任何可以反驳的余地。可以想象，他一直忍着没有说出来。

　　"而且，就算你愿意死，小哥不一定愿意，你至少得救一个。"

　　我看了看闷油瓶，立即妥协了。是啊，我一直想着一个人都不能少，最后可能连闷油瓶都会被我害死，而且胖子的话确实有道理，这也许是唯一可以让我们都活下来的办法。看着那孔洞，我叹了口气，接着问他："可是现在我们应该怎么回去？"

胖子道："我们原路走回去，然后顺着河壁走，必然能找到另外的出水口，可以重新回到蓄水工程里去，那么肯定能发现出口。"

"如果没有呢？"

"现在管不了这么多了。"胖子见我答应了，喜出望外，说着就立即开始收拾，"只能听天由命了，不过应该有，否则黑瞎子早回来了。"

胖子动作很快，一个小时后，我们收拾齐装备，留下了我们所有的干粮，写了字条，然后他就催着我开始原路返回。

我还是有点儿无法割舍，看了几眼，又对着那洞口喊了几声，然后转头离开。

闷油瓶神情恍惚，我们搀扶着他，很快回到来时的那个全是陶片的地方。这时候，我正在想黑瞎子他们是往哪个方向走的，忽然，胖子停了下来，把矿灯照向水里。我发现在这片堆满了陶片的地方，出现了一个原来没有的深坑。

就和之前我们看到的深坑一样，但是我们可以确定，这个坑我们来的时候是没有的，好像是被什么东西拱出来的。

我觉得有些不妙，催促胖子快走，胖子此时却不走了。我问他干吗，他道："你没有看到这坑壁上刚才有什么东西闪了一下？"

离开

第十八章 · 陷坑

"是什么？"我问道。

"不知道，就在坑边上。"胖子看了看我，忽然对我道，"贼不走空，可能有好东西，我得下去看看，你等我几分钟。"

我气得要命，但是现在就我一个人，他不听我的，让我扶着闷油瓶，自己下水翻找，我没有办法，只能让他快点儿。

不过这并不容易，瓦片大部分埋在碎片的下面，在陶片中翻找，可不像在海里，沙还比较松软，这里的陶片一方面锋利，另一方面是在坑口，一动陶片就往坑里滑下去，人也不好保持平衡。表面的还好挖出几片，再往深挖就非常困难，有时候看到一块陶片，想翻开来，可就是拿不上来，好像长在里面一样。

挖了几下，胖子似乎发现了目标，浮上水面换气后，又潜了下去，用力把手插入挖出的陶片坑里往外掰。还没掰两下，胖子忽然一哆嗦，猛缩手回来，手上鲜血直流。

"糟了！"我暗叫不好，心说该不是被鳖王咬了吧？却见胖子并没有中毒的迹象，只是伤口似乎颇深。他用嘴巴吸了一口，换手又用力一掰，把那根骨头拔了出来，接着就浮了上来。

"怎么回事？"我在一边问道。

"这骨头里好像有刺，疼死我了。"胖子边吮着手指，边甩干捞上来的头骨，招呼我把矿灯照过来。

我嘀咕道："你看，自己作孽吧。"走过去给他照明。刚走到他边上，忽然听到我的身下传来一连串沉闷的"咕噜"声，接着冒上来一连串的水泡。

胖子和我都愣了一下。那气泡停了一下，又"咕噜咕噜"冒上来一连串。

"真是人不服人不行，你这屁放得赶上火箭炮了，还是连发的，这动静也太大了。"胖子捂住鼻子道。

我也莫名其妙，看了看四周，道："去你的，我没放屁。"

"你没放屁怎么这么臭？这都什么味儿啊，大便都被你熏死了。"胖子皱眉道。

四周确实有了臭味，我闻着心里一惊，这确实不是屁的味道。虽然一时之间想不起这是什么味道，但是潜意识里感觉不妙，似乎是要出事，刚想说"快走"，突然一下子失去了平衡，水花一炸，好像踩空了一样，整个人猛地沉进了水里。

这一下极为突然，几乎是在一瞬间，我脚下就空了。我的第一反应是我滑倒了，立即就蹬腿想重新站稳，但是紧接着整个水下都起了水泡，我脚下的陶片动了起来，往一个地方直滑，根本站不稳。

我大惊失色，立即意识到了什么，赶紧缩起腿，一个翻身往水下潜入，胖子也潜了下来，我们扎入水里。

扫过矿灯一看，就看到我脚下的水底塌方了，水底塌出了一个大坑，和边上的那个坑连在了一起，成为一个非常大的深洞，四周的陶片骨头全都往坑底滑去。回头一看，只见闷油瓶顺着坍塌被扯进坑底，脚被裹在陶片里拔不出来，好像有什么东西正抓着他的脚往下拽，想要把他拖进坑的底部。

刚才没顾到闷油瓶，事实上一直以来都是他照顾我们，我们还不习惯顾着他，看他的腿陷在碎片中，已经裹到了大腿，显然是刚才坍塌的一刹那被裹进去的。他没有做任何反应，呆呆地任由自己顺着瓦片沉下去。

眼看着他就要被裹到坑里面去了，我和胖子赶紧过去帮忙，一人扯住他的一只手就往上拽。胖子单手用不上力，咬住矿灯用双手，两个人用力蹬水，把他拔了出来。

这种事情如果他是一个人就死定了，如果有两三个人在就不算什么大事故。闷油瓶被提起来，开始咳嗽。

胖子道："我说你的屁厉害吧，把水底都崩穿了。以后放屁之前记得打招呼，免得误伤别人。"

我喘气大骂道："这时候还挤对我，等会儿老子和你拼了！"

"你看你这人，一点儿也不虚心接受教导！"胖子拿矿灯去照水底，下面的坍塌慢慢扩大，但有些停止了，很快一个大概有半个篮球场一样大的洞出现在我们面前，黑幽幽的，好比一张大嘴巴，要将我们吞噬下去。不时还有气泡从下面冒上来，四周弥漫着一股恶臭。

我记起这是沼气的臭味。这个洞肯定本来就存在了，也许之前有木梁之类的东西架在上面，腐朽之后还是维持着脆弱的平衡，没有外力的时候这种平衡可以延续千年，可一旦有任何的破坏，木梁就崩坏了。那个塌出的坑可能是木梁断裂造成的，胖子又在边缘挖瓦片，结果引起了连锁反应。

胖子道："这下面怎么好像都是空的？"

下面应该不深，但是水被刚才一搅动浑浊了起来，看不到底。我道："这下面可能是之前搭的一个放置鬼头罐的夹层。"看他又往边缘走，又道，"小心点儿，刚才我踩着还结实，忽然就塌了。可能这块地方下面全是空的，现在踩塌了一块，等一下别再来个连锁反应，形成漩涡我们就全完蛋了。"

"只要你不放屁就没事了。"胖子道，"咦，这是什么？"

我顺着他的手电光看去，只见那深坑中竟然有东西浮了上来。

"远点儿。"胖子提醒了一声。我拉着闷油瓶条件反射地退开了一点儿距离，胖子就把矿灯光聚焦在那东西上。

那些东西上来得很快，很快就浮出了洞口。这时候我们已经看得很清楚，都是一些腐木和树枝，中间还夹杂着很多没法分辨的棉絮一样的垃圾，这些应该都是被压在下面淤泥内的沉淀物，被落下去的陶片激起，跟着起来的还有大量浑浊的水。一时间，洞口附近的能见度越来越差。

胖子捞起了几个，都是缠绕着垃圾的树枝，弄了他一手的臭泥。他远远地抛开，道："这泥泡子的老泥底子都被我们翻出来了，臭死我了！这该不是以前的粪坑吧？"

我道："你家才用这么大的粪坑。在这粪坑拉屎，脚滑一下就可能直接没命，要你，你拉得出来吗？"

胖子太会扯了。这要是粪坑，那拉屎比蹦极还紧张，我看大象都不敢用，西王母国的先民总不会这么折磨自己吧？

"也许这是因为女王想培养他们的子民居安思危的理念，让他们在拉屎的时候都保持十二分的警觉。"胖子一本正经地道。

我知道胖子这是在开玩笑，不过我一点儿也笑不出来，因为四周实在太臭了，这些肯定都是人头腐烂之后积聚的味道。

我催促说："快走，这里太危险了！"我们捂住鼻子正想离开，胖子又从水里捞起来一个东西，这个却不是树枝。他"咦"了一声，就举起来："你看这是什么？"

第
十
九
章

●

水
壶

　　我朝他看去，就觉得那看上去像一个小号的人头，但是没有五
官，上面沾满了糜烂的黑泥，四周全是细碎的触须一样的东西。

　　"什么鬼东西？"我问。

　　胖子扔了过来，我凌空接住，才发现那东西不大，用水去洗了一
下，很快外面的黑泥被洗掉了，露出里面绿色带锈迹的表面。

　　我甩了甩，就奇怪道："是个军用水壶。"

　　"水壶？"

　　"老款式，几十年前的东西，我一看外形就知道了，我家里还有
一个。看，这里还有字。"我把水壶翻了过来。

　　在水壶的底上确实有钢印打的一串字，本来就打得不深，现在更
看不清楚，估计可能是生产的地点。

　　我们面面相觑，心说：怎么回事？这个水壶怎么会从这个洞里漂
上来？

　　这水底下的空间，应该是碎石和陶片堆积成的河底，虽然不知道

几千年前是什么样子，但是近几百年肯定就是这个样子，怎么会有水壶存在？

胖子道："会不会也是那批逃进这里的反动武装的东西？"

"有可能。"我道，"不过问题不是这个，问题是这东西怎么会在这下面？"

"也许有个反动分子也到这里来过，碰巧摔死在这个洞里了。"

我摇头道："不可能，这种平衡结构只能存在一次。如果之前坍塌过，这里要么会是个洞，要么被后来的泥沙填平，不会再出现被陶片覆盖起来的陷坑。"

胖子道："你怎么知道？"

"老大，这是常识。"我道。

"那也有可能是从其他地方漂到这下面来的，这块地方的下面可能全是空的。"胖子道。

"理论上有可能，但是实际上很难，水壶会浮起来，卡在空洞穹顶上，不是那么容易漂动的……"我道，还没说完，忽然就感觉脚下动了一下，这个"动"十分离谱，感觉只是我的脚下鼓起了一下。我立即张开双手保持平衡，对胖子道："当心，又要塌了。"

这时候胖子却骂了一声娘："你的常识错了。"

我低头看去，只见一团巨大的东西从那黑坑里迅速浮了上来，反射出一连串鳞片闪烁的光芒，接着我看到了一只篮球大小的黄色眼睛。

我一下子就呆住了，心说这是什么？胖子推着我大叫道："跑跑跑！跑！跑！跑！"我还没反应过来，就被他拉着冲了出去。

胖子像疯了一样，扯着我，一点儿都没留力气。我一看这架势，真的是在逃命，赶忙拉住闷油瓶，立即奔命而出。

这水里其实根本没法跑，阻力太大，这时候要跑是根本不可能的，而且脚下都是锋利的瓷片。我冲出去几步就踩到锋口上了，一下子摔进了水里，忙扑腾起来，也顾不得脚底心的剧痛。

接着胖子和闷油瓶也倒了，胖子背包都掉了，但是爬起来根本不看，大叫一声："别停！"就用尽全身力气，跌跌撞撞地继续往前冲去。我听到我们身后传来了滔天的水声，回头一看，那竟然是一条无比巨大的蟒蛇，从水中腾雾而出，简直犹如青龙出水。

看着那蛇的体形，我一下子就想了起来。

我的天，这……不是那条蛇母吗？

这怎么可能？那浮雕上画的巨蛇竟然真的存在，而且到现在还活着？

我心说"完了"，咬牙继续往前跑，就听着后面简直是骇浪一样的水声跟来。这可怎么办？只能跑几步是几步了。我几乎是一边跑一边摔，也不知道摔了多少次，脚也崴了，浑身都是伤。

很多人都有经验，在遇到危险逃跑的时候，人只凭着最开始那一股劲，在这劲头没用完之前，就算你身上给人劈了两刀，你也感觉不到疼。所以我一路狂奔，摔了爬，爬了摔，脚底都烂了，也不知道划了多少口子。慌乱中根本没有距离感，也不知道跑出去多远，最后忽然脚下一空，踩到了一个低洼里，一下子就滚了下去。下面就是那种深坑，我整个人就被冲进了水里。

我也算反应快，马上稳住身形，但是太突兀了，喝了好几口水，怎么踩也踩不上去。

胖子还算注意我，跑出去十几米了，又冲回来把我扯了上去。可没等我抓住他的手呢，忽然鳞光一闪，一股无比霸道的力量带着水流压了过来，一下子把他和闷油瓶也压下水来。

这就要命了，三个人扑腾起来，只见犹如火车一样巨大的蟒身在水里绕着我们盘了起来。胖子拔出了匕首，但是看了看体积差别，那匕首比牙签还不如，只得作罢。接着我就看到巨大的蟒头探进水里，出现在我们面前。巨大的鳞片犹如镜子，太大了，那种气势，我简直像看到一条无爪的青龙。

那水壶是怎么下去的？肯定是有人被它吃了，然后被它带到了沙土下面。我们三个给它当开胃小菜都不够。

我们在水里扑腾着，想游出那巨大蟒身的包围圈，却发现根本无法控制自己，巨蛇只要一动，水流就会翻腾，带着极大的水压把我们的方向打乱。

胖子不认命，端起枪，瞄准那蛇的眼睛，连开了两枪。巨蛇的脑袋动了两下，一点儿反应也没有，胖子就把枪扔了。

我让他别白费力气，我们都知道那枪根本不会起任何作用。遇到那种双鳞巨蟒还能拼命，这玩意儿实在太大了，怎么打啊？任何效果都没有。胖子就叫道："不会，大象不吃蚂蚁，我们太小了，它要吃我们也没这么容易。"

话还没说完，蛇头突然一缩，猛地朝胖子咬了过来。那种声势根本无法形容，我一下子就被冲起的水浪甩了出去。

我爬起来，大叫胖子，却见他拖着闷油瓶也被冲得老远，巨蛇竟然没有咬中。

巨蛇一击不中，恼羞成怒，巨大的蛇身扭动开来，形成了巨大的水浪，硕大的鳞片好比无数面镜子，把我手里的矿灯光反射得犹如瑰丽的光影幻境。

胖子朝我大叫："躲起来！"

我立即就朝一边的巨大石柱后面游去，好不容易爬了上去，一回头，头皮一麻，就看到巨大的犹如恐龙一样的蟒头已经悄无声息地探到了我的面前，正直勾勾地盯着我。

没法躲，蟒蛇太大了，我游得半死，逃开的距离它一下子就探了过来。可能两三百米内都是它的直接攻击范围。

我近距离照着，发现这巨蟒更加巨大，不由得腿软跪了下来。巨蟒转动头部，用巨大的蛇眼看着我，却没有立即发动进攻，蛇头不时地转动。

我心说，我死定了，在水面上，它的攻击肯定比在水里准。

但是等了几秒钟，还不见那蛇来攻击我。我死死地盯着巨大的蛇头看，发现那蛇似乎吃不准什么。

我想了想，忽然看到了我照着蛇的矿灯，一下子就明白了：这矿灯极亮，这蛇在这里可能几百年没有见过任何的光了，现在给这东西

水壶

迷了眼睛。

心里突然想到了一个办法，我慢慢地，将矿灯放到一边的石柱上，想趁它注意力被吸引的工夫，自己溜掉。

然而石柱上几乎无法放任何东西，一放就滑下来，我浑身直冒冷汗，放了几次都不行。

我一边让自己一定要镇定，一边想办法。我真佩服自己现在这个时候脑子还能转动，要是以前，已经完全吓死了。

我忽然看到一边的胖子在巨蟒的脑袋后面，给我打手势，好像要让我把矿灯甩给他。

我顿时明白了他的意图，深吸一口气，用力一甩，就将矿灯从那蛇头边上甩了过去。一道光弧飞向胖子，巨蟒被光吸引，马上转过了头去，就在这一刹那，我猛地潜入水里。

蟒蛇立即动了。我不管三七二十一，拼命游开去，直游到筋疲力尽才探出头来。可是我看到还是没有游出太远，巨蟒就在我的身后，四周横陈着巨大的蛇身。但是蟒蛇迅速地运动，竟然很快消失了，似乎钻入了沙子底下。

不久，就看到胖子背着闷油瓶从那边飞快地蹚水而出。我问他怎么回事，他道："我把矿灯沉到了一个洞里，它追了下去，快走，等它再上来我们就死定了。"

第二十章 ● 尾声

　　我们喘着气，互相看着，感觉刚才的一切好像在做梦。胖子脸色惨白，直让我们快走，一刻也不敢停下。之后的过程我基本上是非常恍惚的，特别是到了最后，我只能大概地记述一下经过。

　　我们几乎没有任何停留，一路回到了出来的水道口，选了一个方向，就顺着石壁开始寻找另外的出口。

　　在六个小时后进入了一个水道口，忍着饥饿，三个人干脆就闷头走，什么也不说，免得消耗体力。

　　"不吃东西靠脂肪能支持一到两周，难受的只有前几天。"胖子说，"我经历过这种时候，忍忍就好了。"

　　我一开始还怀疑我们最终能否活着出去，同时我也忽然明白了，"三叔"这次进来，为什么要称为"不归路"，因为路程实在太长了，一个人背负的食物完全无法满足整个来回，他已经预见到回程的艰苦了。

　　在渠道中空腹行军，胖子的计划是一天内走出去，但是往上走比往下走要累得多，饿了两天后，我们实在无法忍受了，开始琢磨办法。这里能吃的东西非常有限，有干枯的树根，以及很多缝隙里的虫子，探险手册上说，在野外没有食物又摸不准什么能吃的时候，吃虫子是最保险的。我们开始尝试着抓一些来吃，不过这里的虫子也非常少，并且都很细小，当瓜子还差不多。

闷油瓶一直恍恍惚惚的，后来好了一些，但还是什么都记不起来。我们和他说了好几遍事情的经过他都无法理解，好在不用再搀扶他，他可以自己跟着我们走。

靠着吃虫子又撑了三天，我们终于看到了活的树根出现在井道壁上，胖子判断这里应该是离地面很近了，我们四处寻找，终于找到了几个向上的竖井口。胖子爬了上去，发现这是我们当初进入雨林时路过的那片塔林。

这里的孔洞很小，我们没法钻出去，于是胖子用子弹砸出一个小孔，做了一个定向爆破，把几个孔之间的石头炸裂，我们才勉强挤出去。

地面上已经面目全非，所有沼泽的水位全都降到了最低点，露出了淤泥和狰狞的树根根系。此时烈阳高照，所有的毒蛇都在地下，应该是最安全的时候。

雨林里阳光明媚、鸟语花香的景色，很容易让人产生错觉，以为这里是人间仙境。但是我们深知这片刻的安宁绝对是一种假象，越是安宁，越是不能休息。

我们算了一下时间，在天黑前绝对出不了峡谷，最多能进入峡谷的中端，如果遇到任何阻击，我们三个筋疲力尽的人肯定会减员。

我们三个都是历经千辛万苦才活下来的，我实在不希望在这种关头再有人牺牲，但是事到如今，也没有什么更好的办法，只有尽全力了。好在峡谷中鸡冠蛇并不多，而且我们可以涂上淤泥。这一路，可以说是完全看命了。

接下来是长途跋涉，其间的过程没有必要再赘述了，我也实在不愿意提起，在淤泥中摸爬滚打，我们都带着伤，草蜱子爬满了身上也没有时间处理，入夜之后更是紧张，一有声音就立即加快脚步。

我们用了一天一夜的时间迅速穿过了峡谷，回到了戈壁上，果然看到了在外面等候的定主卓玛他们。那完全是一种如获新生的感觉。胖子一出峡谷，就几乎晕过去，而定主卓玛他们看到我们，几乎不敢相信自己的眼睛。

在峡谷外，我们休整了三天，所有的人都浑浑噩噩、筋疲力尽。这三天我什么都没有想，什么苦恼都没有，当时感觉只有睡觉是最重要的，其他的一切都不重要。而且我头一次真正感到了释然，似乎那些谜、还未解开的一切，都和我没有了一丝关系。

闷油瓶仍旧没有起色，要么缩在帐篷中发呆，要么就是靠着岩石看天。我们都叹气，但是毫无办法。谁也没有想到，他追寻到最后，竟然是这样一种结果。

潘子却意外地被扎西救了回来，躺在另一个帐篷里，时而清醒，时而昏迷。我没敢和他说"三叔"的事情。扎西说文锦交代过他们一些事，他们知道怎么防蛇，之前信号烟出来的时候，他们也进入了营地搜索，在丛林那儿发现了营地，在那里发现了潘子。

我算了一下时间，应该就是我们去抓文锦的后一天，想想只要能熬过那天晚上，就能碰到扎西，那事情就完全不同了。可惜，那一晚变数太大了。

又休整了两天，扎西告诉我们应该出发了。按照他的记忆，我们现在处在一个魔鬼城环的中间，魔鬼城中设置了蹊跷的机关，我们必须有精确的导航。走出去之后，东西两边可能都会有公路，我们只要到公路上，就可以求救。此刻，我也很想知道"三叔"和"黑眼镜"的下落，可是已没了气力。扎西说，他们可能从另外的出口出去了，也可能根本没有出来，但是我们现在已经什么都做不了了。

没有车只能步行，我们最缺的是劳力，因为当时的水是"三叔"的大队人马搬来的，他们出发之后剩了好多，我们没法全部搬走，而且算一下跋涉的时间旷日持久，我们能带的水坚持不到找到公路的时候。

尾声

279

胖子建议，把食物减半，丢弃帐篷，多出来的空间全部用来带水。少吃点儿没事，没水坚持不了几天。

于是我们照办，背着大量的水出发，横穿戈壁。这过程初期免不了艰苦，但是和雨林行军相比已经属于两个档次的跋涉了。四天后我们走出了魔鬼城，又走了一个星期，终于到达了公路，拦到了驴友的一辆SUV，用车上的电话和裘德考的人取得了联系。大概三十个小时后，阿宁公司的车队赶到，将我们接上车。

所有人都瘫倒了，有些人喜极而泣，这是怎样的一次旅程，恐怕只有当事人自己知道。

在回程的路上，胖子靠在车上，忽然唱起歌来："攀登高峰望故乡，黄沙万里长。何处传来驼铃声，声声敲心坎……"

破锣一样的嗓音倒好听了起来。我忽然觉得一阵悲凉，一刹那，泪如泉涌，视线模糊，过往的一切恍如梦幻般从眼前闪过，仿佛听到了那些永远逝去的声音，在苍茫的戈壁上回荡不止。

回到格尔木后，我权衡再三，写了一封E-mail给我的二叔，将事情的前前后后全都交代了一遍。半个小时后，二叔就打了电话过来，对我说他知道了，这件事情千万不要对任何人说起，叫我也不要管了，他会处理，让我立即回杭州。

我自然不可能立即回去，胖子和闷油瓶还有潘子都必须在医院里待一段时间。

胖子是疲劳过度了，挂了几瓶营养液就缓了过来。潘子命大，我将"三叔"的情况和他说了一遍，他捶胸顿足。我自己筋疲力尽，也无法去和他说什么。他没等完全康复就出院回了长沙，说是要等"三叔"的消息。我让他有消息就立即通知我。

最严重的是闷油瓶，住院之后他已经恢复了意识，但是我们发现他什么都记不起来了。过度的刺激让他的思维非常混乱，医生说要让他静养。

本来他能记起来的就不多，现在连我是谁他都不认识了，这种感觉实在让人崩溃。看着他的样子，我实在不忍心再看下去。

我是最后一个回到家的人。洗了一个热水澡后，我百无聊赖地看积下来的信，突然发现其中有一封信竟然是"三叔"寄来的。

我心中一动，看了看日期，发现没有邮戳。我立即展开，发现这是一封长信。

大侄子：

你看到这封信的时候，我也许踪迹全无，也许已经死了。

我不知道你此时是否已经知道了真相，但是我知道怎么也欠你一个交代。

现在，我即将要去做一件事，这件事是我的宿命，我无法逃避。我感觉这可能是我最后一次了，我为了这件事已经毁掉了自己的事业。如果这一次我没有找到答案，那么我宁可选择死亡。

你想知道的事情，我写在下面，你可以慢慢看。你大概一直非常奇怪，我为什么一次又一次地骗你。你看完后就明白了，那是因为，我自己本身就是一个骗局。

非常抱歉，但是不管你怎么看我，你永远是我的大侄子。你一定要相信我，你三叔我做的一切，其实都是为了保护你，我从来没有想过害你，也没有想过对你们吴家有任何的不利。

也许我其实已经成了吴三省，又或者，这个面具戴得太久，就摘不下来了。

同样抱歉，在这封信里我没有办法说明所有的细节。我想说，在这件事上，所有发生的事都有着必然的原因。而我，其实只是一个事故。当时的阴错阳差导致这一切的发生，等我深陷其中的时候已经没有办法挽回了。

在西沙的事情，其实隐藏着一个更大的秘密，文锦他们的背景也远没有那么简单。我在调查他们的时候，发现他们其中几个人完全没有背景，不知道从何而来，也不知道以前是干什么的。再深入调查下去你就会发现，这支考古队背后肯定隐藏着什么，所有的事情都深不可测，所以之后如果你仍旧被卷入这件事当中，一定要看看我的下场，就会知道追寻这个秘密，需要付出什么代价。

我更希望这件事情到这里就结束了。你知道了真相之后，你的生活可以继续下去，不要再陷入其中了。我知道你回想整个事情的经过，还会发现大量的谜题，但是那些已经和你没有关系了。

最后，作为临别的最后一句话，你要记好，那是你爷爷留下来的话语：

比鬼神更可怕的东西，是人心。

你的三叔　于敦煌

下面是很长的一段事情经过的描述，和文锦说的几乎相同。我默默地看了下去。看完之后，我的眼泪就无法抑制地流下来了。

盗墓笔记 (伍)

引子

第一章 · 盗墓笔记

　　8月的杭州，气候宜人。虽然近几年来，夏天的温度越来越高，但是在西湖边上，你还是能感到当年"水光潋滟晴方好"的意境。

　　我靠在铺子的躺椅上，翻阅这几个月来我整理的东西。

　　从格尔木回来已经有三个多月了，我似乎一直没有缓过来。最后发生的事情实在超出了我的承受范围，我没有想象到事情会以这么一个事态收场。

　　这三个月，我始终无法走出当时的梦魇。我每天晚上都会做梦，梦到无数经历过的画面。

　　可是，我能摆脱吗？我真的很怀疑，心中的郁结，并没有随着那些秘密的解开而少任何一点。

　　"别人拼命想掩盖的，必然是不希望你看到的，所以，追寻别人的秘密，必然要承担知道秘密的后果。"

　　这是我最后领悟出来的话，可是，就连闷油瓶都无法逃脱那种宿命，我又能如何呢？又有多少人，可以把满腔的疑问在心里放上一辈子呢？

回来之后，我将这一年来的所有事情，全部写了下来，从我爷爷的笔记开始，一直到现在。一件一件的事情，一个一个的细节，当时不清楚的部分，也逐渐在我脑海里清晰起来。真相就是这样的，也仅是这样而已，想想当时对这些谜题的渴望，心中的荒唐感让人感慨。

在我写完最后一个字的时候，我想过我什么时候才能把这些东西都忘掉，想来这是不太可能的事情。但是我知道，我终究会有忘记的那一天。时间总是能改变一些东西，我现在只希望这一天能来得更早一些。

在整件事情中，还有很多我不了解的部分，比如说，我真正的三叔在哪里？闷油瓶的真正身份是什么？消失的文锦到底去了哪里？终极到底是什么？那地下的巨大遗迹到底是谁修建的？文锦那批人到底是什么身份？他们到底在进行着怎样的计划？

这些东西仍旧是一个一个的谜团，本来最让我上心的是后者，不过放到现在看来，这些问题也并不怎么重要了。

我们将闷油瓶送去北京大学第一医院做了全身检查。他的身体基本上没有问题，就是神志还不是很清醒。我们将他留在医院里，找了专人照顾，但这不是长久之计。我问过长沙的一些人，想了解闷油瓶的一些背景，让他们去帮我打听，可是到现在还没有任何一个人回复我。

胖子说他有办法，也没有回音。看样子，要了解闷油瓶背后的事情，远比我想的要难，现在也只有寄希望于他能够早日好转，提供一些有用的东西给我们。如果不能，那只能是由我们养他一辈子，对他来说，也许倒也不是一件坏事。

很少有人能有忘掉一切的机会，而幸运地忘掉的人，却又不顾一切地想记起来，这简直是一个人性的悖论。私底下说起来，我倒真不怕他永远记不起来，反而怕他记起了什么，却又不清楚。

潘子被送到医院。他能活下来简直是奇迹，我总感觉有些不可思议。他其实受伤并不重，很快就康复了。

长沙那边现在一片混乱，潘子告诉我，之前老伙计还在的时候，三爷就算不在，那边的局面也好控制，但是现在不行了，树倒猢狲散，到处是风言风语，他也不知道怎么办。好在三叔的产业被陈皮阿四斗得缩了不少，否则还要难处理。他只有走一步是一步，实在不行，那也只能拆伙，他这些年攒的钱早已经不愁吃、不愁穿，现在也许是该退休的时候了。

我让他快点找个姑娘成个家，三叔的产业他就别操心了。三叔年纪也大了，他又无儿无女，这事迟早会发生，积弊已久，靠我们是没法力挽狂澜的。

潘子没什么反应。三叔生死未卜，我想他永远也不会安心，可能还是会一直找下去。我只有祝他好运。

胖子和我分开后回了北京。他是最没感觉的人，回去照常开张做生意。按照潘子的说法，这人非但不浅，而且城府还很深，不过我是实在看不出来他深在哪里。胖子临走说了一句套话："青山不改，绿水长流，后会有期。"说得挺有感觉。若不是这么长时间相处下来又出生入死的人，很难体会到这种套话里的意思有多么婉转凄凉。

扎西在格尔木就和我们道别了。如果不是他，我们肯定走不出塔里木，所以当时我们想筹点钱给他。扎西说这件事情对他来说是一次业，能把我们活生生地带出来，已经是菩萨保佑，他不能再要我们的钱，后来我把我的手表送给了他，留个纪念。

阿宁死了，裘德考的公司我暂时没了联系，发了几封E-mail给熟人，都被退了信，也不知道他们是否还要继续下去。无论如何，经过这一次失败，那老鬼也应该死心了，如果还执着下去，那也只能自求多福。

尘归尘，土归土，所有人的生活好像都回到了正常的轨道上。那时我刚回到杭州，继续过我朝九晚五的小开生活，坐到藤椅上，打一个小盹儿，一觉醒来，百无聊赖地翻开我爷爷的笔记，忽然就感觉时光荏苒，恍如隔世。

庄周梦蝶，醒后不知道自己是在做化人之梦的蝴蝶，还是在做化蝶之梦的凡人，以前我听着玄乎，现在我一下子就明白了他的感触。只觉得这一年来的一切，好比梦幻，一闪而过，又感觉自己还在蛇沼之中，眼前的悠然，可能是自己临死前的臆想。

不管是哪个，我都想欣然接受了。有的时候，一件事情结束比得到这件事情的结果更加让人期待。

然而，我心里十分明白，这件事说结束还早得很。

第
二
章 ●
讨
论

　　两个星期后，闷油瓶出院，我去北京和他们碰头，顺便商量之后
的事情。

　　回来之后，我最棘手的事情，就是如何处理三叔留下的烂摊子。
我这一年来的事情，虽然轰轰烈烈，却都是在暗中进行的，家里人完
全不知道我这边发生的剧变，三叔如今是真的下落不明，可能永远不
会出现，这边的事情如何解释是一个难题。

　　另一个就是闷油瓶。如今他变成了拖油瓶，随着他意识的恢复，
我必须面对如何和他重新认识的问题。

　　他没有亲人，在这世上干干净净，也不知道老窝在哪里，问了不
少人，什么消息也没有，正如他自己所说，他几乎和这个世界没有一
点儿联系。他的随身行李全部丢在盆地里，没钱，没任何证件，这时
候如果放任他不管，恐怕只有去路边当流浪汉。

　　胖子混得相当不错，在琉璃厂也开了堂口。我们在他的新店里碰
头。几个月不见，闷油瓶已经恢复了之前的气色，除了眉宇间对这个

世界的陌生，其他的倒是给我熟悉的感觉。这让我多少有点儿心安。见到他的时候，他靠在窗口，也没有看我，眼神如镜，淡得比以前更甚，好像心思已经根本不存在于人世之间。

我先说了点儿客套话，他毫无反应，我就问胖子他的情况如何，医生是怎么说的。

胖子摇头："不就是那样？据说是回忆起一些片段来。医生说是受了强烈的刺激，得精神刺激才有可能好转，不然每天炖猪脑都没用。"

我叹了口气，也不知道在那陨石之内，在最后时刻到底发生了什么，能让他变成这个样子。

"你有什么打算没？"说了点儿无聊的，胖子就问我，"我这儿就四十多平方米，实在局促。你要让他住这里，我连相好都不敢找，别人一看我藏着个小白脸，还以为你胖爷我是兔儿爷。"

"你这人真没良心。人家可是不止一次救过咱的命，你担心这不靠谱的干啥？"我没好气道。

"他又不住你那儿，你当然站着说话不腰疼。你要我出钱给小哥找个房子，那咱是一句话，他要住四合院我都给他拿下。和我住一起就不行，这和救命不救命没关系。"胖子道，"你看要不这样，我掏钱租房子，你掏钱找保姆，咱们把他安顿在这附近，给他好吃好喝，没事周末过去探望一下。"

"你这整得好像金屋藏娇一样。"我道，"他又不是傻子，你得问问他自己的想法。"

于是胖子便看向闷油瓶："小哥，你自己说怎么着吧，今后有什么打算？"

闷油瓶闭了闭眼睛，似乎在思考，隔了很久才道："我想到处去走走。"

我道："走走？到哪儿去走走，有目的地吗？"

他淡然道："不知道。到你们说的那些地方：长沙、杭州、山东，看看能不能记起什么东西来。"

我心里咯噔了一声，这是我最不愿意听到的——他想记起点儿什么东西来。现在他脑海里基本是一片空白，他的过去是一个巨大的谜题，但是谜题越大，对人的折磨就越小。然而如果他在游历过程中，记忆开始复苏，在他脑海里浮现出的情感片段对空虚的人来说是诱惑力极大的，一点点的提示都会变成各种各样的线头，让他痛苦不堪。

我理解，对失去记忆的人来说，人生的所有目的，应该就是找回自己的过去。这一点无论如何也无法回避，但是我实在不想他再走上那条老路。

胖子看我脸色有变，知道我心里有个疙瘩，拍了拍我，提醒我道："顺其自然。咱们不是说好的吗？你想把他硬按在这里也不现实。"

我叹了口气。如果这样，只有实行第二个方案了，就是和他一起琢磨这些事情，看着他。我们到底是过来人，很多东西可以避免他走极端。

他的想法我也想过，我曾经有计划带他到长沙，让其他人看看，不过现在长沙形势混乱，我都不知道去找谁好。这时候我忽然想到一件事，问胖子："你上次不是说你有办法能知道小哥的背景，怎么后来就没消息了？"

"别提了，这事说起来就恶心。"胖子道，"你胖爷我当时计划是找那些'夹喇嘛'的人问问，他们当中间人的消息广，这小哥既然能被你三叔联系到，肯定留过一些信息在'夹喇嘛'的地方，咱们可以通过这个下手。"

我一听，心说这是好办法啊，怎么就恶心了？胖子继续道："没想到这些人个个都摇头，说什么不能讲。你说这批人平日里干的就是拉皮条的勾当，这时候给我充什么圣人君子。"

我"哦"了一声，是这么回事，行有行规，这倒不能怪他们。他们这些人可能就指望着这些信息吃饭，一旦透露出来，恐怕不只混不下去，还有可能被做掉。

"这些人口硬得不得了，这条路也是死路。"胖子道，"你那边怎么样？"

我叹了口气，说要是我三叔在，也许还能打听点儿什么出来，现在我接触的人资历不够啊，那些老瓢把子品性古怪，现在都盯着我这边的状况呢，我特地去接近他们，还不给他们吃了？那不是我这种人能干的事。

"那你就别琢磨了。我看还是按照小哥说的来，咱们给他报个旅行团，准备点儿钱，让小哥自己出去走走。"胖子道，"要不咱干脆替他征婚，把他包给一富婆，以小哥的姿色，估计咱还有得赚，以后就让他们自己过去，你看如何？"

这不是扯淡嘛，我心说，便摇头不语，琢磨起胖子刚才的说法，总觉得那是个好办法，想着我就想到一个人："不对，你刚才找'夹喇嘛'的办法，也许还不是死路。"

"怎么说？"

"那些掮客不肯说，无非是怕得罪人，又或是不知道，怕说出来露短，但是有一个人，就没这个顾虑，也许咱们可以从这个人身上下手。"

"哪个人？"胖子问。闷油瓶也转过头来。

"去长白山的那次，替我三叔'夹喇嘛'的，是一个叫楚哥的人，你还记得吗？"

"你是说那个光头？"

我点头。楚哥楚光头，是与三叔合作的地下钱庄老板，被陈皮阿四买通后，被雷子逮了，现在不知道在哪里坐牢。他联系了闷油瓶和胖子，肯定知道他们的信息，而且他现在身在囹圄，也没什么顾虑，只是不知道怎么找到他，还有怎么让他开口，毕竟他说也没顾虑，但是不说也没顾虑。

胖子一击掌："哎呀，还真是。"点头赞同我的想法，道，"这我倒没想到。不过，咱要是去找他，他把我们举报了怎么办？"

"这种人精明得很，手里信息很多。他要是有心吐出来，长沙一片倒，他忍着没说就是因为知道不说才对自己有利。"我道，"他现在落难，求人的地方很多，我看套出话来不难。"说着心里已经知道应该怎么办了。其他事情不能麻烦潘子，这事倒是不敏感，可以托他去问问情况。

这就决定还是帮闷油瓶查吧，我们插手好过他到处乱跑。不过这事情我没法一个人干，我这边忙得要命，而且局势混乱，让闷油瓶跟着我到处跑肯定不行，他那种人我又制不住，万一他突然想起什么来，又溜了，我去哪儿撞墙都不知道，得拖胖子下水。

和胖子商量了一下，胖子也只好同意，他道："别的不说，最好是能找到小哥住的地方，那咱们可以省很多的力气。"

于是就这么约定，我去托潘子办事，闷油瓶先和胖子住在一起，有眉目了，我们再一起商量后面的情况。反正以三个人的关系，这事情怎么样也脱不了身，不如当自己的事情做，算是还闷油瓶的人情。

常言道，"良言难劝该死鬼"，这一拍板，是非就跟着来了。

我回杭州后给潘子打了电话，讲了来龙去脉，潘子也是讲义气的人，一口答应。他效率很高，三天后，我就接到了他的电话。

我以为有了眉目，问他情况如何。

他叹了口气，对我道："麻烦事。找是找到了，我问了他，你想知道的事情他确实知情，不过他不肯白说，有条件。"

"什么条件？"我问道。这是意料中的事情，我处在他这样的情况也会提条件。

"他要十万块钱，还要你去见他，他要亲自和你说。"

"见我？"我愣了一下，有点儿意外。钱好说，见我干什么？听着感觉有点儿不妥当。

"该不是他想把我引出来，好戴罪立功吧？"我心寒道，耳朵边一下子听到了铁锁链的声音。

"我也觉得有可能。"潘子啧了一声，"不过，他让我给你带了一样东西。他说你看了这东西，必然会去见他。"

"是什么东西？"我好奇道。

"是一张老照片。"潘子顿了顿，"很老的照片，是我那辈人年轻时候的那种黑白照片。"

　　我忽然起了一身鸡皮疙瘩，第一反应就想到了三叔西沙出海前的合影。那张狗屁照片，误了我多少时间！我心里琢磨，难道楚哥也知道这事的隐情？不过他现在用这件事情来谈条件，未免有些晚了。

　　我想着就问道："上面拍的是什么？"

　　潘子"嗯"了半天，道："我不敢肯定，感觉上，那拍的应该是一个'鬼'。"

第三章 • 第二张老照片

　　照片通过E-mail发了过来，潘子对此一窍不通，我教了他半天，收到的时候，离我和他打电话，已经过去了一个小时。

　　那真是一张很老的照片，发黄，上面有褪色的痕迹。即使如此，我还是能看到照片上的东西，也理解了为什么潘子不能肯定，以及"鬼"是什么意思。

　　那张老照片应该是在一间老宅中拍摄的，背景是一面屏风，照片发白得厉害，细节都看不清楚，却能够看到在屏风后面，直直地站着一个人。

　　光从屏风后透过来，人影相当清楚，让人毛骨悚然的是人的姿势。平常人站立，总是会有一个重心的偏移，但是这个人影几乎是直立在那里，而且，整个人肩膀是塌的，一看就不正常。我第一感觉，这人是吊在半空的。

　　屏风后面吊着个死人？

　　我心里有点儿不舒服，但是想不出这照片哪里能引起我的兴趣。

看了这照片就会去找他？好像没有这种感觉。

再往下看，地板是木头的，照片左边边缘是一个深景，是屏风后的走廊，一半被屏风遮了，一半能看到，那个地方已经皱了起来，粗看看不清楚，但是仔细看，我就看到走廊一边有几道门。

我觉得这场景有点儿熟悉，这种古老陈旧的感觉，加上这样的房间排列，我肯定在哪里看到过，而且印象还比较深刻。

我拖动鼠标，E-mail里还有照片背面的扫描，上面有楚哥的手迹，显然是写给我的。上面写道：1984年，格尔木疗养院。

我倒吸了一口冷气，恍然大悟：啊，这是在格尔木的那幢废弃的疗养院里拍的照片。我脑子里一下子闪出了当时的情形。不知道这是几楼的走廊？

那疗养院是文锦他们为了躲避"三叔"的追查而选择的藏身之地。文锦一行人背景诡秘，按照"三叔"的说法，他们不知道在进行什么研究。在这个废弃的疗养院里，他们拍摄了大量的录像带，监视着自己的一举一动，里面甚至还有一个极度像我的人存在，这方面的事情完全是一团乱麻。

楚哥怎么会有那地方的照片？难道他也牵涉其中？

不像。他和"三叔"的关系非常好，会不会是"三叔"有什么东西在他那里？或者托他办过什么事情……所以他知道一些内幕？

这确实很有可能。如果他真的知道在那疗养院里发生过什么事情，对我来说是一个意外之喜。不过，话说回来，这张照片拍的是什么呢？

对普通人而言，拍照必然会有主观的目的，要么就是留影纪念，要么就是保存资料，不可能毫无意义地就去拍一张照片。当时，在那个疗养院里，显然是有了什么契机，使得有一个人拍下了这张照片。

留影纪念我看是不太可能，屏风很普通，那简陋的走廊处于照片的边缘，肯定不是为了拍这些而照的。那么，这个人要拍的，必然是这屏风后的那个影子。

这是一件相当诡异的事情：一方面，这个影子让人毛骨悚然；另

第二张老照片

一方面，这样的拍照方式，确实让人觉得，这可能是在拍"鬼"，因为这看上去有点儿像网络上的鬼照片了。但是我心里很清楚，这不可能是个鬼，一定是什么东西在这屏风后头，而拍照的人，基于某种理由，隔着屏风拍了这张照片，只是我们不在当场，只看到一个结果，所以觉得匪夷所思。

那个疗养院实在隐藏了太多东西，他们把自己的一举一动拍了下来，现在又出现了这样的照片，他们到底在里面干了些什么呢？

想了想也没有办法顾虑这么多了，看来确实是有必要见一下这个人，于是我给潘子打了电话，说明了我的想法。潘子想了想就答应了，说他来安排，安排妥当后再通知我。

话休絮烦，很快，我在坪塘监狱见到了楚哥，过程比我想象中要顺利。潘子带我进去，这是我第一次进监狱，一路过来直冒冷汗。过了几道铁门，我在休息室里看到了他。

这家伙明显瘦了一圈，光头都不亮了，看上去老了好几岁，皱着眉头瑟瑟发抖。我递给他烟，他抽了几口才有点儿放松。想想当初见他油光满面的样子，我不由得感慨，混这行的暴富暴穷，活成这个样子也得认命。

见面局促了片刻，我也不知道和他说什么好，反倒是他先问我："你三叔什么情况？"声音都沙哑了不少。

我草草地说了一下长沙的情况，告诉他三叔音信全无，场面上看不到人，不知道跑到什么地方去了。

"报应，走这行就是这报应。"他狠狠地吸了一口烟，似乎有点儿走神，想了想抬眼盯着我看了看，又问，"你在打听哑巴张的事情？"

"哑巴张？"我愣了一下，想了一下才反应过来，"你是说那小哥？你们叫他哑巴张？"

"道上人都这么叫他。"此时他已经把烟抽完了，速度极快，我看他的手又抖起来，忙把我的烟和打火机都递给他。他立即拿出来又点了一根："因为他不喜欢说话。你打听他的事情干什么？"

我心说这关你屁事，一下子不知道怎么回答。潘子就在一边道：

"你问这么多干吗？"

楚哥抽了几口烟，瞄了潘子一眼，也是有恃无恐："老子都这样了，问一声能怎么样？"

潘子本来见他就恨得慌，啧了一声，想说狠话，我把他拦住了。楚哥现在算是最落魄的时候，说狠话没用，所谓已经没有任何东西可以失去了，你骂他几声又能如何？我道："楚哥，你在江湖上混得比我长多了，知道有些事情我真不好说。"

"哟嗬，小三爷也和我玩场面话了，行啊。"他点头看着我，有点儿酸溜溜地说。

我倒是不吃他这一套，只是看着他。他哆嗦着似笑非笑了一会儿，发现我毫无反应，也有点儿无趣，忽然就对潘子道："潘爷，你钱付给我老爸了吧？"

潘子掏出一东西，那是一张收条，是潘子拿十万块替我付了，甩到楚哥面前。楚哥拿过来看了看，道："果然是三爷的人，够爽快。"

"钱我们也付了，人你也见着了，现在你能说了吧？"潘子悻然道。

楚哥点头，就对他道："那请潘爷你回避下，这是我和你们小三爷的事情。"

潘子皱起眉头，有点儿火。我忙给他使了个眼色，意思是就顺着他吧，你能有什么办法。潘子气得够呛，暗骂一声，起身出去。

楚哥看着他离开，直到门关上，才转头看向我。我发现他的脸色变了。他猛吐了一口烟，对我道："小三爷，你不能再继续查下去了。"

我吃惊地看着楚哥，没想到他会这么说。

"为什么？"我脱口而出。

他叹了口气："你看看我，我的下场、你三叔的下场、哑巴张的下场、所有人的下场，你都看到了。"他站起来，"从这之后的东西太惊人了，不是我们这种人能接触的。"

我坐直了一些，想起了那张照片，问他："你到底知道些什么？"

第四章 ● 同病相怜之人

楚哥这样的说法，让我感觉他知道相当多的事情，不由得紧张起来，于是出言催促，唯恐他和三叔一样，说到一半又不说了。

这一下就露了怯。楚哥看着我笑了笑，道："你别急，我会把我知道的都告诉你，不过你先要答应我几件事情。"

"是什么？"我问道，心说，该不是要临时加价？

他看了看门口，哆嗦着道："你不能对别人说这些事情是我告诉你的，毕竟，能告诉你哑巴张的事情，我也能为了钱告诉你其他人的事情，搞不好有人听到这个消息，想不开，找人把我做了。我也不是无期，还是要出去的，而且这里也没我想象中那么安全。如果不是走投无路了，我也不会卖这些消息。"

我点头。这我可以理解，所以他才让我来见他，还要把潘子支开，这种事情越少人知道越好。

"我和你三叔是多年的朋友，所以早年有很多的事，都是我去实施的，比如说，调查陈文锦。所以，我知道的事情，比你想象中多得多，"他哆哆嗦嗦道，"也知道这后面的水有多深。你可能不知道，你三叔经常提你，所以我知道你的事情。你不是道上人，所以我才敢卖消息给你。"

哦，我心里一阵翻腾，这倒是可以解释为什么他会有那张照片，问他："这究竟是怎么一回事？"

他继续道："我不知道你三叔有没有和你说过那些人的事情。"

"你是指那支考古队？"我道，脑海里响起了三叔说的话：他们都不正常，"说过一些，但是不多。"

"你三叔这辈子，一直在调查那批人的行踪，我之前跟他混的时候，经常听他叨叨，但是越查，他就越发现这批人不正常。"楚哥又吸完了一根烟，马上又拿出一根来对上继续吸，"这些人，好像都是独立的，独立于这个世界，和这个社会一点儿联系也没有。他们来自哪里，是什么人，到底在考察什么，谁也不知道。"

"这些我知道。"

"当时我劝他放弃，他对我说，他绝对不相信，这个世界上会有这种人存在。那几年我们几乎用尽了所有的办法，却一直没有进展，最后你三叔还是听了我的，死心了。我以为这事情就这么完了，没想到一年前，你三叔、你，还有哑巴张那几个人去山东回来之后，你三叔忽然告诉我，那哑巴张也是那伙人之一，而且一直没老。惊讶之下，我们就马上开始查，目标自然就是哑巴张。"

我坐直身体，看到楚哥又点了一支烟，不知道是第几支了。他还是深深地吸了一口。"哑巴张当时是四阿公的人，是你三叔从四阿公那里借来的，我就找人过去打听他的身世，结果听到了一些难以置信的事情。"他顿了顿，"据说，四阿公第一次见到哑巴张的情形相当奇特，那事情发生在四年前，在广西一次捕尸当中。你听说过捕尸吗？"

我点头。捕尸是旧社会的事情，一般发生在出现某种灾难的时候，有僵尸传说的地方比较盛行，打旱魃就是其中的一种。这种时候往往会挖坟翻尸，也有真的闹尸变的时候，村民挑出胆子大的，用套索套住粽子拖出古墓，在太阳下暴晒除害。

　　陈皮阿四的人和楚哥讲的捕尸却和这个不同，楚哥道，这要从陈皮阿四在广西的生意说起。

　　广西历来是一个各民族文化荟萃的地方，文物古迹众多，不过因为文化差异与中原太大，中原人那一套在广西完全没用，在广西活跃的一般都是淘家或者是古董倒家，都往村寨民间去收古董。因为广西和越南接壤，久而久之，有一些越南人就发现了这个生财之道，这些人结伴越境到中国来盗掘一些古墓。广西有岭南文化，古墓众多，而且很多都是明葬，越南人不懂盗墓，乱挖乱掘，但还是能搞到一些东西的。

　　中原一代在湖南、陕西这些地方的生意其实已经很难做了，你说斗没有吧，确实还有，有很多油斗，盗了十几次，里面还有东西剩下，进去总不至于空手。但是有真东西、有龙脊背的真的太少了，要开一个新斗几家都蹲着抢货。这样的局面，肯定得求变，所以很多瓢把子都在打外省的主意。有一段时间，黑龙江挖金国坟的也有不少，广西也是一条线。

　　陈皮阿四的盘子大，所以和在广西的越南人也有联系，那一次派人去广西，就是因为那边的人说，有一批越南佬发现了大斗，不知道是什么来历，看上去规模相当大，要这边派人去"指导"，他们不知道哪些东西值钱，哪些不值钱。

　　当时去了三个人，他们跟着越南人进了雨林，第一次看到了越南人是怎么办事的。越南人是全副武装，估计这批人不仅干这一种买卖，还抬着一个筐子，问他们装的是什么，他们说里面是"阿坤"。陈皮阿四的人不懂越南话，也不知道是什么意思。

　　在中越边境的林子里穿行了三天，他们才到达那个地方。古墓几乎是敞开式的，他们用芭蕉叶盖住发现的入口，好像是一个地窖。就在他们要进入的时候，越南人拦住了他们，对他们做手势，意思大概是"小心"。

　　说着，有一个越南人把筐子里的东西搬了出来，这时候他们才发现，筐子里装的，竟然是一个浑身赤裸的男人。

　　那人的手脚被绑着，披头散发，浑身是泥，越南人就扛着他从入口吊了进去。

入口下面就是墓道，一路是向下的石阶，越南人都拔出了刀，陈皮阿四的人也准备起了黑驴蹄子，走着就发现这古墓规模极大，走了十几分钟才到墓室，下到底下就闻到了腐臭味。他们循着臭味，发现墓室的中央有一个脸盆大的方井，味道就是从下面传出来的。

这是一个两层墓，而且是岭南王国的群葬墓，手电照下去，井下是相当矮的墓室，大概只有一点五米高，能看到太阳状排列的木棺浸在积水里，从底下散发出浓烈的恶臭。

越南人直接把那个被绑住的男人推了下去，然后垂下绳套，用手电照着，似乎在等待什么猎物。

陈皮阿四的人一看就知道了，这古墓里肯定有问题，也许他们第一次进去已经死了人了，所以这一次，他们带了人进来。这个人可能相当于鱼饵，他们想要用活人把里面的什么东西引出来，然后放绳套下去，套住吊起来。这确实是一种捕尸的做法。

听着感觉未免也太残忍了，盗窃文物无非是求财，弄得要夺人性命，这事情就变质了，但是那边的事情，有历史原因，很难一概而论。陈皮阿四的人知道这些人都是亡命徒，这种事不能干涉，否则不知道他们会干出什么事来。

不过他们等了半天，一点儿动静也没有，越南人非常奇怪，在那里用越南话商量了一会儿，领头人就逼着一个越南人下去查看。

那个人下去之后看了一圈，就招手，意思是没事了，另外几个越南人也下去，开始往上面吊东西。陈皮阿四的人当时也大意了，没有跟着下去。结果没吊上来两件，下面突然就起了变故，听到有人惨叫，血都从井里溅了出来。

这些越南人相当彪悍，立即就有人往上逃，还真给逃上来两个，接着，就有一只指甲奇长的尸手从井下伸了出来，差点儿把领头的抓下去。他们吓得半死，没有办法，只好用石头把井口封了起来，垒了十几块大石头，然后仓皇而逃。

这事情后来被陈皮阿四知道了。这种经验丰富的瓢把子，不可能因为里面有几只粽子就放弃这座古墓，于是陈皮阿四亲自带人回到广西。到达那座古墓的时候，已经是一个星期后了。他们搬开石头之后，就发现下面一片狼藉，满是残肢，恶臭四溢。

陈皮阿四以为人已经全部死光了，下去之后，却看到墓室的一边倒着十几只粽子，脖子全被拧断了，一个浑身赤裸的人坐在粽子中间的棺材上，正面无表情地看着他。

楚哥道："这个人，就是那个之前被越南人当饵的'阿坤'，也就是现在的哑巴张。当时就是他们第一次见面。"

我吸了口凉气："这也太戏剧性了。"

"这里面肯定有夸张，这行里容易传神。"楚哥说着这件事，似乎也挺享受，可能是感觉回到了坐牢前的时候，"据说，那帮越南人是在广西一个村子里发现哑巴张的，当时他神志不清，他们当他是傻子，把他绑去当饵。不过，事情的大概应该就是这么回事，夸张的可能是粽子的数量之类。之后，他就成了四阿公的伙计。这事情在四阿公手下几个得力的人里面传得很广，不过对外他们都不说。"

"那在这之前的事情呢？"

"没有人知道。哑巴张相当厉害，四阿公相当看重他。不过，我想四阿公恐怕也不知道他的来龙去脉，道上有规矩，这种事情也不会有人多问。"

我心说，陈皮阿四知道也没用啊，他自己现在在哪儿都不知道，我到哪儿问他去。

"虽然这件事情只是一个传说，但是至少给了你三叔一个方向。"楚哥道，"不过，事情急转直下，你三叔急着去西沙，我就代他去了广西，拿着哑巴张的照片去那一带问消息。那根本不是人干的活儿，老子整整花了两个月时间，才在上思一个叫巴乃的小村，得到了一些线索——"

那个村是山区，靠近中越边境，那里就有人认出了哑巴张，他在当地的名字就叫阿坤，并且带楚哥到了阿坤住的地方。

我"啊"了一声，实在没想到："你是说他住在广西的农村里？"

"相当偏僻，但那个地方是陈皮阿四在广西的堂口，越南人很多，他应该就是住在那里，不过我不敢百分之百肯定。去长白山'夹喇嘛'，我是通过四阿公联系他的。他大部分时间应该在外面下地，看得出来屋子没怎么住人，也许，当年他离开广西就没回去过。"

"他那屋子是什么样的？"我问道。我有点儿好奇，闷油瓶的家会是什么样子的。

"很普通，那是一幢高脚矮房，就和当地少数民族住的土房一样，里面就是床板和一张桌子，在那桌子上有玻璃，下面压着不少照片，我是偷偷进去的。因为那是四阿公的地盘，我也不敢放肆，没敢把东西带出来，就只在里面翻找了一下，拿了其中一张照片出来——就是我给你的那张——准备等和你三叔商量了再决定怎么办。不过我没想到陈皮阿四老早就盯上我了，还没出巴乃，就被人给逮了个正着，之后的事情你也知道了。"他顿了顿，又道，"我自己的感觉，我在长沙打听哑巴张的时候，四阿公就已经注意到我了。他可能多少知道一些事情，所以我一到巴乃就被盯住了。我当时没别的选择了，只能和他一起来对付你三叔。"

我问道："那你刚才说的，这后面的大秘密是什么？"

楚哥看着我，又发起抖来："这个我不能说……"

我啧了一声，我最讨厌有人给我打哑谜，道："什么不能说！你是不是嫌钱不够？"

楚哥哆嗦着："小三爷，实不相瞒，你三叔在的时候，最忌讳的就是你寻根问底。现在他生死未卜，难保有一天他突然出现。这些事情是你自己查到的也就罢了，要是他知道这些事情是我告诉你的，我恐怕小命难保。你三叔也不是善男信女。我出卖过他一次，但那算是情有可原，只是这件事如果再出卖他，在道义上也说不过去。你也说了，道上的事情有道上的讲究，你想知道这个，你到那房子里，看看那桌子上玻璃下面压的其他照片，自然就会明白为什么我让你收手。我只能告诉你这些，具体的内容，绝对不能从我嘴巴里说出来。"

他还想点烟，但是烟已经没了，他咳嗽一声，眼神茫然，竟然和闷油瓶的眼神有点儿相似。

第五章 · 再次出发

广西的山村，村里的哑巴，越扯越没边了。不过那楚哥说的话搞得我心痒难耐。在闷油瓶的房间里他到底看到了什么，怎么问他都不说了，追问了多遍，他嘴硬得厉害。我看他的样子，感觉有点儿异样和做作，十分古怪，最后守卫都进来问是怎么回事。到这份儿上，再逼下去恐怕会出事，我只好作罢。

潘子相当郁闷，说，要不找人教训他一顿，让他吐出来。我说不用做得这么绝，我看他的样子有点儿虚，有可能是他自己也不知道。

"为什么？"潘子问。

"这叫作虚张声势。他可能只是知道那房间里有桌子，上面有照片，但是他并不知道照片里面确切是什么，虚张声势。这种卖消息放债的，都会这一套。"我道，"当然，他必然是去过，才敢说得那么肯定。"

这只是我的推测，其实想这些都没意义，无论如何，还是要亲自去一趟，到时候自然会知道他说的那些是不是太夸张。

从楚哥那里拿来巴乃的地址，去广西的计划就基本上确定了。

巴乃是一个瑶寨，处于广西十万大山山区的腹地，被人叫作"广西的西伯利亚"，早些年是一个相当贫苦的地方。看那个地址，恐怕还不是巴乃村里，可能还是村四周山里的地方。

陈皮阿四是老派人，可能喜欢选这种报了警都要两天才能赶到的地方做堂口，有什么不妙往山里一走就没关系了，不过这可苦了我们。

胖子和闷油瓶先到了杭州与我会合。胖子说也好，可以趁这个机会会会南边的堂口，也多点儿货源，这年头生意难做，他都断粮好久了。于是我们休息了几天，便由杭州出发，飞到南宁，然后转火车进上思。

这次不是倒斗，什么东西都没带，我们一身轻松，一路上乱开玩笑。一个车厢睡了六个人，两个是外地打工回上思，还有一个是导游。那导游教我们打大字牌，和麻将似的，好玩得紧。

靠近上思就全是山了，火车一个一个地过山洞，远处群山雾绕，导游说，那就是十万大山的腹地。

广西的山叫作十万大山，几百公里的山脉铺成一片，森林面积五百多万亩。其中心是几十万亩的原始丛林无人区，重峦叠嶂，森林苍郁，瀑布溪流，据说是一处洞天福地，是群仙聚会之所。不过这种地势也造成了交通的极度不便利，我们选择火车也是因为这个原因，平原地区的人，坐汽车进广西腹地，可能会吐成人干。

我看着那大山，心情非常异样。以往，看到这种情形，往往意味着我之后就要深入这崇山峻岭之中，去寻找一些深埋在其中的秘密。然而这次，我们的目的地只是山中的一个小村。

这种感觉很奇怪，不知道是失望还是庆幸。看着远处青色的花岗岩山峰和茂密的林海，我总觉得有点儿起鸡皮疙瘩。

到了上思，转去南屏再进巴乃，坐一段车走一段路。正值盛夏，一路风光美得几乎让人融化，我和胖子看得满眼生花，连闷油瓶的眼睛里都有了神采。

这样在路上就耽搁了比较长的时间，到了巴乃已经是临近傍晚。我之前问几个驴友拿过资料，知道瑶寨那里可以住宿，一路询问过去，问到一个叫阿贵的人那里，才算找到地方。

阿贵四十多岁，有两个女儿和一个儿子，年纪都不大，有两座高脚的瑶族木楼，一座自己住，一座用来当旅馆，在当地算是个能人，很多游客都是他从外面带过来的。他看到闷油瓶，我原以为他会认出来，没想到他一点儿反应也没有。胖子和阿贵说了我们的来历，他出手阔绰，也没怎么讨价还价就住了下来。阿贵相当习惯我们这些人，颇有农家乐老板的派头，表示住在他这里，他什么都能帮我们搞定。

一路舟车劳顿，我也想不出来有什么需要他搞定的，只觉得肚子饿得慌，就对他说先把晚饭搞定吧。

阿贵就让他的两个女儿去做饭，他带我们安顿下来。我在木头地板上放下行李，用泉水擦了一把身子，坐在高脚木楼的木地板上，感觉十分凉爽舒服，浑身都软了，再看着两个窈窕的瑶家女孩弄着饭菜，我忽然觉得这才是我想要过的生活。

趁着饭没好的当口，闷油瓶就向阿贵询问楚哥给我们的那个地址是在什么地方，他有点儿急切。

阿贵说就在寨子里，不过在寨子的上头。胖子就让他别急："虽说是你自己的房子，但是这么晚让别人带你去，你又没钥匙，很容易被人怀疑。咱们到了这里，有大把的时间，明天再去也无妨。"

我也赞同。闷油瓶点头，我相信这种耐心他是有的。

晚饭是炖肉和甜酒。瑶寨人还有打猎的，吃的据说是松鼠肉，口感很怪，但是甜酒相当OK，入口是甜的，而且当地水好，入口非常清冽。胖子喝多了，舌头大了，直对阿贵说自己是大老板，他不想走了，让阿贵把他两个女儿都许配给他，他会好好种地的。

我怕他乱说话得罪人，忙把东西扒完，帮阿贵两个女儿收拾，让胖子自己一个人待着吹吹凉风清醒一下。

我一边洗餐具一边和两个小姑娘聊天，问瑶寨的情况。两个小姑娘告诉我，以前这里很穷，连饭也吃不饱，后来有人来旅游之后，情况才好起来，像她们阿爹带了人过来住家里，赚的钱就够吃喝了，他也不用去上山打猎，可以买其他人打来的东西，这样他们一家就养活了好几家人。

我特地问了陈皮阿四的情况，又问她们这里是不是有越南人。

她们说越南人是有，不过不是在巴乃，还要往山里。这里现在来的人多了，她们也分不清楚是不是有长沙人在里头。

收拾完我甩着手，心说看来陈皮阿四还真小心，连村子都不敢待。

想来，他们可能是化装成观光客到巴乃，越南人直接走林子，他们在山里会合交易。如此说来，这里交易的东西，恐怕比我想的要多得多，至少陈皮阿四非常看重。这些关系，可能也是他以前在广西逃难的时候种下的人脉。

我一边想着，一边走到饭堂里准备问阿贵讨点儿水果吃，这时候看到一身酒气的胖子正盯着一边的墙上看着什么。

我以为他喝多了，脑子入定了，没想到他看到我，就把我拉住了，对我道："小三爷，你过来。"

我走过去，问他干吗，他用眼神给我指了个方向。我看到在吃饭的房间的木墙上，挂了一个相框，里面夹着很多的相片。他用下巴指着其中的一张相片，对我道："你来看这是谁？"

第六章 ● 继承

　　那是一张有点儿发棕色的黑白照，和楚哥给我看的那一张相当像，夹在很多的相片之中，不容易分辨。上面是两个人的合影，我吃惊地发现，其中一个人竟然是陈文锦。

　　这张照片比楚哥给我看的那张要大很多，所以看得相当清楚。照片里除了这两个人之外，还有一个小孩子在背景处。另一个男人，穿着瑶族的民间服饰，表情紧张，文锦则笑得很灿烂。

　　这是怎么回事，文锦的照片怎么会出现在这里？我起了一身的鸡皮疙瘩，立即问阿贵："这张照片是什么时候拍的？"

　　阿贵过来看了看："几十年前。"他指着那个穿着民间服饰的男人，"这是我的阿爸，这个女的是考古队的人。"

　　"考古队？这里来过考古队？"我几乎跳了起来，"这是怎么一回事？"

　　"我不清楚，好像说是那边的山里发现了什么。"阿贵指了指一个方向，"搞了好几年，后来忽然就没下文了。"

我心中暗叫，踏破铁鞋无觅处，得来全不费功夫，这一趟还真让我来值了，立即就拉阿贵坐下，让他马上和我讲讲这考古队的事情。

阿贵觉得莫名其妙，觉得这人怎么回事，怎么一听到这事这么兴奋。胖子道："我们几个人就好这个，您别介意。您就给我说说，我们给钱，给消息费，千字三十元。"

阿贵一听有钱，立即就来劲了，忙招手叫他女儿过来数着字，把事情和我们从头到尾说了一遍。

事情发生的时候，阿贵只有十几岁，当时巴乃非常贫穷，几乎与世隔绝，所以考古队的出现，让他印象非常深刻。他记得考古队有十几个人，由一个女人带队，是跟着外面赶集的人回寨子里的，因为他的阿爹当时是村里的联络员，所以就去接待了这支考古队。

那个女人就告诉他的阿爹，他们是从城市里来的考古队，要在附近进行考古，希望他父亲能够配合。

他们有政府的红章子文件，这在寨子里算是件大事，阿贵的父亲不敢怠慢，就帮他们安排了住宿和向导。

考古队在这里就待了六七个月，不过，这期间，他们大部分时间都在外头山里跑，寨子里的人基本上都没有和这支考古队接触，和他们关系最紧密的，就是阿贵父亲安排的向导。

考古队走了之后，他们就问向导，考古队在山里到底干什么。向导也说不清楚，这几个月他们几乎走遍了附近的山，在最后的几个月似乎才找到要找的地方。不在山里跑就不需要向导了，向导就没随着队走，那女人就让他隔三天去报到一趟，还特别提醒他不要早也不要晚。

后来就出了个听起来挺邪门的事情。

向导一开始都是三天去一次，没什么大问题，有一次他要帮他亲戚打草，想着提早了一天去也没关系，结果去了，就发现那支考古队的营地里一个人也没有，不知道到什么地方去了。他吓坏了，以为遭了什么祸害，又不敢说，自己一个人去找，结果找遍了附近的山都没发现。

他胆战心惊地回村，一晚上没睡觉，第二天再去，却发现那些人又出现了，营地里热热闹闹，好像什么也没发生过一样。他当时就觉得不正常，以为是山神作怪，也没敢讲，等考古队走了，才说给村里人听。

考古队离开的时候，带走了十几箱东西，据说都是从那一带找到的，谁也不知道里面是什么。这张照片是当时临走的时候，那个女领队和他父亲照的合影，在城里冲印出来寄回来的，就因为这件事，他父亲后来成了村干部，所以他父亲把这当成自己的光辉历史，挂到墙上。

阿贵说完，胖子已经按捺不住自己的兴奋，给我使了个眼色。我知道他是什么意思：考古队消失，可能是因为下斗了。我做了个手势，让他别兴奋，又问阿贵："这是哪一年的事情？你记得吗？"

阿贵用他的烟杆指了指照片后面背景中的小孩："这就是我，太小了，年份搞不清楚，当时没有书读。不过肯定有人会记得，你们要想知道得更详细，我明天去帮你们问问。"

我道了谢，心里翻腾起来，看样子这里的事情确实不那么简单——考古队在这里出现过，那阿油瓶住在这里，就不是什么偶然的事，这背后肯定有和这支考古队的渊源。虽然阿贵的信息并不多，但是已经可以肯定，他们在山里，确实是进行了一系列的考古活动，这显然应该和他们的计划有关系。

我看向那山，又问阿贵："你是本地人，那山里，你们当地有没有什么说法？能有什么东西？"

"那一带叫羊角山，我还真不知道那地方会有什么，其实我也挺好奇的。后来我也问过一些人，据一些老人说，那山沟里原先有个老寨子，不知道是什么时候的了，有说是大明朝时候的，后来皇帝打仗的时候，起了山火，被山火烧了大半，烧死了好多人，就荒废了，也许他们在研究那东西。"阿贵道，"怎么，你们也感兴趣？"

"相当有兴趣！"胖子诚恳道。

"那山有点儿远，路不好走，而且很奇怪，野兽很少，我们一般不去那里。不过那里有一道河谷，可以抓鱼，这个季节下雨很多，会有危险，我建议你们还是不要去那里玩。"

"你去过没有？"闷油瓶忽然问。

"我也没去过。我爷爷去过，说那山火非常厉害，地面上能看到的东西都没了，土里也许还剩点儿地基桩子，好多年的事了。"阿贵道，"你们想知道那考古队的事情，不如我明天带你们去找当时的那个向导问问，他一定知道得比我多，山里最好就别去了。"

闷油瓶并不理会，只道："如果一定要去，应该怎么过去？"

"要顺着溪走，路很难走，你们要过去我可以帮你们找个带路的。两百块，怎么样？不过，明天去不了，起码得过两天，现在猎户都没回来。"

闷油瓶看了看我，我点了点头，无论如何也要去看看。两天的时间正好，我们可以先在寨子里好好打听一下闷油瓶的事情，然后再去山里，时间上不冲突。

阿贵就嘀咕了一声，道："问题是，那地方什么都没有，就是林子，你们去了看不到什么。"

胖子立即对他道："就是去踩踩也好。"

阿贵苦笑着摇头叹气："那路可真难走，你们城里人也不知道是怎么回事，喜欢花钱买罪受。"说着又突然想到了什么，问我们，"对了，你们打听这些干什么？你们该不是倒卖文物的吧？"

胖子喝多了，骂道："什么倒卖文物，说得那么土，告诉你，其实我们是倒——"我赶紧戳了他一下，接着道："是导游，有个团要进来，这里没地陪，我们先来打听一下，在找景点。"

阿贵一听很有兴趣："那好，人带来我帮你们安排，这里好玩的地方多的是。那山里不好玩，你们自己去就算了，客人肯定不喜欢。"

我点头堆笑答应，心里暗骂胖子。胖子也知道自己失言，不再啰唆，自顾自去放尿。

我还想问阿贵一些详细的情况，不过他说真的不记得了，看得出

继
承

311

他可能出去打工的时间比较长，对村子的过去也不是太了解，我只好作罢，只能等着明天找其他人打听。这事情就这么拍板了。接着我们坐在外面露天乘凉，继续商量一些细节。

胖子看阿贵回房了，立即压低声音道："那支考古队神出鬼没，白天不见人，临走还带走了那么多东西，明显这羊角山一带有一座古墓啊。这真是瞎猫碰上死耗子，咱们旅游来的，却得了这个消息。怎么样，两位？咱们是不是该顺应天意，顺手就把这斗给倒了啊？"

我对胖子道："我就知道你肯定得提这个。那山里有古墓，现在只是你的推测，要到了那儿实地看了才知道。而且那批人进的古墓，每个都诡异至极，我是真不想进去。"

"这次肯定没事，你没看他们都安全出来了嘛，"胖子道，"而且还带了好几箱子明器。这得值多少钱啊。"

"说来也奇怪，听阿贵的说法，这批人显然没有采取考古队大揭顶的工作方式，看样子他们竟然也是打盗洞下去的，真是少见。"我道。如果不是确定这批人是政府背景，我绝对会以为他们是伪装成考古队员的职业盗墓者。

"这就是你孤陋寡闻，在条件不成熟的时候，考古队也会使用盗洞抢救一些文物。我看，可能这古墓的规模相当大，以当时上思的条件，没法进行挖掘。"胖子道，说着口水都下来了，"那小阿妹不是说吗，越南人还在山里，我想他们恐怕也是听过这件事，在找这古墓。我们就算不为钱，也不能把这便宜让给那批连洛阳铲都不会用的越南佬。"

我叹了口气，心说我是真的不想再下地了，你再怎么说我都不会听的，不过，如果那里真有古墓，那么必然和考古队在追查的东西有关，不进去似乎又不甘心。这有点儿难办。

胖子继续在我耳边唠叨，我就对胖子行缓兵之计，让他别激动，我们两天后去实地看了再说。就是真有古墓，那地方那么大，他也不一定能找得到，不过如果真找到了，他要下去，我们也会帮手，他这才肯罢休。但是他已经按捺不住了，阿贵一回来，就立即拉着阿贵问东问西。

我本来怕他露馅，但是心里很乱，也就没心情管这些，让他去了。自己靠到廊柱上，一边学闷油瓶看月亮，一边琢磨怎么办。

晚上有点儿湿热，我们扇着扇子，吹着山里刮来的带着树木清香的凉风，很快酒劲都上了头。我有点儿晕乎，胖子在和阿贵聊什么，我有点儿听不清楚，脑子也转不起来，只觉得在这里看天上的星星，好像回到了小时候在乡下的感觉，十分自然美满。

恍惚间，我忽然注意到，在另一边，阿贵自家木楼的窗户里，似乎有一个人正看着我们这里。那边没有开灯，只能看到有一个模糊的古怪影子。

我揉了揉眼睛，就发现那影子肩膀完全是塌的，就像楚哥给我的照片上，那屏风后的影子一样。

第七章 ● 影子传说

　　夏天的山风吹过挂在房前的灯，灯泡和四周大量的虫子一起晃动，光影斑驳，我一开始以为自己看错了，但是风过后，那影子还是在那里。

　　我看着，刚开始几眼还没有什么感觉，后来背就凉了起来，难道阿贵家里有人上吊了？于是强忍住恍惚的感觉坐起来，揉了揉眼睛仔细去看。

　　再一看，那影子却消失了，窗子后面一片漆黑，什么也没有。

　　是错觉？我用力皱了皱眉头，就问阿贵："那个房间里面住着什么人？"

　　阿贵看了看，道："是我的儿子。"

　　"哦。"我脑子里闪了一下，但是什么也没闪出来，只觉得头又晕起来，心说那肯定是他儿子在看这边，我喝多了，看的东西不正常起来。

　　天色也晚了，阿贵看了看自己的房间，就说要回去休息。

胖子付了消息费，我们和他打了招呼，也进了屋子。进屋后胖子就郁闷道："我靠，就这么一两句话的事儿，这龟儿子竟然能讲掉我三百块钱，劳动人民的智慧真是无穷的。"

我说："谁叫你充大款！在穷乡僻壤露富是最没流儿的行为，你还后悔，没流儿中的没流儿。"

胖子嘀咕了几句，说我假道学、伪君子，我也没精神理他。普通人进广西晚上没那么容易睡着，我前几晚就睡得不踏实，不过今天晚上喝了酒，人相当迷糊，很快就睡着了。这一觉相安无事，一直睡到了第二天上午十一点多才起来。

吃了阿贵给我们做的中午饭，我们就跟着他女儿往楚哥给我们的地址走，走了不到十分钟就到了。

那是一幢很老的高脚木楼，黑瓦黄泥墙，只一层，比起其他的木楼看上去小一点儿——说起来这里的房子好像都是这个样子的——看上去似乎没有住人，混在寨子的其他房子里，十分不起眼。

阿贵的女儿很奇怪我们到这里干什么，我们假装拍照，胖子给了她点钱把她先支开。看四周没什么人，我们就尝试着爬进去。

木楼建在山坡上，后面贴着山，窗户全破了，门锁得很牢，上面贴着褪了色的门神画，我们推了两把，连门缝也推不出来。

"对这木楼有印象吗？"我问闷油瓶。

他摸着这些木头的柱子和门，摇头。我叹了口气。这时候胖子已经把一边的窗子撬了开来，对我们招手："快，这里可以进去。"

"这么熟练，你以前是不是也干过？"我骂道。

"你胖爷我是什么人物，触类旁通你懂不？盗墓和盗窃就一个字区别。"胖子一边说道，一边催我们。

我们偷偷从窗户爬进去，然后把窗子关好。进去之后我的心竟然狂跳，感觉极其刺激，连裤子都被钩住了，差点儿就光腚，心说这偷活人比偷死人心理压力大多了。

木楼里面有点儿暗，不过结构很简单，我先是看到了一个像阿贵家一样的吃饭的大房间，和灶台连在一起，墙上挂着很多工具，都锈了。

"小哥，真看不出你原来是个种地的。"胖子拿起一边的锄头道，"'锄禾日当午'，你是锄禾，我是当午。"

我们没理他，看到一边有木墙隔着，木墙后应该就是楚哥说的他找到的房间。这种木楼只有一个房间，肯定没错。

没有门，只有一块相当旧的帘子，上面的灰尘都起了花。闷油瓶皱着眉头，看了一圈四周，似乎有点儿犹豫，不过只过了几秒钟，他就撩起帘子走了进去。

我也有点儿紧张，这个似乎飘浮在虚空中的人，终于找到了一个自己的落脚点，却一点儿也不记得，也不知道老天爷是不是在玩儿他。不过没时间细想，胖子就把我推了进去。

一进房间，就是一股霉味，里面非常暗，什么也看不清楚，勉强看到胖子想去开窗，却发现这房间竟然没窗。

我们没想到会是这种情况，没人带手电，只能把帘子打起一截，让外面的光照进来。在暗淡的光线下，可以看到房间很局促，一圈架子靠墙放着，我们先是看到了一些书和一些盒子，架子上空空荡荡的，地上散落着泥巴，除了这些东西，就剩下一边的一张板床和一张木头桌子。桌子是老旧的学生课桌。所有的东西上都有一层薄灰。

这山中的空气非常干净，所以灰积得不多，如果是在大城市里，恐怕这里的灰可以铲去种地了，这也说明这里确实很久没有人进来过。

"这就是你的房间？"我有点儿吃惊，看着这个房间，感觉有点儿太普通了。这就是闷油瓶住的地方？像他这种人，房间不是应该更加古怪一点吗？

但是一想，似乎具体的古怪法我也想不出来，他到底也是一个人，人总是睡床，总不会是睡棺材。线索也不能写在墙壁上，应该是在这些摆设里。

我们走进去。胖子走近那些柜子，发现基本上没有什么东西，自言自语道："看不出你还是一个非常穷苦的种地的。"

房间里的东西虽然不多，但是看上去相当乱，那些盒子和书放得并不整齐，可能是楚哥来的那次被翻过了。我随手拿起一本书，发现书潮得厉害，是一本老版本的线装书。我翻了翻，里面都有点儿发霉了，觉得奇怪：怎么会有这种书？

唯一看上去像点儿样子的，就是床和桌子。我想到这个，就立即朝那张桌子走去，去找楚哥说的那些照片。

走到桌子旁，我就看到了桌子上蒙着灰尘的玻璃，下面依稀能看到很多的照片，看样子楚哥没有骗我。

第八章 ● 照片的谜团

这时候胖子捏了我一下，让我看闷油瓶。

我转过头去，看到闷油瓶还是一言不发，小心翼翼地摸着那些书，但看他的神情，似乎有点儿什么疑惑。

"是不是想起什么来了？"我心中一动，问他。

他没理我，只是张了张嘴巴，欲言又止，眉头皱得更紧了。

我心道：难道有门儿？不敢出声打扰他，就在后面静静地看着。只见他侧着头，在房间里转了一圈，忽然道："好像不对。"

"什么不对？"胖子奇怪。

他捏住自己的眉心，似乎在用自己所有的精力去回忆："不对，这个房间，给我的感觉就是不对。"

"难道这不是你的房间？"

他摇头。忽然，他的目光集中向了那张床。他立即蹲了下去，去看床下。

我也趴了下去，床下一片漆黑，闷油瓶回头，胖子非常识相地马上把打火机递给他。他打起来，往床下伸去。

下面什么都没有，只有很多的蜘蛛网。但是他不死心，还是往里面爬，并开始在木头地板的缝隙中摸，摸着摸着，忽然见他手指一勾，竟然勾住了一块地板，将它掰了起来。闷油瓶的力气惊人，就听到一声恐怖的断裂声，整条的木条地板被他掰下来一块。他把掰下来的部分一扔，继续去掰，动作之大简直疯狂。

我和胖子都蒙了，一时间不知道他要干吗。胖子叫道："小哥，就算不对，你也不用拆房子啊。"

但是没用，我们反应过来的当口，闷油瓶已经在床下的地板上掰出一个大洞。这时候我才忽然意识到什么。只见他把手伸到这个洞里，竟然从里面拉出一只黑色的铁皮箱来，用力往外拖。

原来是这样！我兴奋起来，忙也爬了过去，就见木地板下面，竟然有一隔层，显然是精心设计的暗格。

看来找到关键了，我心说，立即帮闷油瓶拉住这只箱子，用力地拖出来。这箱子沉得要命，就这么拖出来，我已经一身是汗。胖子帮着我把箱子抬起来，放到床上。

"我靠，这是什么？"胖子道，"这么沉，难道是小哥的私房钱？"

"怎么可能！"我说，吹掉上面的灰，仔细去打量。

这是一只黑色的铁皮箱，相当大，1米长，0.5米宽，看上去能放进去一个人，上面布满了已经生锈的花纹，似乎年代相当久远。"看上去像以前地主家的东西，可能还是个古董。"我看到了上面的老式扭锁。这箱子可能是民国时候的东西了，很有可能是大户人家用来放衣服的，或者是戏院放戏服的箱子。

闷油瓶喘着气爬了出来，我们看向他："这是怎么回事？"

他没回答，眼神一片迷茫，自己也有点儿迷惑。

看来他只是想起一些片段。不过他能想起来这件事，说明这箱子是他自己藏起来的，看来里面有相当重要的东西，可能就有他背景的线索。我们都很振奋。我对胖子道："快打开看看。"

胖子立即去拧那箱锁，没想到还没动手，闷油瓶一手按住箱面，叫道："千万不要打开！"

第九章 ● 档案

　　我们被他吓了一跳，只见他脸色苍白，似乎非常紧张。

　　"怎么了？"我问。

　　他皱着眉头，看着这个箱子，好久才道："不要打开，我的感觉……很不好。"

　　"你想起什么来了？你想起不能打开这个箱子？"

　　闷油瓶点头："我不知道，只是有非常不好的感觉，开这个箱子，肯定要出事。"

　　看着他的脸色，我发现他冷汗都下来了，不由得自己后背也冒了冷汗。他都能紧张到这种地步，这箱子里到底是什么东西？难道是个炸弹？我立即让胖子把拧锁的手收了回来。

　　胖子道："我靠，小哥，你别吓我。你到底记起什么了？"

　　闷油瓶捏住自己的额头，有点儿痛苦："我没法形容这种感觉。"

　　胖子就啧了一声："难不成这箱子，不是普通的开法，里面有机关？咱们这么一开，可能会射出毒针，或者会流出毒液？"

我一想很有可能，闷油瓶对机关了解相当深，这铁皮箱子是他的东西，似乎又放了相当重要的东西，很可能是设了机关，不知道窍门，开启会有很大的危险。

这一下可麻烦了。我是心痒难耐，但是在这种情况下，我又不可能咬牙说拼死开一下看看。这时我有个念头：要是刚才胖子手快点儿，可能就没这种麻烦事了，但是一想，刚才如果胖子手快点儿，可能我们这一辈子就都没麻烦事了。

我让胖子小心翼翼地帮忙把这铁皮箱子放到桌子上，仔细去看它的锁。这种老式的扭锁其实不是一种锁，而是一种普通的搭扣，只要轻轻一拨就可以打开，以我们的水平，怎么看也看不出这扭锁后面会不会有问题。

"那怎么办？"胖子也郁闷。

"看来只有先把这个东西带回去，找几个高手看看，然后在这里的其他地方找找，看有没有什么值得注意的地方。"我道，看着四周，现在也只有这么个办法。

胖子敲了敲铁皮："我靠，那得到什么时候才能把这东西打开？说不定得半年。要么咱们干脆点儿，找阿贵去要把刀来，从铁皮上撬进去。"

我还没摇头，闷油瓶已经摇头了，他道："不对，应该不是机关的问题。"说着用他奇长的手指，按住那扭锁，稍微拨动了一下，"没有机括的感觉，锁没有问题。"

"不是机关，那为什么不能打开？"

闷油瓶摇头。我沉思道："难道是这箱子里面的东西有问题？"

"这能有什么？难不成里面是条毒蛇？关了这么多年，早就成蛇干了。"胖子有点儿不耐烦了，道，"要不这样，你们全都退下，胖爷我来。老子命硬，我就不相信我能被一箱子干掉。"

"万万不可，不说是活物，里面可能有什么剧毒的东西，你一打开，不仅连累我们，可能整个寨子里的人都受你牵连。"我道。

胖子骂了一声，一屁股坐在床上："这也不行，那也不行，那送

档案

321

炼钢厂熔了吧，咱们都假装没这回事。"

我感觉这气氛有点儿搞笑，又有点儿诡异。我们大老远赶到这里，确实是找到了闷油瓶的房子，也找到了重要的线索，但是因为闷油瓶一个似有似无的感觉，我们连放这线索的箱子都不敢打开，这确实郁闷。但是，在这种环节上冒险，确实也是不值得的。

我拍了拍胖子，让他少安毋躁，不如再敲敲地板，看看这下面是否还有夹层。看闷油瓶掰断地板的方式，这夹层做的时候使用了整条木板钉死，说明短时间内他不准备取出这个箱子，这种隐藏夹层的做法工程浩大，可能不止一个。

于是我们开始东敲敲、西弄弄，不过这房子是架空的，怎么敲我们都觉得这木地板下面有东西。

高脚木楼的地板不是专业铺装，只是用长木条简易搭起来的，木板之间的缝隙很大，胖子就趴在地上，用眼睛往下面瞄。下面一般是用来养鸡的地方，能看到泥地。

胖子还真是不怕脏，一点儿一点儿看过来，搞得浑身是灰，但毫无收获，似乎暗格只有那么一个。

我们反复找了三遍，里外每块地方都查过了，确定无疑，胖子就拍着衣服道："行了，该找的找不到，该开的开不了，咱们收拾收拾东西先撤吧，免得阿贵他们起疑心——给一破房子拍照不可能拍这么久。"

我一想也是，就去搬那箱子，胖子阻止道："这东西不能见光，现在搬出去，阿贵见我们空手出来，却搬这么大一东西回去，恐怕不好解释。如果事情传出去，可能会传到陈皮阿四的耳朵里。我看，我们还是把箱子放回原处，临走的时候再找个晚上搬出来。"

胖子想得周到，我点头，于是胖子爬到床下，把箱子再次推进那个洞里，然后把那些木板草草盖上去，把那洞掩上。

接着我收拾了照片文件放进包里，准备回去好好查看，正收拾着，忽然又听见敲地板的声音。

我就对胖子道："别敲了，你不是说要走了吗？"

胖子在一边抽烟，举了举双手，表示自己没敲。我再一看闷油瓶，他正在将那些盒子和书一样一样放整齐，显然也听到了敲地板的声音，他看向了我们。

咦？我愣了一下，那是谁在敲地板？

我们凝神静气，仔细去听，发现那声音来自床下，"笃笃笃"，很轻微，但是很急促。

胖子和我对视了一下，然后掐掉烟头，小心翼翼地弯下腰去看床底下，我也蹲了下去。

床下肯定没人，这不用说，我们贴近地板，发现感觉不到地板在震动，这个声音不是敲地板，而且听起来，有点儿遥远，感觉不出具体是在床下的哪个角落。

胖子做了个手势，意思是：在地板下面！

我点头，心说：难道有老鼠或者鸡跑到这高脚木楼的下面去了？忽然，我就看到，盖着那铁箱的木板碎皮，竟然动了一下。

这真是怪了，我目瞪口呆：难道是那只铁皮箱子在动？

第十章 · 老鼠

　　我脑子的第一反应就是有老鼠，这种山村里老鼠是相当常见的，这里废弃的木屋，简直是老鼠的天堂。但是，刚才我们翻动物品的时候，并没有发现老鼠的痕迹，所以感觉有些意外，心说可能是刚才被我们敲地板惊吓爬出来的。我们到处乱敲，唯独没有敲床下，所以老鼠就躲这里来了。

　　这样的情况我没有想到。我倒是不怕那铁皮箱被咬坏，不过，如果老鼠乱啃，拨开了扭锁，可能就会产生危险。我有点儿担心，立即朝那暗格爬去，用力拍了两下地板，想让老鼠逃跑。

　　果然，我一拍地板，那边好像受了惊吓一样，一下子动静大了起来，但就是不见老鼠从那些木板下跑出来。

　　我知道老鼠这些和人类生活在一起的动物都精得厉害，它会自己判断形势，看样子它认为躲在里面比跳出来跑要稳妥。

　　我不喜欢老鼠，特别是这里的老鼠应该是山鼠，是比较凶猛的一种，可能会主动攻击人，一下子也不敢贸然搬开那些木板，就等胖子过来处理。

胖子完全不在乎，刚才他憋着一股闷气，这下正好发泄，嘀咕了一句："太岁头上动土，也不打听打听你爷爷我是属什么的。"一边爬着过来，一边让我调整位置，挡住那老鼠可能逃跑的方向，自己小心翼翼地拨开一块木板，拱起身子，单手做鹰爪样。

我和他对视了一眼，表示做好了准备。胖子深吸了一口气，猛地拨开木板抓了下去，连抓了两下，一激动，脑袋就往后仰，一下子撞到床板上，疼得他马上缩了起来，但是他相当敬业，叫疼前还先叫我快抓。

那暗格里就一阵扑腾。我怕老鼠受惊了之后，真的会碰掉扭锁，也顾不了那么多了，伸手下去一阵乱摸，想把它逼出来。没想到一抓，忽然，我抓住了一条碗口粗细的东西，那东西立即挣扎，顿时我脑子里就"嗡"了一下，心说：我靠，难道不是老鼠，是蛇？

这下可被胖子害死了，这可是广西——中国毒蛇最多的地方！刚想放手，胖子就冲过来帮我，一把握住我的手，道："抓住了，别放手！"

我脸都绿了，我的手就这样被他的两只手握住，硬生生把那东西给拉了上来，道："也算是有收获了，等一下给阿贵炖——我靠！这是什么东西？！"

胖子瞬间放了手，我看到从那暗格里拉出来的，竟然是一只灰色的人手！

我惨叫一声，立刻把那手甩掉，心说：怎么回事？！只见那手猛地缩回暗格里，抓住那铁皮箱子，就开始扯动，动作极大，扯了两下扯不出来，那手就去掰四周的木板。

我和胖子都看愣了。好久胖子才反应过来，大叫："我靠！釜底抽薪！贼啊！"我也反应了过来，有人在地板下面，想偷这只铁箱子！

胖子立即就怒了，大骂一声，一把抱住那铁箱子，从暗格里拖出来。我们看见暗格一边的木板已经被掰断了，那手就是从那洞里伸进来的，只不过空口太小，那箱子拉不出去。

老鼠

那手一发现箱子被抱走了，马上就往洞口缩了回去。胖子立即上去抓，一把抓住那手腕，然后叫我帮忙。我还没伸手下去，那手就已经挣脱，一下子消失在那洞里，接着就听到地板下一阵撞击声，那人显然狂爬而去。

胖子忙爬出床底，对闷油瓶大叫："小哥，去外面截住他！"

抬头一看，闷油瓶早已破窗而出。胖子来劲了，对我道："小吴，你看着这箱子！"说着抖起肥肉也冲了出去，我听到他大叫："小哥，左右包抄，左右包抄！"

我拉着箱子，从床下出来，只感觉心都要跳出来了：这是怎么回事？那到底是谁的手？怎么这么恐怖？真是吓死我了。

喘了半天气，不知道是这里湿热的气候还是什么原因，我还是没想明白，拉着箱子靠到一边，就听到外面胖子大叫："怎么，人呢？遁地了？"声音越来越远，显然是跑开了。

我想深呼吸几口，去帮他们，突然听到床下又发出一声木板的断裂声。我愣了一下，"哎呀"了一声，忽然意识到不妙！难道他没走？调虎离山？忙低头往床下看，只见从那暗格中，竟然钻出一个人，正朝我爬过来。

第十一章 · 面人

　　我的第一反应就是快跑，抱起那箱子，我就想跑出去。但是那箱子实在太沉了，我一个人根本没办法抱动，硬是推着挪了几步。手忙脚乱加上紧张，箱子不知道为什么卡在地板上动不了了。我回头一看，那人已经从床下爬了出来，浑身是泥，简直像从泥沼中爬出的文锦。

　　这时候我突然反应过来，这不是粽子，这是人啊，我这么害怕干什么。我想起胖子刚才玩的锄头了，立即跑出去，拿上锄头就冲回去。

　　等我回去一看，那人已经抱起了铁皮箱，跌跌撞撞地朝我冲了过来。我抡起锄头便打，他一猫腰，一个翻身就躲了过去，接着用肘部用力一顶我的后背。我一阵剧痛，差点儿扑倒在地。他头也不回，瞬间就冲出了门。

　　我虽然不常打架，但是内心也是一个相当固执的人，有着土夫子的血统，当即火冒三丈，抄起锄头追了出去。

　　一出门我感觉眼前一亮，胖子正在一边蹲着往高脚木楼下面看。

那人力气极大，抱着铁箱跌跌撞撞就从胖子身后跑了过去。我对胖子大叫："拦住他！"

胖子还不知道怎么回事，回头看我。我吼道："那箱子给抢走了！"胖子也算反应快，就这么一瞬间他就反应了过来，立即拉了一下，正好拉住那人的衣服。

那箱子实在太重了，那人一下子失去了平衡，摔倒在地，箱子被甩了出去。他立即爬起来去抢。胖子不是我，哪有这么容易让他得逞，又一个泰山压顶，将他再次压倒，我此时已经冲到箱子边上，一把就抱住了。

这是一个很严重的错误，这时候我首先应该帮助胖子将这个人制伏，因为抓住了那人，箱子自然就没危险了。可是形势太急，我没有想明白，结果胖子没把他压住，他一看抢箱子再没指望，连滚带爬地站起来就跑。

胖子吼了一声"休走"，立刻追了过去。我随即跟上，却发现那人跑得极快，冲进村子很快就跑得没影了。寨子里房屋纵横交错，都由青石小道相连，不是本地人很容易迷路，根本不知道他是往哪里跑的。

胖子喘着气，奇怪这人怎么从楼里跑了出来，就问我是怎么回事。我把事情一说，他大骂一声，后悔莫及。

看着那人消失的方向，我感觉莫名其妙，心说这到底是什么人，为什么会突然出现来抢那只铁皮箱子？

我们现在应该没什么对手了，来这里也没多少人知道啊，难道是普通的毛贼？不过这毛贼的手法也太新奇了。

胖子骂骂咧咧，这时候闷油瓶也赶了过来。他刚才被胖子指使到另一边蹲点去了，如果有他在，我估计那家伙肯定逃不了。

我们走回屋子边，那铁皮箱子摔在泥地里，沾了一大块泥。胖子道："幸亏老天保佑，这箱子没散开，否则还真不知道会出什么事。"

我道："现在看来，这东西不能放回原处去了，我看我们还是带回阿贵家里，给他点儿钱，他自然也知道怎么做。"

胖子点头称是，说："虽说最危险的地方就是最安全的地方，不过还是放在自己身边实在。"说着，就去搬那箱子，抠住箱缝刚往上一提，突然就听"咔"一声，箱子的扭锁竟然和箱体断开了，箱子摔在地上，翻了开来，里面的东西一下子滚了出来。